谨以此书

向正大集团成立一百周年献礼

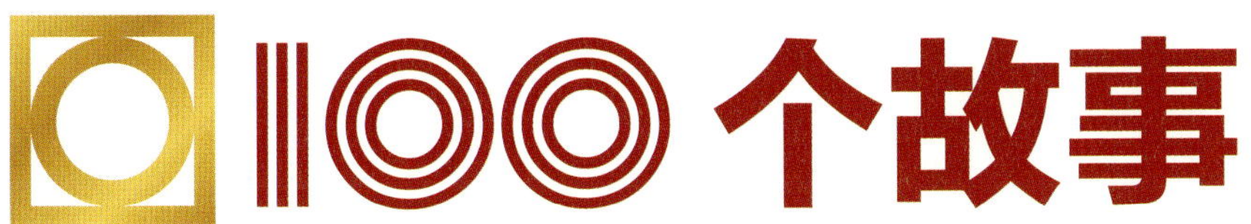

正大集团百年发展史采撷

（上）

薛增一　主　编
赵　铭　副主编

中国华侨出版社
·北京·

图书在版编目（CIP）数据

100个故事：正大集团百年发展史采撷 / 薛增一主编；赵铭副主编. -- 北京：中国华侨出版社，2025. 7
ISBN 978-7-5113-9000-4

Ⅰ. ①1… Ⅱ. ①薛… ②赵… Ⅲ. ①故事—作品集—中国—当代 Ⅳ. ①I247.81

中国版本图书馆 CIP 数据核字（2023）第 218612 号

100个故事：正大集团百年发展史采撷

主　　编：薛增一
副 主 编：赵　铭
责任编辑：高文喆　桑梦娟
经　　销：新华书店
开　　本：710 毫米 × 1000 毫米　1/16 开　印张：52　字数：640 千字
印　　刷：北京鑫益晖印刷有限公司
版　　次：2025 年 7 月第 1 版
印　　次：2025 年 7 月第 1 次印刷
书　　号：ISBN 978-7-5113-9000-4
定　　价：235. 00 元（全二册）

中国华侨出版社　北京市朝阳区西坝河东里77号楼底商5号　邮编：100028
编 辑 部：（010）64443056-8013　传　真：（010）64439708

编委会

DITORIAL BOARD

CONTENTS

上 册

下　册

《谢易初先生传》序

故事 001

谢国民

我的父亲谢易初先生，1896 年 11 月 22 日出生于中国，1983 年 2 月 5 日在泰国辞世，终年 87 周岁，至今离开我们已经 38 年了，我十分怀念他。

他 1919 年从中国来到泰国，1921 年在曼谷创办了正大庄种籽行。从那时起，我父亲和少飞叔叔，我的正民、大民、中民三位兄长，以及我本人和众多精英人才，还有我们的全体员工，经过一百年的接力奋斗和开拓创新，正大集团从一家很小规模的正大庄种籽行起步，不断发展壮大，从泰国走向世界，成为一家大型的跨国企业集团。这一切都离不开他——我的父亲谢易初先生，他是我们正大集团的创始人。

我父亲一生为国为民，他考虑问题从不自私自利，总是把国家的利益、社会的利益、人民的利益，包括我们家族成员的利益放在他自己的前面，而把他自己摆在后面。我们集团的“三利原则”——利国、利民、利企业，其实就来自我父亲，是我总结、继承了我父亲的思想和品德作的一个概括。“三利原则”是我们集团的企业宗旨，是我们集团的根本原则。我们集团之所以能够在一百年的历程中，克服种种困难和危机，不断开拓创新、发展壮大，与我父亲为国为民的思想和品德是分不开的。他言传身教树立起的为国为民的原则，为我们集团的发展打下了坚实的基础，指明了前进的方向。有了为国为民这个大的原则，我们就不会犯大的错误，就不会犯方向性的错误。我父亲给我起名谢国民，就是让我继承和实现他为国为民的理想和愿望，我没有辜负他，我感到很欣慰。

我父亲只有初级文化，没有读过大学，也没有接受过现代科学知识的系统教育，可是他却有科学观察、思考、分析和解决问题的能力，他真是一个天才。他从青年时期开始就坚持自学，勤于实践，无师自通地总结和创造了“环境驯化法”“远地引种杂交法”“系统选育法”三种主要的科学育种方法，孜孜不倦地钻研蔬菜、瓜果、粮食、畜禽的品种改良和新品研发，培育出许多享誉海内外的优良品种，为人类的农艺科研事业作出了不可磨灭的贡献。比如，他从中国汕头引进华南优质蔬菜品种、从中国台湾引进西瓜品种、从印度引进花椰菜品种、从新加坡引进摩洛哥香菜品种等到泰国，在泰国精心培育、研发、种植、推广；他还从美国夏威夷引进优质木瓜品种到泰国，和泰国本土的木瓜品种杂交，培育出了甜糯可口的泰国木瓜新品种；等等。他的这些努力和成果，填补了泰国很多蔬果品种的空白，丰富了泰国人民的蔬果品类和品种，为泰国人民的日常生活造福。

我父亲很有国际化的战略眼光。在正大庄刚刚起步、只有不足十位职员的时候，他就领导正大庄开始做进出口业务。到了 20 世纪三四十年代，正大庄的种子业务已经覆盖了中国、新加坡、马来西亚、印度尼西亚、印度、日本等国家，当时日本出版的《种子目录》这本书上，就已经记载了以我父亲谢易初的名字命名的蔬菜种子。

中华人民共和国成立后，我父亲从泰国返回中国，参加家乡的经济建设，澄海县委、县政府（现为澄海区，下同）任命他担任国营白沙农场的副场长兼技术员，他把自己几十年科研开发的育种成果无私地献给了国家。他在白沙农场领导和主持研发的冬熟西瓜、秋菊夏开，个体重 25 公斤的大萝卜、9 公斤的花椰菜、11 公斤的包心菜、25 公斤的大西瓜，株产重 110 公斤的大番薯，还有水稻、玉米、花生等一批蔬菜、瓜果、粮食、油料类的农作物优质品种，以及狮头鹅、蛋鸡、肉鸡等畜禽优质品种，为各地农业经济发展、为国家和社会作出了突出贡献，白沙农场也因此而成为名闻全国的先进育种场。1959 年中国农业科学院编著的《中国蔬菜优良品种》这本书，就收录了我父亲研发的四个蔬菜优良品种，推广到全国各地，甚至东南亚一带。

我父亲，与人相处，慈爱善良，谦虚礼让，诚信正直。他虽然话语不多，但真切诚恳，周到细致，让人感到十分亲近和温暖。但父亲工作起来，却十分严肃认真，很有威严。他十分爱惜人才，尊重人才，特别对那些有才干而且刻苦耐劳、勤奋努力的青年科技人才，他格外喜爱，把他们当作自己的孩子一样，无微不至地关心、爱护，认真培养，大胆任用。至今，在泰国，在中国，曾经与我父亲一起工作、生活或接触过的人，都十分怀念他、纪念他，他是一个很有人格魅力、受人尊敬的人。

我们的同事薛增一先生很有心，也很用心，在正大集团成立一百周年之际，用了一年多的时间寻找和收集了很多有关我父亲的资料，学习、研究、分析、整理，创作了《谢易初先生传》这本书，以此来纪念我父亲。这是一项很有意义的工作。我希望这本书出版以后，作者能够进一步听取广大读者的建议，根据新收集的史料和研究成果，再接再厉，再版的时候把这本书修改得更好、更完善。

我的父亲谢易初先生，是一位平凡而伟大的实业家、科学家，他为人类社会的发展和进步作出了贡献，彪炳史册，世代流芳。

谢易初先生千古!

2021 年 11 月 22 日

爷爷从小培养我中国情结

谢吉人

故事 002

1964 年我出生于泰国曼谷，我是第三代泰籍华裔。我的祖父是谢易初先生，是正大集团的创始人。我的父亲是谢国民先生，现任正大集团资深董事长。

我是父母的第二个孩子、第一个男孩，我上面还有一个姐姐，比我大两岁。后来我有了另外两个弟弟和一个妹妹，我们兄弟姐妹一共五人。

1970 年我 6 岁，到了该上学的年龄。那个时候我的祖父谢易初先生和祖母住在新加坡。祖父经营管理着正大集团在新加坡的企业，当时有饲料厂、包装材料厂、葡萄种植园等。那时泰国没有华文学校，祖父想让他的孙辈们学习中文、传承中国文化，要我父亲和我伯伯们把几个大孙送到新加坡来念华文学校。这表现出我祖父的远见卓识，因为他相信中国一定会再一次辉煌，小孩子学中文将来用处很大。

我母亲带着我和我姐姐乘飞机从曼谷到新加坡，把我们俩交给了祖父母。我们住在新加坡祖父母家里。女孩子住一间房，每人一张床。男孩子住一间房，是铁制的双层床，每天要爬高上低。祖父对我们的管束很严格，很有纪律性，感觉好像是住在军校那样。每天早上几点起床、几点早餐、几点去上学都有规定的时间。起床后，首先要把被单叠得整整齐齐。

当时祖父家里有两个女工、一个司机。一个女工是在新加坡工作的马来西亚华侨，她会讲中文，就住在我们家里，每天做饭、整理家务等；另一个是马来西亚人，她不是华裔，也不住在家里，每两天来一次，给我们洗衣服、洗被单等，那个时候还没有洗衣机，全靠人工。

新加坡的学校是周一到周五上学，周六和周日放假。周一到周五早餐吃什么，祖父都让工人给我们安排好，每天有两个鸡蛋。中午在学校吃饭，晚上回到家里吃饭。

周末比较自由。早上小孩子可以不用那么早起床。白天可以去玩，看电影等。中午也可以不回来吃饭，到晚上再回来。哪个小孩子起床早，祖父就带谁出去，先去附近的植物园散步，然后去吃新加坡很有名的肉骨茶早点。我小时候周末经常会起得早陪祖父去植物园，然后去吃肉骨茶。有时候我和堂哥、堂姐一起去。不固定，谁起得早谁去。

新加坡有华文学校，也有英文学校。我们上的学校是华文学校，教课的老师都是华人，上课讲普通话。也开设英语课，教英语课的老师也是华人。

我刚到新加坡上的是南洋小学，后来转到启发小学。学校离

谢吉人先生的祖父母：谢易初先生、陈金枝女士（照片由正大集团北京总部宣传中心提供）

祖父母家很近，走路10到15分钟。上初中就比较远一些，有时候乘祖父的汽车，有时候乘公交大巴车。

启发小学至今还在，但我听说搬迁到了一个新的地方，我还没有去过。我记得小学一个班有四五十名学生，全校有好几百名学生。我读书的中学叫华侨中学，在校学生有几千人，现在还在原址。来华文学校上学的大多数是来自新加坡、马来西亚、泰国、印度尼西亚等不同国家的华侨学生。学校里都讲中文普通话。也有一些同学，个别时候会讲福建话、潮州话，或者广东话。

我的祖父是一个比较严肃的人，从来不骂人，不乱发脾气。日常生活中，他讲话不多，从来不开玩笑，也不跟小孩子们表现出很亲热的样子。但是他有一种很自然的威严，小孩子们都听他的话。祖父是一位爱国华侨，在我的记忆中，祖父跟我们小孩子们讲，中国一定会再次强大起来，要我们好好学习中文、学习中国文化，将来会大有用处。

我还记得祖父跟我谈起他以前在汕头家乡做蔬菜育种的往事。他不但会做生意，而且有科学家的天分。他给我看过一些老照片，我印象很深，其中一张照片是他和一个青年手捧着他种植的大萝卜，我感到不可思议，怎么会种出这么大的萝卜呢。长大以后我才知道，祖父在汕头家乡做蔬菜和粮食的育种研发工作，取得了很大成就，影响很大，当时就有很多优质的蔬菜种子出口到东南亚。

在新加坡读书时有一件事，值得一提。我姐姐谢榆比我大两岁。我们来新加坡读书，差不多半年的时候，姐姐特别想念爸爸妈妈、想家，她离开母亲到新加坡很不习惯，她就跟妈妈说，她要回泰国去，我母亲就接姐姐回泰国读书了。那个时候，我母亲问我要不要和姐姐一起回泰国读书，当时我觉得既然来了就继续在新加坡读中文学校。那个时候我还是小孩子，也不知道怎么就这样想的，这可能就是人们说的天意吧。

在我的记忆中，祖父到企业去工作、去主持会议，有时候会带着我去，我耳濡目染祖父辛勤工作、拜访客户、做生意等场景，很受教益。他主持会议的时候我就坐在旁边听，这种机会我记得有好几次。我印象中他在员工中很有威信，他不大声说话，也不训斥人，大家都很尊敬他。那时候我们集团在新加坡的饲料厂生产的饲料，主要销售到马来西亚，一部分销售到新加坡，给农民养猪养鸡。祖父带着我去过新加坡的农村，到农民的养猪场看农民用我们的饲料养猪。我堂哥、堂姐也跟着祖父去过。

祖父在新加坡的饲料厂里，还有一个葡萄种植园。他经常在这里培育研发葡萄新品种。他特别喜爱葡萄，还有菊花。因为新加坡天气很热，我记得祖父会把菊花幼苗放到冰箱里冷藏，观察、研究菊花的生长特性。

我去新加坡上学之前不会讲中文。6岁从泰国到新加坡完全是从零开始学习中文，一共读了9年书。15岁的时候，我父亲就送我去美国留学了。

因为我那时候还是未成年人，按照美国的法律要有一位监护人，我的监护人是王景武先生。王景武先生当时在美国已经自己创业了，后来我父亲邀请他来正大集团工作，任命他为正大集团在美国企业的第一任董事长，主要负责正大集团在美国的国际贸易，以及与美国的洛克菲勒公司、摩根银行等与正大集团有合作关系的大企业的联络工作，办公室就设在纽约的世界贸易中心。所以我父亲就把我交给王景武夫妇照管。王景武夫妇是我的恩人，他们非常照顾我，我很感激他们。

我在美国读的是寄宿制高中。1983年高中毕业后我考取了美国纽约大学，1987年从纽约大学商学院毕业。

回想起我的童年和少年时代：我祖父决定让我到新加坡读华文学校；我父亲决定送我到美国留学；我自己在新加坡半年后选择继续留下来读华文学校。这三个重要的选择，现在看来对我后来的成长与发展都有重大且很好的影响，我十分欣慰。感恩我的祖父和祖母、感恩我的父亲和母亲、感恩我的各位老师和帮助过我的每一位贵人。

1921年，我祖父谢易初先生在泰国曼谷创办了正大庄种籽行，经过叔祖父谢少飞先生，经过谢正民、谢大民、谢中民三位伯伯和我父亲谢国民先生的接力传承、开拓创新，到2021年正大集团成立一百周年之际，已经发展成为了一家全球著名的跨国企业集团。我永远铭记前辈们在集团发展史上的丰功伟绩。

在集团进入第二个百年发展的新时期，我们将始终坚持“利国利民利企业”的三利原则，为投资所在国家的利益、为投资所在国家人民的利益、为正大集团自身的发展，以全球化的视野，继续开拓奋进，团结一致，同心协力，走进新时代，创造新辉煌，造福国家、造福社会、造福全球的消费者。

谢易初先生年谱

薛增一

故事003

1896年，出生

11月22日，谢易初诞生于中国广东省澄海县外砂乡蓬中村一户农家。

父亲给他起名叫谢进乾，也有资料写成谢进强。

其祖父叫谢宠高，又名谢尚，祖母名陈懿瑛。

其父亲叫谢成发，又名谢锡生，母亲名王赛琴。

谢易初出生的谢氏祖屋，至今仍较为完好地保存在蓬中村内，距今大约有180年了，是谢易初祖父一辈建造的家族房屋。

1904年，8岁

1904年前后，谢进乾被父亲送到村里或村子附近的私塾和小学读书，前后读了五年多。

在谢进乾进私塾学校读书的时候，私塾老师给他改名叫谢易初。老师说："易者，更易、改变之所谓也；初者，当初也；易初者，改变当初之困苦，创造来日之兴旺者也。"谢易初一生取得的非凡成就，印证了这位老师的预期完全正确。

1910 年，14 岁

辍学回家帮助父亲务农，以种植蔬菜为生。

1912 年，16 岁

是年，父亲谢锡生不幸在 40 岁左右过早地去世了。

从此，谢易初帮助母亲，担起了一家人的生活重担。当时，家庭人口一共 7 人，有谢易初的祖母、母亲，还有兄弟姐妹 5 人。他排行老大，两个弟弟分别是谢少白、谢少飞，两个妹妹分别是谢惠妙、谢妙清。

青少年时期，谢易初经过反复尝试，把潮汕当地的野生草菇培育成为菜用草菇，成为潮汕地区人工培植草菇第一人，名扬乡里，乡亲们亲切地誉称他为"草菇佬"。

1914 年，18 岁

在母亲的主持操办下，谢易初与陈金枝结婚。

陈金枝，1897 年出生于中国汕头，1975 年 1 月 21 日在泰国曼谷去世，终年 78 周岁。

1916 年，20 岁

长女谢美莹在中国家乡出生。

1918 年，22 岁

二女谢美韫在中国家乡出生。

1919 年，23 岁

在母亲和妻子的支持下，谢易初带着精心准备好的各类菜籽，以及账簿、招牌，据说随身仅携带了 8 块银圆做盘缠，随乡亲们结伴乘船出海下南洋，背井离乡，来到了泰国曼谷，经销菜籽。

1921 年，25 岁

6 月，谢易初在曼谷的嵩越路琼南利炭廊巷口租了一间门面房，开办了一家属于自己的蔬菜种籽经销店，起名“正大庄种籽行”。正大集团由此诞生。

在创办正大庄的时候，谢易初为正大庄设计了方圆商标，现已成为正大集团驰名世界的著名商标。方形，代表坚定的原则；圆形，代表灵活的策略。外方内圆，表示策略可以灵活多样，但不能离开为国为民及做事品质第一和做人正直诚信的原则。

谢易初是正大集团的创始人、奠基人，他建立的为国为民及品质第一和正直诚信的原则，为正大集团的发展壮大打下了坚实的基础，铸就了定海神针，厚德载物，基业长青。

1922年，26岁

11月，谢易初回中国家乡采办优质菜籽和探亲，回程时，把17岁的三弟谢少飞从家乡带到泰国曼谷，帮忙照料正大庄的生意，委任他为正大庄的财务负责人，掌管钱财和账簿。

1923年，27岁

有了谢少飞的帮忙，谢易初得以抽出时间亲往泰国内地各府实地调查和开拓市场。他走遍了清迈府、北柳府、北揽坡府、佛说府、叻丕府、佛丕府等地，考察当地的蔬菜种植情况，和菜农打成一片，了解菜农对蔬菜种子的需求，以及当地市场的销售情况。

是年，他在泰国的清迈府和北柳府，各开办了一个正大庄蔬菜种植示范园，做示范、树标杆，这也成了正大集团的优势传统之一。

三女谢细美在中国家乡出生。

1924年，28岁

谢易初返回中国故乡采办优质菜籽和探亲。

返回泰国途经新加坡时，他把摩洛哥芫荽（在中国俗称香菜）菜籽从新加坡引进到泰国种植、培育，是引进香菜到泰国的第一人。

回到泰国后，谢易初在曼谷唐人街越阁路（三聘米街尾路口）另租了一个新的更大的门店，把正大庄搬迁到这里，批发兼零售，为日后正大庄种子业务更大规模的发展打下了基础。

是年，谢易初还在曼谷的石龙军路新开了另一个种籽销售门店，取名“合利菜籽行”。

1925年，29岁

谢易初返回中国家乡采办优质菜籽，回程时，将夫人陈金枝和三个女儿从家乡接到泰国曼谷团聚。

1926年，30岁

四女谢美霞在曼谷出生。

1928年，32岁

这一年前后，谢易初从中国台湾引进西瓜品种，在泰国南部的春蓬府培育、试种成功，填补了泰国没有本土西瓜的空白。

这期间，他还从美国夏威夷引进木瓜品种，与泰国本土的木瓜品种杂交，培育出了泰国的新木瓜品种。

以上品种，经过正大庄的推广，在泰国得到广泛种植，造福泰国人民和世界各地的游客。

长子谢正民在曼谷出生。谢正民曾任正大集团董事长，现任正大集团永远荣誉董事长，是正大集团第二代主要领导人，为正大集团的发展壮大作出了重大贡献。1953年，时年25岁的谢正民和21岁的二弟谢大民，在泰国曼谷创办了正大集团第一家饲料工厂，这是正大集团发展历程上的一个重要转折，具有里程碑意义。

1929年，33岁

五女谢玮华在曼谷出生。

1931年，35岁

返回中国家乡采办优质菜籽到泰国正大庄销售。

1932年，36岁

次子谢大民在曼谷出生。1953年，谢大民和大哥谢正民一起主导了正大集团的第二次创业，开创了正大集团的饲料事业。谢大民曾任正大集团总裁，现任正大集团永远荣誉董事长，是正大集团第二代主要领导人，为正大集团的发展壮大作出了重大贡献。

1933年，37岁

谢易初在曼谷与第二位夫人陈嫦娟结婚。

陈嫦娟，泰籍华人，1914年出生于泰国。陈嫦娟曾在中国陪伴和照顾婆母。2000年4月18日在泰国曼谷去世，终年86周岁。

六女谢碧华在曼谷出生。

1934年，38岁

11月2日，三子谢中民在曼谷出生。谢中民1951年加入正大集团，曾任正大集团总裁，现任正大集团Advisory董事长，是正大集团第二代主要领导人，为正大集团的发展壮大作出了重大贡献。

1935 年，39 岁

七女谢映雪在曼谷出生。

1936 年，40 岁

从印度引进早花椰菜品种到泰国培育成功。

1937 年，41 岁

在泰国南部宋卡府的合艾市新开设了一家“正大庄”，继续扩大正大庄的种子销售网络。

八女谢碧珠在曼谷出生。

1939 年，43 岁

春，因第二次世界大战爆发，谢易初带着长子谢正民、次子谢大民、侄儿谢德民（谢少白的长子）、侄儿谢泽民（谢少白的次子）四个子侄，从泰国经老挝、越南，辗转回到中国云南，交给二弟谢少白。在云南短暂停留后，谢易初即返回到泰国，随后又去了马来西亚。

5 月 1 日，四子谢国民在曼谷出生。谢易初为四个儿子依次取名谢正民、谢大民、谢中民、谢国民，中间镶嵌“正大中国”四个字，深深地寄托着他身居海外、热爱中国的家国情怀。

20 世纪 30 年代初期，谢易初、谢少飞兄弟在正大庄种籽行的对面买了一块地，建起了一幢三层楼房。谢易初一家住三楼，谢少飞一家住二楼，一楼用作办公和种子仓库，楼顶做晾晒种子用，有时候还在房顶养鸡。谢国民就出生在这栋楼的三楼。

20世纪30年代中后期，谢易初还在汕头市小公园开埠区五福路购置了一幢联排的三层骑楼，将母亲从澄海的乡下祖屋接到汕头城区生活，安享晚年。

1941年，45岁

在马来西亚设立了两个“正大庄种籽行”，大力拓展海外市场。

12月，日本侵略军侵占了马来亚半岛。谢易初先后受困在马来西亚和新加坡，无法返回泰国，在新加坡与先前抵达这里的谢氏宗亲相聚一起，捕鱼为生。

1945年，49岁

8月，日本战败投降，“二战”结束。

9月，从新加坡返回到泰国，途经合艾时，得知曼谷发生动乱，遂在合艾过了三个晚上，才又乘船抵达曼谷，时隔三年多后与家人团聚。

因战乱纷扰，正大庄的业务在谢少飞主持下，艰难维系，十分困难。谢易初坚定地鼓励大家“重整旗鼓”。

在谢易初领导下，正大庄很快抚平了战争创伤，不但经营业绩再创新高，而且业务范围和规模继续扩大，经营20多年的“正大庄种籽行”重新焕发活力。

是年，谢易初新创办、增加了“飞机牌”菜籽，以新科技引领行业，拓展市场。

同期，他开始采用新出的铁制罐装来包装蔬菜种子，以提升种子的储存品质和产品形象。

1946年，50岁

把泰国的正大庄业务委托给了三弟谢少飞掌管，自己回到中国家乡澄海县创办了占地40余亩的私人育种农场，培育蔬菜良种。其间，他将从印度引进到泰国培育成功的早花椰菜带回澄海培育成功。

是年，在汕头市开办了“光大庄”种子销售铺面，旧址今汕头市龙湖区新溪街道老市巷10号右侧临街的四间老铺面，具体是哪一间或哪两间，是谢易初当年购置的还是租赁的，都已经无法考证了。

同时，他将位于汕头市五福路的楼下临街铺面，作为“光大庄”的办事处，经营蔬菜种子的出口业务，供给曼谷正大庄及东南亚其他国家和地区的海外客商销售。

谢易初商海捭阖，正义在胸，他把在曼谷开办的种籽行命名为“正大庄”，把在汕头开办的种籽行命名为“光大庄”，寄托着他心中始终坚定的信念——“正大光明”。

他开创的产供销一条龙经营业态，后来也成了正大集团的经典商业模式和优势传统之一。

20世纪40年代，正大庄的种子出口业务已经覆盖了新加坡、马来西亚、印度尼西亚、印度、日本等国家及中国的香港、台湾等地区，也从海外引进优质蔬果品种到泰国培育、销售，正大庄还成为日本泷井种苗公司的泰国经销商。这一时期，日本出版的《种子目录》，已经记载了以谢易初名字命名的蔬菜种子。

1947 年，51 岁

谢易初自曼谷飞抵香港，正巧抗战时期在四川生活了 8 年的长子谢正民、次子谢大民，先前一天由谢少飞安排搭乘免费的空军飞机从四川飞港，他便携子一同乘轮船返回汕头。

28 天后，因担心两位青年被国民党军抓壮丁，再携子返回泰国曼谷。

1948 年，52 岁

再度回到中国家乡澄海县，将原占地 40 余亩的私人育种农场扩大到占地 100 多亩、场工达到几十人的蔬菜良种实验农场，以规模化的生产模式，主要生产芥菜、白菜、早花椰菜、早晚萝卜和其他蔬菜、水果的种子。

同期，他实验成功了“种籽储藏十年还能发芽”的方法，提高了种籽的保存质量。

1949 年，53 岁

10 月 24 日，澄海解放。当时谢易初在泰国。在得知家乡解放的消息后，他即决定返回祖国。

1950 年，54 岁

3 月 18 日，回到家乡，受到由首任澄海县委书记许士杰和首任澄海县县长余锡渠主持工作的澄海县委、县政府的欢迎和关怀。

4 月 22 日至 28 日，澄海县首届各界人民代表大会隆重举行。谢易初受到澄海县委、县政府的邀请，作为归国华侨代表，光荣

地出席了这次在澄海县历史上具有划时代意义的重要会议，同与会各界代表共商除旧布新、建设家乡的大事。他在会上提出了三项建议：一是禁绝吸毒贩毒；二是成立侨联组织；三是发动群众抗灾救灾。

7 月 4 日至 7 日，出席了第二届澄海县各界人民代表会议。

11 月 1 日至 5 日，出席了第三届澄海县各界人民代表会议。

是年，在人民政府鼓励下，谢易初将位于五福路的“光大庄”办事处正式挂牌为“光大庄种籽行”，面向国内外开展蔬菜种籽经营业务。谢易初晚年回忆中华人民共和国成立初期这段难忘的历史时说：“公元 1949 年祖国解放，为符合政令，即创光大庄于汕头，经营种子远销国内外。光大庄品种亦获各方赏识。”

1951 年，55 岁

1 月，澄海县开始了土地改革工作。在县委书记许士杰、县长余锡渠的领导下，澄海县的土地改革工作正确贯彻了中央和省委的政策，通过时任澄海县人民政府基建科科长兼上蓬区土改工作队队长林派捷，再次对谢易初进行保护。

5 月 15 日至 17 日，出席了第四届澄海县各界人民代表会议。

1952 年，56 岁

1 月 5 日至 8 日，出席了第五届澄海县各界人民代表会议。

5 月，国营澄海县农场正式成立（1953 年称澄海县示范农场，1957 年称国营白沙农场）。经县委委员、场长林派捷提议，谢易初被县委、县政府任命为副场长兼技术员，是最早参与农场创办的领导人之一。他随身带了一个简便的铺盖，和林派捷场长一起来到冠山石佛寺，各住一间简陋的小禅房，白手起家，开启了白沙农场辉煌的发展历程。

许士杰、余锡渠、林派捷，以他们的慧眼识才、远见卓识和政治定力，同为最先保护和大胆起用并给予谢易初荣誉的三位“伯乐”。

11月2日至5日，出席了第六届澄海县各界人民代表会议，提出兴修坝头镇水利设施的提案。

冬，新中国百废待兴，但财力有限，国家压缩建设项目，澄海县农场面临“下马”，经济十分困难。谢易初副场长向林派捷场长提出建议：“广种菜籽，培育良种供应市场，以增加收入，共渡难关。”为此，他把自己花费了十几年心血的科研成果——“花椰菜”和其他优质菜种无私地奉献给农场，先后培育出早花椰菜6号和早花椰菜11号等，半年内畅销海内外，为农场挣得了一笔可观的收入，使得农场起死回生，为半年没有发工资的农场职工补发了工资。这半年里，他还个人掏腰包，帮助个别生活特别困难的农场职工渡过难关。

是年，汕头市政府根据国家政策，开始对城市中的私营工商业进行改造，实行公私合营，谢易初的“光大庄种籽行”也在这一时期与其他几位同业种籽行一同与政府实行了公私合营。

合营后，政府在汕头市外马路双莫楼开办汕头地区菜籽合营公司，聘请谢易初为副经理，一直到1956年改制为公营为止。

在任期间，谢易初运用经销菜籽多年的优势和经验，紧密团结海内外华侨，大力拓展海外市场，把潮汕菜籽源源不断地出口到

海外，为中华人民共和国成立初期发展地方经济立下了汗马功劳。

当年，农场周边的水稻发生了稻热病，农民们束手无策、焦虑万分。谢易初知道了，便手把手教会农民配制农药喷杀病菌，帮助农民渡过难关，被农民尊敬地称为“谢技师”。

1953 年，57 岁

2 月 6 日至 10 日，以特邀代表的身份，出席了汕头市工商界第一届代表大会。

2 月 28 日（农历正月十五），着手将夫人 1952 年 12 月底从泰国带回的 100 株泰国柚木小根苗亲自栽培在冠山石佛寺周边，至今有 28 棵柚木长成参天大树，蔚然成林，成为石佛寺一景。

3 月 26 日至 28 日，出席了第七届澄海县各界人民代表会议。

3 月，外砂乡人民政府响应国家号召，在各村组织了 12 个扫盲夜校班，谢易初主动捐赠了 12 个班的全部灯油费。在他的大力襄助下，外砂乡扫盲工作顺利开展起来，并成为澄海县扫盲先进单位。

11 月，回泰国探亲。

是年，谢正民和谢大民在泰国创办了正大集团第一家饲料工厂。他们请正在泰国探亲的父亲为企业起一个中文名字，谢易初挑选了与泰语单词读音接近的潮州话“卜蜂”两个中文字，给新公司命名为“卜蜂公司”。

1954 年，58 岁

1 月，年近花甲的谢易初主动争取，参加了广东省农业厅在广州举办的“米丘林遗传育种训练班”，被誉为白沙农场的“华侨米丘林”。

“米丘林遗传育种训练班”结束后不久，又前往武汉农学院，学习、研究葡萄的栽培技术。

6 月 17 日至 22 日，澄海县首届人民代表大会隆重举行。谢易初等 21 人当选为首届县人民委员会委员，成为县领导班子成员之一。

1955 年，59 岁

6 月，为了总结谢易初的育种科研成果，推广优良蔬菜品种和先进种植技术，林派捷场长组织国营澄海县示范农场编印了由谢易初副场长口述、广东省农科院柑橘专家王浩真副研究员执笔整理的谢易初科研著作《蔬菜刊物第一号》《蔬菜刊物第二号》《蔬菜刊物第三号》《蔬菜刊物第四号》《蔬菜刊物第五号》五个单行本，每本收录谢易初的蔬菜科研成果论文一篇，共五种。

是年，华南农学院园艺系第四生产实习大队全体师生到澄海县示范农场实习，由谢易初任实习导师。他一方面为全体师生作报告，传授蔬菜种植的丰富经验；另一方面带大家到田间，实地观察、解释分析、示范操作。

当年，潮汕地区的柑橘普遍发生了“黄种病”，许多农业专家主张把全区的柑橘拔除，另栽新种。但是谢易初坚决不同意这样做。他认为，这样做柑农的损失惨重，而另栽新种后也不能保证不再发生“黄种病”，且这样做会使得潮汕地区的柑橘脱产三四年，会给地方经济和广大果农造成重大的损失和影响。为此，他特别提出了防治“黄种病”的具体意见和措施，被政府采纳、推广，组织

领导广大柑农对“黄种病”进行救治。结果，这一年被认为因患了“黄种病”而“无法救治”的潮汕地区的柑橘终于得救了，为柑农挽回了重大损失，为稳定地方经济作出了贡献。

这年，澄海县获得“全国双季稻千斤县”的光荣称号。谢易初领导培育的优质水稻品种，比一般水稻高产20%，在潮汕地区得到了大面积推广，为地方粮食增产作出了重要贡献。

11月12日，作者庸歌与归国观光的四位印度尼西亚华侨代表来到澄海县示范农场访问，并采访了谢易初。

1956年，60岁

春夏之交，国营澄海示范农场建立了“狮头鹅原种场”，在谢易初副场长的指导和关怀下，以唐述尧等畜牧技术人员为主，承担了澄海狮头鹅的保种、培育和推广工作，选育出的“澄海系狮头鹅”，体大、肉多、生长快，最大的可达18公斤。根据谢易初的建议，鹅种场从当地优良狮头鹅中精心分离出一批白色狮头鹅，培育成功了“白色狮头鹅”这一新品种。

9月13日，长孙谢光在汕头出生。谢光是谢中民的长子。

10月，随广东省侨联代表团赴北京，参加了在北京召开的中华全国归国华侨联合会成立大会，当选为全国侨联委员。

1957年，61岁

1月20日，中华全国归国华侨联合会主办的《侨务报》杂志1957年第1期出版，刊发了作者庸歌采写的文章《访问澄海县示范农场和归国华侨蔬果专家谢易初先生》，文中收录了1955年华南农学院来农场实习的全体师生致谢易初的感谢信。

1 月 23 日至 28 日，出席澄海县第二届人民代表大会，再次当选为澄海县人民委员会委员。

是年，澄海县国营示范农场场部迁往白沙，与白沙分场合并，称国营白沙农场。谢易初和林派捷迁入白沙农场场部办公室旁边的“三间仔”宿舍。他们从 1957 年一直住到 1966 年。

10 月，中央新闻纪录电影制片厂从北京来白沙农场，拍摄了澄海狮头鹅的专题纪录片。

11 月，因胃病请假赴香港治疗，痊愈后离港赴泰国探亲。

这年，谢易初戒烟。

1958 年，62 岁

年初，农业部种子管理局刘定安局长带队来到白沙农场视察工作。当时，谢易初去泰国探亲，尚未返回。刘定安局长听取农场的汇报后动情地说：“谢老是难得的宝贵人才，是我们国家的财富，我回去后一定向中央领导汇报。他的事迹，我听后很受感动，希望你们青年人要好好向谢老学习，做个有益于人民的人。”

春，从泰国探亲返回汕头途经香港的时候，谢易初在香港买了一辆德国产的奔驰牌五座绿色小轿车捐献给县委、县政府。

3 月 5 日，次孙谢明在曼谷出生。谢明是谢正民的长子。

5 月 10 日至 14 日，出席澄海县第三届人民代表大会，继续当选澄海县人民委员会委员，直到 1959 年 1 月澄海县撤销，并入汕头市为止。

6 月 4 日，澄海县示范农场再次编印了由林派捷场长组织、谢易初副场长口述、王浩真副研究员执笔整理的谢易初科研著作《蔬菜资料（一）》《蔬菜资料（二）》《蔬菜资料（三）》《蔬菜资料（四）》四个单行本，每本收录谢易初的蔬菜或果品科研成果论文两篇，共八种。

夏，全国侨务委员会主任方方来到白沙农场视察，品尝到谢易初培育的“澄育一号”西瓜，赞不绝口，当场提出能不能送一些西瓜到北京，向周总理报喜。但是农场收获的西瓜已经售罄。谢易初因此受到启发，他想，西瓜能不能夏天种、冬天熟呢？

冬，谢易初研发的“冬熟西瓜”大获成功，平均每个西瓜重量达到 15 公斤，最大的达 25 公斤。

12 月 25 日至 1959 年 1 月 1 日，国家在北京召开了全国农业社会主义建设先进单位代表大会，白沙农场光荣地获得了周恩来总理亲笔签发的“国务院奖状——奖给农业社会主义建设先进单位广东省澄海县农场”。白沙农场参会的曾树创等代表带了 3000 斤冬熟西瓜到北京，送进了中南海给毛主席、周总理等中央领导品尝，一部分冬熟西瓜参加了大会组织的全国农业战线成果展。会议期间，刘定安局长对曾树创说：“请你转告场长，说中央很关心谢老这样的人才，中央要求你们上上下下的人都要尊敬谢老，这是中央的意见。”

12 月 16 日，澄海县外砂大桥动工。政府号召社会各界捐赠建桥材料，其中包括建桥所需的 7500 包特优水泥。谢易初写信给在海外的家人，带领家人捐赠了 400 包特优水泥。

是年，孙子谢克俊在曼谷出生。谢克俊是谢大民的儿子。美国纽约大学工商管理硕士毕业，任卜蜂国际有限公司执行副董事长。

1959年，63岁

年初，汕头地委传达了毛主席办公室给白沙农场的感谢电，电文说："感谢澄海农场工人培育成功优质丰产大西瓜。"一时间，澄海农场的职工心花怒放，兴高采烈，大家纷纷为谢易初的科研成果叫好，向谢易初表示祝贺。不久，农业部又专门打电话到白沙农场说："感谢白沙农场，感谢谢易初老人，毛主席、周总理都尝到了冬季西瓜，称赞你们的西瓜好。周总理还用冬季西瓜招待了外国驻华使节，他们都一致称好！"刘定安局长也特别让曾树创捎来话，感谢谢易初老人为国家作出的贡献。

3月，由中国农业科学院编、农业出版社出版的《中国蔬菜优良品种》，收录了谢易初研发的四个蔬菜品种的科研成果：澄海早花椰菜6号、澄海早花椰菜11号、交配早萝卜、马耳萝卜，推广到各地，广泛种植。

6月，由谢易初口述、王浩真副研究员执笔整理的谢易初科研成果论文《西瓜冬熟栽培经验介绍》，全文刊载在1959年6月16日出版的农业部主办的《中国果树》杂志1959年第3期上。

20世纪50年代初期，谢易初从国外引进西红柿到澄海县农场培植。在他的推动下，没过几年，整个潮汕地区，特别是整个澄海县，种植西红柿已经十分普遍，产量也很高。谢易初是潮汕地区引进种植西红柿第一人。

这一时期，他还为农场周边的果农讲解荔枝、龙眼的种植知识，教他们管理、施肥、修枝，把那些年生年停、一边生一边不生，或者一年多产一年少产的荔枝树、龙眼树，变成了年年生、全

面生，大大提高了荔枝、龙眼的产量，年年获得好收成，使得荔枝、龙眼这两种潮汕地区重要的经济果树为造福果农、繁荣地方经济持续作出贡献。

20 世纪 50 年代，谢易初总结了他多年的科研实践，创造了“环境驯化法”，代表成果有早熟花椰菜 6 号和早熟花椰菜 11 号；“远地引种杂交法”，代表成果有“澄育一号”西瓜和“白沙 1016 号”花生；“系统选育法”，代表成果有“大有种”椰菜品种、南特号水稻品种等。谢易初领导研发的一大批科研成果，包括“早熟鸡心芥菜”和“赤叶哥莉大芥菜”，产量都超过了日本大阪的优良品种；他培育出了个体重 25 公斤的大萝卜、9 公斤的花椰菜、11 公斤的包心菜、25 公斤的大西瓜、株产重 110 公斤的大番薯，还有水稻、玉米等一批蔬菜、瓜果、粮食作物的优质品种，为家乡的园艺科研事业、潮汕以至东南亚地区的农业良种化，以及培养高水平的农科技术人才，都作出了不可磨灭的贡献。

当年，澄海华侨中学刚刚创办不久，谢易初即捐资人民币 1000 元，帮助学校用于校舍建设。改革开放后，谢易初和家人先后多次捐资累计达 350 万港元、201 余万元人民币等，资助学校兴建科学馆、宿舍楼，购置教学设备，设立奖教金和奖学金等。

20 世纪 50 年代，谢易初安排他的儿女谢中民、谢国民、谢玮华、谢碧华、谢映雪等先后回到中国，在汕头、广州、香港读书，学习中文和中国文化。

1960 年，64 岁

2 月 22 日，谢易初在公社领导的陪同下，来到与白沙农场比邻的坝头公社参观农田和水利设施。1952 年他曾提出兴修坝头镇水利设施的提案，此时已经建设完成了 340 条大小水渠，总长度达到了 170 里；建设了一条 30 里长的防洪防潮大堤，全社 8300 亩水田全部自流灌溉，1 万亩旱田也有五成可以自流灌溉。谢易初看到这些成果，十分高兴和欣慰，他对公社干部说："祝你们充分运用大好条件，夺取更大丰收。"

1961 年，65 岁

夏，广东省在广州市召开侨务工作会议，谢易初作为全国侨联委员，与澄海县委分管侨务工作的副书记陈德鸿一起赴穗参会。陈德鸿回忆说："50 年代末至 60 年代初，正是我国经济生活处于极端困难的时期。那时，我担任中共澄海县委副书记，并分管工业、文教、统战、侨务等方面的工作，从而与谢易初先生相识。我觉得当年的谢先生，他那种与祖国、与家乡人民患难与共、同舟共进的精神坚定强烈，充分表现在他的思想和言行之中，给我留下了深刻的印象。1961 年夏，我和谢先生一同赴广州参加省里召开的一次侨务工作会议，由于同食同住在一起，因此便有机会与谢先生直接交谈。在谈论当前的各种困难时，谢先生坚定地说：'我们国家大，人口多，在建设过程中碰到这样那样的困难和问题是难以避免的。我相信中国共产党和毛主席一定会解决好这个问题。'表现出他面对困难的积极态度和不畏困难的坚强意志，以及对党和政府的信任。"

4 月 5 日，孙子谢杰人在曼谷出生。谢杰人是谢正民的儿子。任正大集团资深董事长助理、正大易初工业集团副董事长。

1962年，66岁

6月6日，农历端午节期间，在白沙农场的宿舍区、在澄海县龙舟赛的主场地，举办了谢易初研发成功的本来只能在秋季盛开的菊花展。“秋菊夏开”，引起了极大的轰动，参观者络绎不绝，赞不绝口。《汕头日报》发表文章予以盛赞。

6月6日至8日，澄海县归国华侨联合会第二次归侨、侨眷代表大会召开，谢易初出席了大会。大会选举谢易初为县侨联主席。

冬，有一天县侨联工作人员向谢易初主席汇报工作，其中谈到归侨和侨眷对申请出国和赴港的审批偏严有意见。谢易初便到县委统战部向许哲西部长提出建议，他用自己的亲身经历和感受，亲切地说：“华侨绝大多数是爱国的，他们虽然身在国外，心则与祖国的命运维系在一起，他们永远也不会忘记祖国，有朝一日，他们会回来报答祖国养育之恩。希望在批准出国、赴港这一问题上，适当放宽，这是符合国家、民族的利益的。”许哲西部长十分重视，表示完全同意谢易初的意见，随即协调解决了这一问题。

是年，毕业于潮安农校的青年科技人员邵舜梦，被县农林局种子站安排到白沙农场，跟随谢易初开展花生育种工作。

谢易初对青年科技干部关怀备至，言传身教，呕心沥血，培养了一大批农业科技人才。林派捷后来回忆说：“在澄海，听过谢易初讲农业技术课者数以万计。他辛勤地培养了一大批农业技术人才。我请人作了一番不完全的统计，有173位当年只有初中文化者，在他的言传身教下，如今已成长为农艺师、高级农艺师。谢老这技师，所作的贡献难以估量。”

1963年，67岁

4月至11月，白沙农场按照国家农业部的安排，接收了一批来自古巴的留学生在农场学习蔬菜种植技术，林派捷场长即安排技术人员用1955年和1958年分别编印的谢易初的著作《谢易初论果蔬栽培》共十个单行本作为培训教材，或在此基础上再增补培训教材。

秋，一天晚上，谢易初来到县侨联与工作人员座谈，他说："只有祖国强大了，华侨在海外才有地位，才不会受人欺压。旧社会，由于我国衰弱，根本没有外交地位，在外华侨沦为二等公民、海外孤儿，他们只能日日夜夜盼望着祖国的强盛，提高海外侨胞的政治地位。"

20世纪60年代初，谢易初主持白沙农场多次从香港转口贸易引进优良的种鸡、种蛋，与本地优良蛋鸡、肉鸡品种杂交后，培育出了"白沙白来帆蛋鸡"，全年生产鸡蛋最少可达到300枚，饲养性能稳定，经济实惠，在国内推广养殖；"白沙白龙肉鸡"，最大的一只体重达到了7公斤左右，在白沙农场的外贸养鸡场饲养出栏以后，一批一批地从香港转口贸易卖到了美国，为国家赚取了丰厚的外汇。来白沙农场争购蛋鸡雏、肉鸡雏的养殖单位和农民个体成群结队，为增加养殖单位和农民的收入、改善群众生活作出了贡献。

谢易初把泰国正大集团的一部"出壳鸡雏雌雄鉴别器"赠送给白沙农场，这是当时国际上检测鸡雏性别的最先进的仪器，在国内或许绝无仅有。

他还从泰国正大集团进口一批正大集团饲料工厂生产的全价饲料，赠送给白沙农场做饲养试验用。

是年，孙子谢展在曼谷出生。谢展是谢中民的儿子。美国南加州大学毕业，任正大集团泰国 Telcom Holding Company Limited 总裁兼首席执行官。

1964 年，68 岁

是年，时年 25 岁的青年谢国民在泰国曼谷加入正大公司，正大的事业从此进入了快车道。谢国民的加入是正大集团发展史上又一次具有里程碑意义的重大转折，在谢国民的主导下，有三位兄长的信任、重托和全力支持，经过随后几年的开拓创新、发展壮大，到 20 世纪 60 年代末和 70 年代初，正大公司已经从一个传统的家族企业，成为一个拥有现代企业制度的跨国企业集团。谢国民，1969 年任正大集团总裁，1989 年任正大集团董事长，2017 年至今任正大集团资深董事长，是正大集团第二代核心领导人，为正大集团的发展壮大作出了决定性贡献。

春，谢易初把存入银行七年多的“专款”一共 2000 多元取出来，交给母亲过年。母亲问钱从哪里来的，他告诉母亲是他 1957 年戒烟后把每个月抽烟的钱专门为母亲存下来的，母亲听罢十分高兴。这一年，谢易初的母亲已是 91 岁高龄了。

3 月 13 日，孙子谢吉人在曼谷出生。谢吉人是谢国民的长子。2017 年起任正大集团董事长，是正大集团第三代核心领导人。

秋，广东省园艺学会蔬菜组在澄海县白沙农场举行年度学术活动会，谢易初在会上作学术报告。会议期间，谢易初还带领与会的领导和专业技术人员到田间，现场为大家介绍蔬菜育种选种工作经验。

从1950年初到1966年初，16年间，谢易初先后应邀、当选或受命担任澄海县各界人民代表大会代表，澄海县人民代表大会代表，汕头市工商界第一届代表大会代表，澄海县国营农场、国营示范农场和国营白沙农场副场长兼技术员，汕头地区菜籽公司合营副经理，澄海县人民委员会委员，澄海县归国华侨联合会主席，全国侨联委员，广东省政协委员，广东省侨联委员等职。他从一名华侨实业家成了一名国家干部、科研专家，他爱国爱乡、无私奉献、勤奋敬业，为国家、为社会作出了突出贡献。

曾任澄海县县长的许士鉴回忆说："易初先生在澄海工作期间，他的家境并不十分丰裕，他全心全意为澄海的园艺事业作出贡献，本应收取政府和人民付给该得的工资，但他从不领取一分钱，而把他应得的报酬全部捐赠给农场，作为职工的福利补助，自己的生活费用全由自己支付，这种只讲贡献、毫不索取的崇高精神，实在是值得我们学习。"

1965年，69岁

因二弟谢少白一家人口渐多，原租住在五福路的房屋过小，谢易初出资为二弟在五福路附近的潮安街53号购置了一套较大的房产。

6月14日，孙子谢明欣在曼谷出生。谢明欣是谢国民的次子，2017年起任正大集团资深副董事长，是正大集团第三代主要领导人。

1966年，70岁

年初，因胃溃疡严重，需手术治疗，谢大民将父亲从白沙农场接到香港治疗。手术十分成功，经过一段时间的治疗和休养，谢易初完全康复了。

由于发生“文化大革命”，谢易初未能返回内地；又因当时泰国政府禁止同中国的一切往来，谢易初去泰国定居的申请也未获批准。不得已暂居香港。

1967年，71岁

谢易初由香港移居到新加坡定居。

3月24日，孙子谢镕仁在曼谷出生。谢镕仁是谢国民的三子。2017年起任正大集团CEO，是正大集团第三代主要领导人。

同年，母亲王赛琴在汕头市五福路的家中安详辞世，终年94岁，安葬于澄海老家。

1968年，72岁

主持与日本油漆公司合资在泰国和马来西亚建立油漆制造工厂。

1969年，73岁

8月8日，在雅加达主持正大集团在印度尼西亚的第一家卜蜂饲料工厂投产开业典礼。

1970年，74岁

主持与日本油漆公司合资再建立油漆制造工厂于印度尼西亚。

1972 年，76 岁

从新加坡移居泰国曼谷。此后常往来于泰国曼谷、新加坡，中国香港等地。

1974 年，78 岁

正大集团在中国香港设立了正大国际投资有限公司，谢易初亲任董事长，负责正大集团在亚太地区的投资发展。

1978 年，82 岁

3 月 18 日至 31 日，中共中央、国务院在北京隆重召开了 6000 人参加的全国科学大会。谢易初领导和参与的重大科研成果“白沙 1016 号”花生新品种被授予“重大科技成果奖”，谢易初的学生、科研项目主要承担人邵舜梦被授予“全国科技先进工作者”。“白沙 1016 号”花生新品种运用谢易初的“远地引种杂交法”理论，从 1962 年开始，经过四年、七个代次的研发，到 1966 年秋大获成功，被农业部广泛推广，种植面积在 20 世纪 60 年代末 70 年代初达到了 5000 万亩以上，为国家出口创汇立了大功。

12 月 18 日至 22 日，中共中央在北京召开十一届三中全会，决定中国“对内改革，对外开放”，这一特大新闻即刻就传遍了全世界。

当谢易初在新加坡听到中国打开国门、面向世界、实行改革开放这个激动人心的消息后，他高兴地说：“这一天终于到来了，我知道，会有这一天的。”

此时的正大集团历经 57 年，已经从一家小小的种籽店，发展壮大成为一家拥有雄厚实力的跨国企业集团，从泰国走向了世界，在泰国、美国、新加坡、印度尼西亚、马来西亚、日本，以及中国台湾、中国香港等国家和地区都有企业。

1979 年，83 岁

1 月，谢易初从新加坡到了香港，在香港利园酒店主持召开了正大集团高层会议，讨论回中国内地投资发展、报效祖国、造福家乡的有关事项。他对谢正民、谢大民、谢中民、谢国民四个儿子说：“无论如何也要到中国去。正大在世界各地做得再好，若对祖国无贡献，我将死不瞑目！”他还说，“要尽快进入大陆，不可慢，现在是最好的时机。”

2 月，澄海县委县政府根据全国侨联的会议精神，召开了澄海县侨联第三次代表大会。6 月 14 日，澄海县侨联召开第三届第二次会议，经澄海县委组织部批复，谢易初再次担任澄海县侨联主席，直至 1983 年 2 月逝世。

3 月至 4 月，正值广州春季商品交易会，谢易初即从香港起身来到广州，这是他“文革”以后时隔 13 年第一次回到内地。

时任广东省委书记吴南生在广州华侨大厦亲切会见了老朋友谢易初。谢易初向吴书记表达了急切希望回国投资、报效国家的心愿，吴南生表示真诚欢迎正大集团来国内投资办企业。

这次在广州，谢易初还参观了广州的中国进出口商品交易会，并会见了蚁美厚、许士杰、林派捷、王浩真等许多老领导和老朋友。分别十多年后的相聚，他们欢欣鼓舞，百感交集。

回到香港后，谢易初对家人说："到祖国投资兴办企业，要注意，是我们的祖国，一切要为祖国的利益着想，要出钱献力，诚挚合作，扎扎实实为改革开放效力。"

夏，应泰国泰中友好协会会长差猜·春哈旺的邀请，中国政府委派广东省潮剧团代表中国赴泰国访问演出。谢易初对大家在泰国、随即又去新加坡访问演出期间的生活，关照得十分周到，无微不至，剧团全体人员深受感动。

9月，正当外国的投资商、企业家都还对改革开放政策和是否去中国大陆投资观望徘徊、犹豫不决的时候，在谢易初的安排下，遵照谢易初的心愿和意见，时任正大集团总裁谢国民果断决策、快速行动，决定先赴广州拜访父亲谢易初的老朋友、老领导吴南生，向吴书记当面汇报正大集团来大陆支持改革开放、投资企业、报效祖国的计划，听取他的指示和意见。吴南生书记安排在自己的家中亲切会见了谢国民，对正大集团来大陆投资发展、支持改革开放，给予了充分肯定、高度评价及具体建议。

11月，在吴书记的支持和指导下，谢国民带领正大集团的外籍管理团队，经由香港来到深圳，在深圳各级党政机关和领导的支持、帮助下，经过实地考察、洽商，正大集团联合美国康地集团，总投资3000万美元创办了"正大康地（深圳）有限公司"，领取了《中华人民共和国台港澳侨投资企业批准证书》外经贸深外资证字0001号，正大集团因此而成了改革开放后第一家进入中国大陆的外商投资企业，是中国改革开放发展历程中的一个里程碑事件。

是年，澄海县筹建澄海人民华侨医院，资金不足，谢易初在香港得知消息后，从香港汇款到澄海人民华侨医院筹建处，捐建医

院主楼、购置设备等，先后八次为医院捐资累计2100万元。医院在主楼的外墙正面镶嵌了“谢易初大楼”五个大字，以示医院对谢易初的感恩和永久的纪念。

据澄海区委区政府不完全统计，谢易初和家人先后为澄海区捐资、捐建、捐助的项目近2亿元，包括汕头市谢易初中学、汕头市体育馆、澄海县人民华侨医院、澄海县华侨中学等多处小学、中学、医院、敬老院、体育馆、纪念馆、桥梁等公益设施，为家乡的改革开放和经济社会发展作出了突出贡献。

1980年，84岁

2月1日至15日，时任全国人大常委会副委员长、周恩来总理的夫人邓颖超率领中国全国人大代表团抵达泰国曼谷，开始为期两周的友好访问。她一到曼谷，就提出来要看望谢易初。这是一次难忘的会见。

随后，谢易初取道香港再赴广州，会见并带领白沙农场的一批老同事、老朋友到泰国参观、访问。

送走白沙农场的老同事、老朋友之后，他惦记着正在新加坡培育的葡萄新品种，便赶到了新加坡。

到了新加坡的第二天一大早，谢易初就进入到葡萄园查看正在试验栽培中的葡萄。由于一路劳顿、辛苦，他突发脑中风，猝然晕倒在葡萄架下。

经过紧急救治，病情被控制住，但四肢已经不能活动，也不能说话，行动不能自理。

广东省委书记吴南生获悉后，立即指示广州中医学院组织两位知名中医组成的专家组，前往新加坡与当地医生一起参加对谢易初的治疗。接着又参与护送谢易初回到泰国曼谷的家中，继续进行治疗。经过一段时间的治疗，谢易初的病情有所改善，能坐轮椅、看东西、听声音，还可以简单地说一两句话，但始终未能完全恢复。

11 月 12 日，谢易初的挚友，曾任澄海县委委员、副县长，白沙农场党委书记兼场长的林派捷，赴泰国曼谷登门拜访和看望老友谢易初。

是年，经谢少白的长子谢德民引荐，谢正民和谢大民来四川考察，受到时任成都市委书记宫辐书的亲切会见和热情接待，与四川省、成都市有关方面商谈正大集团来四川省投资发展、设立公司等事项。1982 年，正大集团与成都市签约成立“成都凤凰正大合营有限公司”（后更名为“成都正大有限公司”），是四川省第一家外商投资企业。

1981 年，85 岁

年底，谢易初的学生、在谢易初指导下培育出水稻新品种获广东省和国务院奖励的时任澄海县农科所所长曾树创，赴泰国曼谷登门拜访和看望老师谢易初。

1982 年，86 岁

8 月 4 日，20 世纪 50 年代在澄海县担任县长，时任广东省农业厅厅长许士鉴，赴泰国曼谷登门拜访和看望老友谢易初。

同年，20 世纪 50 年代在汕头地委担任副书记，时任广东省委宣传部副部长兼文化局局长李雪光，及赴泰访问演出的潮剧团副团长马乔和著名潮剧表演艺术家姚璇秋，在曼谷登门拜访和看望谢易初。

自1980年生病以来，谢易初无数次坐着轮椅接待来自中国大使馆、中国各地政府、广州和汕头家乡，以及泰国的友好人士、亲朋好友等各方面前来拜访、看望、问候他的客人。临别时，他常常坚持坐着轮椅把客人送到大门口，才依依不舍地与大家挥手告别，主宾双方常常热泪盈眶，依依惜别。很多家乡的客人回忆说，中国客人到泰国访问，无不受到泰国华侨十分热情、周到的接待，但像谢易初那样无微不至、爱护备至，可以说是绝无仅有！

1983年，87岁

2月5日，谢易初因病救治无效，不幸在泰国曼谷蓬密医院（Prommitr Hospital）与世长辞。

谢易初逝世后，遗体由家人安葬于泰国曼谷附近的班布恩区（Ban Buend District）的谢氏家族陵园内。

谢易初奋斗一生，毫无私心地为家乡、为祖国、为人类作出了卓越的贡献，厚德载物，彪炳千秋，赢得了中央领导和各级党政领导、人民群众、同事、家人、亲朋的高度赞誉和衷心爱戴，人们永远怀念他、敬爱他、纪念他。

正大集团诞生记

薛增一

故事004

1896 年 11 月 22 日，在中国广东省汕头市澄海县外砂乡蓬中村（现为汕头市龙湖区外砂街道蓬中村）的一户普通农民家庭，诞生了一位后来闻名海内外的著名育种专家、农艺家、实业家——泰籍爱国侨领谢易初。“热爱祖国、献身科学、兴办实业、造福人类”，是谢易初一生平凡务实而伟大光辉的主题。

谢氏一家祖祖辈辈躬耕海隅，居乡务农。

谢易初的祖父和父亲均为乡里敦厚朴实的农民。祖父叫谢宠高，又名谢尚，祖母名陈懿瑛。父亲叫谢成发，又名谢锡生，母亲叫王赛琴。

谢易初的祖父谢宠高勤劳刻苦、聪明能干，勤俭持家、经营有方，他积攒了一份田产和家财，成为村里的一位自耕农、富农，家境较为殷实，这从谢宠高一辈建造的谢氏祖屋至今仍较为完好地保存在蓬中村内就可以得到印证。根据村中乡绅的介绍，这处谢氏祖屋距今大约有 180 年了，谢易初 1896 年就出生在这里。

谢宠高留给儿子的地产足以维持一家人的基本生活。然而谢锡生受当时社会上不良风气的影响，抽起了大烟，不事理家，家境随之衰落，生活渐至贫困。而因为吸食大烟，不仅耗费了钱财，身体也受到很大的损害，谢锡生不幸在 40 岁左右就过早地去世了。

谢易初小时候被父亲送到村里或村子附近的私塾和小学读了五年多书。14 岁的时候，为了减轻家庭的生活负担，谢易初不得已辍学回家帮助父亲务农。

谢锡生走的那一年，谢易初年仅 16 岁，就担起了一家人的生活重担。当时，家庭人口一共 7 人，有祖母、母亲，还有谢易初兄弟姐妹 5 人，他排行老大。兄弟姐妹中，有两个弟弟，分别是谢少白、谢少飞；两个妹妹，分别是谢惠妙、谢妙清。

谢易初性格文静、天资聪颖，从小就勤于思考、善于观察，很有志气，干一行、爱一行、钻一行，勤奋刻苦，奋斗不息，力争上游。

潮汕地区因为山多地少，民间有种植蔬菜这种经济作物的传统，以使土地收入增值。谢易初离开学校后，帮助父亲务农，就是从种植蔬菜开始的。但是他从事蔬菜种植，跟一般人不一样。一般人种植蔬菜，大多只是简单地、机械地重复前人传下来的耕作方式，仅仅是一种为了生存而不得已的劳动付出。而谢易初是一个有追求的人，他在种植蔬菜的过程中，从一粒种子的播种，到发芽、生根、开花、结果，都一一观察，潜心琢磨，积累心得和经验，不断总结、提高。渐渐地，谢易初便成了闻名乡里的种菜能手。以至于直到今天，在蓬中村的乡民间还流传着这样的说法：谢易初当年居乡种植蔬菜，无论什么品种，确实比别人种得好，产量高、品质优、口味佳。

谢易初喜好新鲜事物，是乡间有名的“爱钻研”，尤其对育种情有独钟。虽然家境资贫，不能继续供养他读书，但他的求知欲很强，结合育种实践，仍然坚持自学，尽量多地研读园艺种植方面的书籍。

少年谢易初发现从野外采集来的野生草菇是人们十分喜爱的美味餐食，便萌生了一个念头：能不能人工培植草菇呢？天下无难事，只怕有心人。谢易初说干就干。他把野生草菇采集回来，在一个叫作“关脚”的地方找到了一块适合的园地作为自己培植人工草菇的圃园，并向有经验的老菜农请教，认真地做起了人工草菇的培育。经过反复尝试，谢易初终于获得了成功，把潮汕当地的野生草菇培育成了清甜鲜嫩的菜用草菇，成为潮汕地区人工培植草菇第一人，名扬乡里。乡亲们亲切地誉称他为“草菇佬”。

人工菜用草菇的培植成功，极大地增强了少年谢易初钻研和追求园艺事业的信心。从此他孜孜不倦，一生追求，成了一名无师自通、自学成才的育种专家、农艺家。

家乡的文史资料中至今还记载着谢易初最爱讲的几句话：“种出人无我有的东西，才是种田人的真本领。”他还说：“别人不能种好的作物，我一定能种好；别人能够种好的作物，我一定要比别人种得更好。”谈到成功的心得体会时，他说：“种田人如果做到三勤——勤请教、勤动脑、勤动手，什么困难都可以克服，什么奇迹都能够创造！”

1919 年，23 岁的谢易初在母亲和妻子的支持下，据说仅随身

携带了8块银圆做盘缠，随乡亲们结伴乘船出海下南洋，背井离乡，来到了泰国曼谷。

谢易初做事有谋略，行事前认真思考、充分准备，既创新开拓，又扎实稳健。来泰国之前，他就事先制作好了做生意的招牌广告、账簿，在家乡精心培育、采收潮汕地区各种名优菜籽，做足了准备工作。

船行一个多礼拜，终于靠岸于曼谷的湄南河北岸。谢易初就落脚于曼谷华人聚集的唐人街，在先前已经在曼谷生活的谢氏宗亲的帮助下做起了经销菜籽的生意。

初到泰国曼谷，谢易初从家乡带来的品质优良的菜籽很快销售一空，可谓初战告捷。

谢易初设法四处寻找好的菜籽，以便继续经营。但是，菜籽市场上原有的经营商看到新来的经营者谢易初生意兴隆，担心自己的经销市场受到挤压，便串通一气，不供应菜籽给谢易初，阻断他的进货来源，打压初来者。

而谢易初则坚定不移地按照自己的目标稳步拓展，他为自己制定了“正大光明”的经营宗旨，坚持品质第一、诚信经营，积极采取措施应对面临的各种挑战和商业竞争，争取主动。

由于优质菜种在当地货源紧俏，又遭遇原有经营商的垄断和挤压，谢易初经销菜籽的货源时常接济不上。在这种情况下，谢易初当机立断，及时调整经营策略，扭转局面。他不顾艰辛，亲往泰国内地各府实地调查菜籽的使用和销售情况，了解农民对各类菜籽的实际需求，以掌握第一手信息和资源，拓展市场。经过一段时间的艰辛创业、锐意经营，谢易初的种籽销售业务在竞争中脱颖而出，终于赢得了自己的一片天地。

勤奋刻苦，加之经营有方，谢易初终于有了一些积蓄，便于1921年6月在曼谷的嵩越路琼南利炭廊巷口，今五福船务公司对面，租了一间门面房，开办了一家属于自己的蔬菜种子经销店。他用自己“正大光明”的理念和原则给店面起名叫“正大庄”。谢易初1921年创办的这个“正大庄”，就是今天闻名世界的跨国企业——正大集团的源头，正大集团从此诞生了。谢易初是正大集团的创始人。

从这里起步，正大集团历代领导人，继承和发扬了谢易初的经营理念和文化精神，带领正大集团经历了百年的艰辛创业和发展，由一家小小的种子店起步，逐渐拓展壮大，从泰国走向世界，成了世界知名的多元化经营的跨国企业集团，跻身世界500强。2021年，正大集团迎来百年华诞，在世界21个国家投资有实业，贸易业务遍及100多个国家和地区，全球拥有45万名员工，年营业额达840亿美元。

由于生意兴隆，为了扩大业务，1924年，谢易初决定在曼谷唐人街越阁路（三聘米街尾路口）另租了一个新的更大的门店，把正大庄搬迁到这里，批发兼零售，为日后正大庄种子业务更大规模的发展打下了基础。

与此同时，谢易初还在曼谷的石龙军路（振南剧院对面）新开了另一个种子销售门店，取名“合利菜籽行”。“合利”两个字，也很符合谢易初一贯的经营理念和文化脉络，即让利于人、合作共赢。

谢易初在创办正大庄之初，就为企业树立了品质第一、正直诚信的经营原则。

品质第一，是百年正大做事方面最根本的一条原则。谢易初从一开始创办正大庄就确立了“第一流种子标准”的经营理念。正大庄的菜籽质量好、出苗全、抗虫害、产量高，种出的蔬菜味道好，广受菜农的称赞。谢国民有一次回忆他的父亲时说：“父亲开始的成功，就在于他出售的菜种是最好的。我们不论做什么，都像父亲选种一样，一定要最好的品质。”

1921 年 6 月，正大庄种籽行开业不到 10 天，所有名优、上乘的蔬菜种子全都销售一空，唯有名气差、质量差的菜种积压滞销，既卖不出去，又占用资金。谢易初由此认识到，在市场竞争中，要做到货如轮转，商品的品质是第一位的，必须保证种子的高质量，必须坚持第一流的种子标准，才能满足顾客的需要，才能成为种子营销中的优胜者。于是，他把因品质差、名气差而积压滞销的种子全部销毁，从此之后，坚持采办和经销名优、质优的蔬菜种子，正大庄也因此而生意兴隆。

正直诚信，是百年正大做人方面最根本的一条原则。谢易初出身农民，深知农民生活的艰辛与困苦。他认为，农民最辛苦、最节省，即使他们买回家的菜籽过期了，也舍不得丢掉，但是如果用过期的菜籽种菜就会影响农民的收成，所以他就在自己的菜籽包装上写明日期，告知农民买回家的菜籽如果放置过期了，可以拿回来，他免费给农民换新的菜籽。他了解农民，理解农民，替农民着想。

品质第一和正直诚信这两条基本原则，是谢易初经营理念和文化精神中的精髓和铁律，是百年正大的奠基石和指南针，也是谢氏家族的传家宝。这两条原则，后来都被吸纳成为由谢国民总结、概括的正大集团六条价值观即“利国利民利企业，快速优质，化繁为简，接受变革，不断创新，正直诚信”中的两条。六条价值观，是正大集团企业文化的核心代表。

正大集团的方圆标志与六条价值观

薛增一

故事005

一

方与圆，是一对矛盾。

方，边是直的、角是尖的，有界限、有直角，是各种线条和弧度的临界状态，稍弯曲一点就不叫直线，稍增加一度就不叫直角。这个临界状态没有任何弹性，一是一、二是二，白是白、黑是黑，界限清晰、是非分明。

而与方相对的是圆。圆，没有起点，没有终点，每一个起点就是终点，每一个终点就是起点，循环往复，变化无穷，具有无限的柔性和弹性。

如何处理好这一对矛盾呢？

中国古代哲人对规矩和方圆有很多论述，最著名的可能是孟子说的“不以规矩，不能成方圆”。这里的规矩，原来是指分别用于画圆形和方形的工具，后来引申为礼法、标准、成规、制度等。

这也使我联想到中国的古钱币，它的形状是外圆内方。古钱币的这种形状是怎么个来历，我没有考究过，不知道。但是，我臆测，钱是商业流通的媒介和凭借，或许这个外圆内方的古钱币在时时提醒着商人：经商在外，要圆和，会变通，但内心要有原则，不要做违法违规、坑蒙拐骗的买卖啊。如果我的这个臆测是真的，那么古钱币外圆内方的这个立意也不错啊！然而，我想，无论怎么说，古代钱币的“方”所代表的这个原则或许只是隐藏在商人的内心，别人并不了解。

正大集团的方圆标志，外方内圆，很巧妙地把这一对矛盾的图形，以及其间所蕴含的人生哲理融合在一起，并且规范了方与圆之间的相互关系，引人深思，给人启迪。再说，外方内圆这个图形的组合，真的很具有美感呢，十分耐看。

谢易初先生于1921年为正大庄设计的方圆商标，现在已经成为正大集团驰名世界的著名标志（图片由正大集团北京总部市场部提供）

二

正大集团是 1921 年由谢易初先生创建于泰国曼谷的唐人街。

1992 年 10 月，谢正民先生和谢大民先生在泰国曼谷正大集团总部接待了来自中国的作家张一弓先生。

在谈话中，谢大民先生向客人介绍正大方圆标志的时候说："这是正大集团使用的商标，也是我父亲当年创办正大庄的商标。外方内圆，最能代表他老人家的思想。外方是原则，做人要忠实、勤奋、爱国爱民；在经营上可以灵活多样，但是不能离开这个四四方方的原则，要对社会有贡献，不能只为了赚钱。比如这个，"他指着客人手指间夹着的香烟说，"我们就不能用它来赚钱，因为它损害健康。"谢正民先生接过来说："这是父亲留给我们的最珍贵的遗产。"

从这个谈话中，我们得知，正大集团的方圆商标是谢易初先生在创办正大庄的时候就设立并使用了。而其中的含义，正如谢大民先生和谢正民先生向客人介绍的那样，意义非凡。

央视为谢国民先生制作过两次《对话》节目：2003 年 11 月 23 日播出的一次《对话》节目和 2011 年 8 月 26 日播出的一次《对话》节目。

在 2003 年 11 月 23 日播出的节目中，谢国民先生谈到方圆标志，他说："做什么事情呢，就是原则上不能改，原则就是这个方；圆呢，可以比较，可以灵活，在方这个范围里面你去灵活。"

在正大集团中国区官网（网址：www.cpgroup.cn），对正大集团方圆商标的含义是这样表述的：

中文：方形代表坚定的原则；圆形代表灵活的策略。

英文：The circle within the square symbolizes flexible action with the perimeter of nonchanging principles.

三

那么，我们集团方圆标志的“方”所告示的“坚定的原则”是什么呢？而我们方圆标志的“圆”所告示的“灵活的策略”又怎么样呢？

先让我们温习一遍正大集团的六条价值观。它们是：

1. 三利原则。利国、利民、利企业。三利原则是正大集团的经营哲学，首先要考虑国家的利益，其次是人民的利益，最后是企业的利益。

2. 快速优质。比别人先想、先开始、先行动，同时要保证质量才能成为行业领袖。

3. 化繁为简。将难事变简单，简化复杂的工作。

4. 接受变革。接受变化，视变化为机会。能及时调整自己，并在多元化的企业文化中工作。

5. 不断创新。探索和创造，有利于企业产生新的发展动力，包括优化工作流程，开发新产品等。

6. 正直诚信。正直，有职业道德，恪守廉洁与诚信。

我在学习正大集团方圆标志和六条价值观时体会到，集团的方圆标志和六条价值观是紧密相连、相互呼应的。也就是说：

首先，我们集团方圆标志的“方”所告示的坚定的原则有

三条：

第一条原则是三利原则，即利国、利民、利企业。这是我们集团的经营哲学和企业宗旨。

第二条原则是产品信誉原则，即快速优质里提到的优质，要求我们做到品质第一、保证质量。

第三条原则是人品信誉原则，即正直诚信。

以上三条原则，构成了正大方圆标志的“方”，即谢国民先生说的“做什么事情呢，就是原则上不能改，原则就是这个方”。

其次，我们集团方圆标志的“圆”所告示的灵活的策略是四个方法论：快速优质、化繁为简、接受变革、不断创新。

以上四个方法论，构成了正大集团方圆标志的“圆”，即谢国民先生说的“圆呢，可以比较，可以灵活，在方这个范围里面你去灵活”。

方在外，圆在内，这一外一内，就规范了原则与方法之间的主次和依存关系，即经营方法上再怎么灵活，也不能脱离和越出三利原则和品质第一、正直诚信的信誉原则。

正大集团的方圆标志和六条价值观，为正大集团的可持续发展，在顶层设计上，投了保险。正是凭借这个方圆标志和六条价值观，以及它们之间的主次和依存关系，正大集团从一家小种子店，发展成为一个拥有 35 万名职员、业务遍及 100 多个国家和地区、年营业额达 680 亿美元的跨国企业集团（2019 年）。

四

关于正大集团价值观中的四个方法论，我在此再多说两句。

我体会，“快速优质、化繁为简、接受变革、不断创新”这四个方法论中，本质上都是在讲“变”，“变”的内涵贯穿其中的每一条，所以“变”是这四条方法论中的灵魂。概括起来说：

1. 快速优质，就是快变。既要速度快，又要效能高、品质优。追求的是更快、更高、更优、更强。

2. 化繁为简，就是简变。越变越简化，越变越简单。机械人，自动化，智能化。

3. 接受变革，就是应变。环境变我就变，条件变我就变。与时俱进。

4. 不断创新，就是求变。环境没变我先变，条件没变我先变。领先战略，抢占先机。

还有几种跟“变”有关的状态，比如说不变、等变、观变、慢变，等等，都不符合正大集团的价值观，我们要摒弃。

谢国民先生常常讲：现在不是大鱼吃小鱼的时代，而是快鱼吃慢鱼的时代。

我个人体会，快鱼吃慢鱼的法宝就是“变”，而“变”是正大集团四个方法论中的灵魂。

正大庄老照片的历史记忆

薛增一

故事006

1921 年 6 月，谢易初先生在泰国曼谷唐人街开设了“正大庄种籽行”，这是正大集团的源头。

谢易初先生兄弟三人，分别是谢易初、谢少白、谢少飞。谢少飞先生后来被大哥从家乡汕头接到曼谷帮忙照料正大庄的业务。而谢少白先生一直在中国大陆学习、工作和生活，抗日战争时期，曾在国民政府设在四川灌县（今都江堰市）的中国空军幼年学校当文学教官。

谢易初先生有四个儿子，他为四个儿子取名谢正民、谢大民、谢中民、谢国民，中间镶嵌“正大中国”四个字，寄托着他身在海外、不忘祖国那份深切的爱国、报国情怀。

我手上收集了几张泰国正大集团的创始企业“正大庄”的老照片。

然而，有关照片上的信息，除了几个中文字我认识以外，其他的我都不知道。

为此，我专门向我的同事张曙晖先生请教。因为他是谢国民先生的外甥，我想他或许知道一些。但是他告诉我，由于他从小在中国汕头和中国香港生活、读书，没有在泰国生活过，所以他对正大庄那一段历史人物和故事并不直接了解。

“可是，”他话锋一转，“我可以发给我的妈妈，请我妈妈看一下，她应该知道不少。”

于是，张曙晖先生就把这几张老照片发给了他的母亲、谢国民先生的胞姐谢映雪女士，请她老人家帮忙为我们辨认和传授。

我又请我的泰国同事李栩源先生帮忙，看照片上的泰语是什么含义。

由此，我得到五张老照片的部分细节信息。

按照我判断的照片的拍摄年代顺序，依次如下：

老照片一

老照片一（照片由正大集团北京总部宣传中心提供）

先看人物。

左边数第四位，坐在童车中的是谢易初先生的长子、儿童时期的谢正民先生。

中间抱着小孩、穿着黑长裙的是谢易初先生的长女谢美莹。

右起第二位的那个小女孩，是谢易初先生的二女儿谢美韫。

再看招牌。

右边招牌上的信息：

最右边的是泰语：正大庄卖各种菜籽。

中间是中文：正大庄。

左边是英文：正大种子公司。

下方是中文：中国南京种子公司“某某某某”种子总代理处。“某某某某”四个小字模糊不清，无法辨认了。

左边招牌的信息：

上方是中文：中南朋友农业公司。

下方有英文和泰文写的“中南公司”。

最下方的是中文：欧美种只农用器具除虫药品承办处。我估计这个“只”是“子”，或“籽”，或“植”的错用。

最后推测一下这张照片的拍摄年代。

谢正民先生 1928 年出生于泰国。从这张照片看，那时候正民先生也只有一两岁的样子，由此推测，这张照片可能拍摄于 1928—1930 年。

1953 年，谢正民先生 25 岁，谢大民先生 21 岁，兄弟俩联手在曼谷成立了卜蜂饲料公司，开启了正大集团的第二次创业。此后，谢正民先生一直任正大集团董事长，谢大民先生任正大集团总裁。1969 年，谢大民先生把集团总裁职务交由谢国民先生担任，1989 年，谢正民先生再把集团董事长职务交由谢国民先生担任。

老照片二

老照片二（照片由正大集团北京总部宣传中心提供）

先看招牌。

门店的招牌，中文写着“正大庄种籽公司”，上方泰语的含义是“飞机牌正大庄种籽行”。

再看人物。

照片中左起第二人是谢大民先生。谢大民先生出生于 1932 年，属猴。照片中的谢大民先生这时候大约 20 岁，风华正茂、意气风发。由此推测，这张照片可能拍摄于 1950—1953 年。

老照片三

老照片三（照片由正大集团北京总部宣传中心提供）

照片左一是谢少飞先生，左三是谢少飞先生的夫人，照片中的两个小孩都是谢少飞先生的儿子。

最上方左图上的泰语含义是“鸡饲料”，中间是飞机图案和泰语文字“飞机牌”，右边模糊，辨别不清了。

中间一行泰语的含义（从左至右）：卜蜂，正大庄菜籽。

下方中文：正大庄种籽行飞机唛种籽。

这个“唛”字，先前我还真不认得，查了《现代汉语词典》

得知读“mai”，四声，是方言用字，意思是“商标”，是从英文单词“mark”音译而来的。这样来看以上的中文就是“正大庄种籽行飞机牌种籽”。

这张照片的拍摄年代估计在 1953 年，或 1953 年以后。

因为“卜蜂”作为公司名称和注册商标，是 1953 年在泰国曼谷设立、注册的。

老照片四

老照片四（照片由正大集团北京总部宣传中心提供）

照片中左为谢易初先生，右为谢少飞先生。

照片上方的广告牌：

右下方用中文写着“正大庄”三个大字。“正大庄”三个字的

下方似有六个小字，由于字迹模糊，没有辨认出来。

左下方是一个飞机图案和泰语文字“飞机牌”。

广告牌上方的泰语含义是“正大庄飞机牌包菜种子”。

中间是包菜的图案。

照片的右下方是手写的泰国佛历日期 2496 年 12 月，即公元 1953 年 12 月。

老照片五

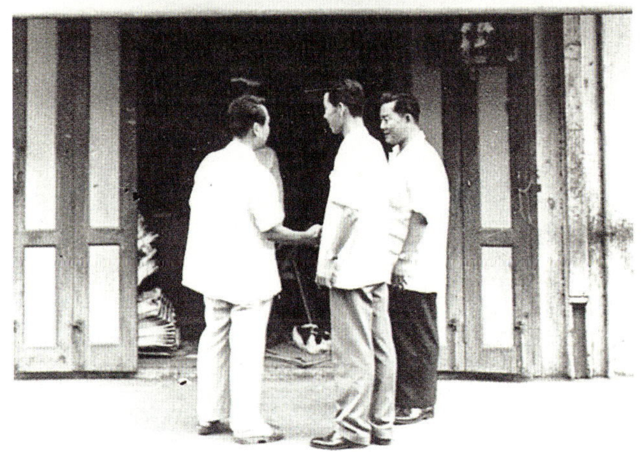

老照片五（照片由正大集团北京总部宣传中心提供）

照片中的三位是当年正大庄的职员和顾客。

上方的广告招牌上的泰语内容是：最好的肥料是兔子牌肥料。

右下方泰语的含义是：正大庄作为代理。

几张百年正大庄老照片，记载着一个企业在创业初期的发展历程。伴随着创业者奋进的艰辛和喜悦，正大集团从无到有、从小到大、从弱到强，真是令人难忘和感慨。

在此，我对谢映雪女士的赐教和传授表示衷心的感谢；对张曙晖同事、李栩源同事的友情帮助表示诚挚的谢意。

谢少白先生传略

薛增一

故事 007

正大集团创始人谢易初先生兄弟三人，老二名叫谢少白，又名谢调坤。

谢少白，1898 年出生于汕头市澄海县外砂乡蓬中村，比大哥谢易初小两岁。谢少白从小爱读书、会读书，虽然那时候家境并不富裕，但父母亲仍节衣缩食，供其上学。

1909 年，11 岁的谢少白就读于澄海县初级中学，毕业后回到母校外砂养正小学当教员，后来又到冠垅小学任校长。他 14 岁的时候，父亲因病过早去世了。

后来，因大哥谢易初和小弟谢少飞在泰国经营正大庄种籽行，他们的家境逐渐丰裕，在大哥谢易初的资助下，谢少白遂北上来到上海，考入上海暨南大学文学院中文系继续读书深造，1935 年大学毕业，这一年他 37 岁。毕业后，经著名学者陈中凡教授介绍，他再赴南京中央大学艺术学院国画系，师从著名画家吕凤子教授专修国画。

油画作品《谢少白夫子像》。作者是谢少白的学生、“虹社”社员、著名画家周诗成。周诗成（1927—2010），四川隆昌人，中国美术学院教授，中国美术家协会会员。抗日战争时期于1940年考入空军幼年学校，在校期间受作家林莽、画家谢少白、谭学楷诸师教益颇深（图片来自《谢公少白诞生百周年纪念专辑》）

1937年7月全面抗战爆发后，谢少白先由民国时期的军学泰斗杨杰将军介绍参加了南京防空委员会，担任陆军上尉宣传干事；12月南京沦陷后，再由曾任第六届全国人大常委会副委员长、时任暨南大学教授的共产党人楚图南介绍，赴昆明就任昆明南菁中学国文教师。

1939年春，因第二次世界大战爆发，谢易初带着长子谢正民、二子谢大民、侄儿谢德民（谢少白的长子）、侄儿谢泽民（谢少白的二子）四个子侄，从泰国经老挝、越南，辗转回到中国云南，交给二弟谢少白。在云南短暂停留后，谢易初即返回到泰国，随后又去了马来西亚。

1939年至1940年冬春之际，国民政府教育部聘请谢少白担任设在昆明的国立育侨中学的教务主任。而正在此刻，国民政府设在四川省成都市灌县的空军幼年学校聘请谢少白到四川任学校的国文和美术教官，并请他将身在昆明的17位报考入校的少年华侨学生一并带来灌县。谢少白接受了空军幼年学校的聘请和任务，而因此没有去昆明国立育侨中学任职。

空军幼年学校是国民政府于 1939 年成立的。1937 年七七事变之后，抗日战争全面爆发。然而，那时的中国空军十分羸弱，根本无力阻止日机的肆虐轰炸。鉴于抗战的需要，为了夺取制空权及从长远考虑，加强空军建设成为当务之急，其中就包括培养空军后备人才。因此，苏联派驻中国的空军总顾问帕尔霍明科向国民政府建议，效仿苏联“纳希莫夫”少年海军学校的模式，设立少年空军学校。这个建议得到了国共双方有识之士包括周恩来、叶剑英、白崇禧、周至柔、张治中等各方面的赞同和支持，国民政府的中国航空委员会随即决定成立少年航校，并命名为“空军幼年学校”。几经选址，最后定校址于山清水秀、远离战火的四川省成都市灌县的蒲阳场，面向全国招收 12—15 岁的高小毕业生，接受严格的训练，为抗战培养空军后备人才。

1940 年春天，谢少白带着 17 位侨生和谢德民、谢泽民、谢正民、谢大民四个子侄，来到设在四川灌县蒲阳河畔的国民政府空军幼年学校当教官。

1949 年 2 月，随着国民党的败退，空军幼年学校搬迁去了中国台湾，谢少白因母亲年事已高，小弟常在泰国，大哥来回奔波，同时更因为自己不看好国民党退守台湾的前途，就没有随去，而是从成都返回澄海家乡以便照顾母亲。

中华人民共和国成立后，在 1951 年的“肃反”运动中，他因曾经在国民政府空军幼年学校工作过的经历而被判劳教三年，但一年后经共产党友人侯枫证明即获释回家了。

谢少白（左一）与他的美术班学生“虹社”社员在写生现场合影。当年空军幼年学校成立了很多学生团体，其中爱好美术的学生在谢少白的主导下，成立了美术社团“虹社”，由谢少白任美术老师（照片来自《谢公少白诞生百周年纪念专辑》）

侯枫，1909年出生，澄海县人。由彭湃介绍加入中国共产党，从事地下革命工作，并任彭湃的秘书。大革命失败后，化名廉生考入上海暨南大学读书，任学校地下党支部书记。抗战期间在成都任教于四川省戏剧专科学校。中华人民共和国成立后分别在四川、北京、广西、广东工作。1981年因病逝世。谢少白与侯枫既是同乡，又是上海暨南大学的同学，抗战时期又同在成都的不同学校任教，互相联系密切、知根知底，因此侯枫为谢少白出具了政治清白的证明。

1953年，国家落实华侨和侨属政策，谢少白便全家迁到汕头市内，在五福路租了一套房子，与母亲相伴而居。大约在1965年，谢少白因家庭人口渐多，原租住在五福路的房屋过小，而搬迁到了大哥谢易初为其出资购买的位于五福路附近潮安街53号的一套较大的房屋安居。

谢少白一生醉心于中国文化和绘画，不问政治，生活低调，淡泊名利，与世无争。但因为中华人民共和国成立前在国民政府空军幼年学校当教官的经历，使得他后来境遇不顺，郁郁寡欢，及至文化大革命的到来，他的身心受到很大的压抑和损害，不幸于1970年因病逝世，终年72周岁。

十分可惜的是，谢少白生前为了少惹麻烦，忍痛将自己多年来创作的画作和文稿大都付之一炬，仅有少量作品保留下来，还有一些作品散落在他赠送给的亲朋好友处。

谢少白夫妇抚育了四个儿子，分别是谢德民、谢泽民、谢苏民、谢新民。

谢德民被伯父谢易初从泰国带回中国后，跟随父亲谢少白先在昆明，再到四川生活、读书，后来考进了四川大学数学系，其间秘密加入了中国共产党，参加了地下革命工作。四川解放初期，谢德民被任命为成都市大邑县王泗区区长，在县委书记宫辐书的直接领导下，带领和组织全区人民，开展平叛匪患、稳定社会、恢复生产等各项工作，踏上了建设新中国的新征程。

1980年，经堂兄谢德民引荐和介绍，谢正民和谢大民回到阔别33年的四川考察，受到了时任成都市委书记宫辐书的亲切会见和热情接待，与四川省、成都市有关方面商谈正大集团来四川省投资发展、设立公司等事项。

1982 年，四川省政府邀请谢正民、谢大民再次莅临成都。在省市领导的见证下，正大集团与成都市签约成立“成都凤凰正大合营有限公司”，后更名为“成都正大有限公司”，是正大集团在四川省投资的第一家企业，也是四川省第一家外商投资企业，成为改革开放后四川省引进外资企业的一个里程碑。

谢德民的儿子谢灯现任正大集团海外首席资金运营官，谢泽民的儿子谢炳现任正大集团资深副董事长、正大制药集团董事长。

谢少飞先生传略

故事008

薛增一

正大集团创始人谢易初先生兄弟三人，老三叫谢少飞，又名谢进贤。

谢少飞，泰籍华人，1905 年 11 月 4 日出生于中国汕头市澄海县外砂乡蓬中村，比大哥谢易初小 9 岁，比二哥谢少白小 7 岁。

1919 年，23 岁的谢易初在母亲和妻子的支持下，下南洋来到了泰国曼谷，经营蔬菜种子业务。1921 年，他在泰国曼谷成功创办了正大庄种籽行。在生意兴隆、业务繁忙的同时，人手也不够了，特别是管理人员。

于是，大约在 1922 年 11 月，三弟谢少飞被大哥谢易初带到曼谷帮忙照料正大庄的业务。这是谢少飞第一次出国。那一年谢少飞 17 周岁，是一位风华正茂、充满理想的小伙子。

谢少飞来到曼谷后，大哥便委任他为正大庄的财务负责人，掌管钱财和账簿。从此他就成了大哥谢易初身边的得力助手，勤勤恳恳、兢兢业业，襄理和协助大哥把正大庄的生意做得越来越大、越来越好。

1931 年，26 岁的谢少飞回到中国故乡，在母亲的主持操办下，娶妻完婚，接着就带着新婚妻子返回曼谷。

谢少飞从青年时期开始一直居住在泰国，他终身奉献于正大集团的各项事业。

谢少飞与大哥谢易初手足情深，大哥是他人生的引路人和高尚情操的精神导师，既是他的领导，也是他的合作伙伴。

谢易初于 1946 年和 1948 年先后回国兴办和管理私人农场，特别是中华人民共和国成立之后，谢易初热情地回到祖国，被任命为国营澄海农场、白沙农场的副场长兼技术员，一心一意地投身于

谢易初先生（左）和谢少飞先生的合影（照片由正大集团北京总部宣传中心提供）

新中国的经济建设中，而泰国的正大庄则全权交由小弟谢少飞负责，由谢少飞担任家族事业的总当家。从大哥手上接过正大庄后，谢少飞继续按照大哥的经营思想和方式，驾轻就熟地把正大庄的生意做得愈加兴旺发达。

遵照谢易初经营理念的指导，在谢少飞的领导下，到 20 世纪 60 年代，正大集团的种子事业在泰国已经拥有了 6 个生产菜籽的农场、2 个种子研究中心，提供着吃根的，如萝卜、芥蓝等；吃叶的，如白菜、包心菜等；吃果的，如冬瓜、西瓜、黄瓜、西红柿等；吃花的，如菜花等泰国所有的蔬菜品种。正大集团生产的菜种占据了泰国蔬菜种子市场 60% 的份额。

谢少飞对正大集团事业的发展壮大、取得的辉煌业绩，劳苦功高！

1953 年，谢易初的长子谢正民、次子谢大民哥俩又在正大庄业务的基础上，开拓发展，创办了卜蜂公司，正大集团开始进入饲料事业。之后随着谢易初的三子谢中民、四子谢国民两兄弟的加入，到了 20 世纪 60 年代中后期，正大集团的卜蜂饲料、养殖、屠宰、加工、国际贸易、海外投资等均获得突飞猛进的发展，企业规模和业务总量已经远远超过原来的正大庄。对于这一切，谢少飞感到十分喜悦。但同时，他也产生了一些忧虑，他认为卜蜂事业的成功，是四位侄儿的功劳，他以及他的子女不应该是卜蜂事业的受益人，于是 1969 年的一天，他叫来侄儿谢大民，对他说："卜蜂事业是你们四兄弟创造的，应该和正大庄分开，过去我不敢这么讲，怕说这是分家，但我想来想去，我们还是分开好。"谢大民对此毫无准备，他觉得叔叔家的几位堂弟年纪都还小，就是分家也不到时候。而谢少飞坚持让侄儿谢大民、谢中民去新加坡向谢易初大哥汇报自己的想法。果然，谢大民、谢中民到新加坡向父亲报告了叔叔的想法后，被谢易初先生断然否决，他说："不行。你们叔叔的孩子多，两个大的是在澳洲受的洋教育，没有到过农村，不了解农民，正大庄是为农业服务的，他们可能做不好，几个小的还在念书，假如分家，正大庄可能站不稳，你们的堂兄弟要受苦呢！不但不能分，你们还要帮助正大庄，把它发扬光大，正大庄离不开你们。"谢大民、谢中民回到泰国以后，如实地转达了父亲谢易初的决定，谢少飞听了大哥的一席话，潸然泪下，感恩大哥一生引领着他、照顾着他。此后，谢家再也没有人提过分家的事情，直到今天，正大集团作为谢氏家族企业，历经一百年的奋斗发展，成了泰国最大的企业，享誉世界。

谢少白赠送给小弟谢少飞的画作（图片来自《谢公少白诞生百周年纪念专辑》）

谢易初、谢少白、谢少飞三兄弟手足情深。这是一幅谢少白赠送给谢少飞的珍贵画作，画的是八只小鸟，学名叫鹳鸲或鸲鸲，俗称"八哥"。

谢少白赠送给侄儿谢大民的画作，并题字“大民贤侄请赏　少白写鹰”（图片由谢灯提供）

然而，除了观赏谢少白先生高超的画作水平之外，让我们透过这幅画上的题字，再来感受一下作者赋予这幅画深处的情感含义。谢少白先生在画作上题字：“少飞吾弟存念　春归何处 落红无数 倩谁留春 只有鸜鹆 往回翔 啼不住 少白写意并题一九五六年十一月五日。”八哥是鸟类中十分聪明的一种，会模仿人类的说话而发声，谢少白的这幅画作配以题字，借画传情，书文寄语，观来、读来，都让人深深地触动，那种兄弟间的牵挂、思念之情，满满地跃然画面。题外余音，令人回味、感怀。

谢少白赠送给大哥谢易初的画作一定有，但我还没有得到。有幸的是我得到了一张谢少白赠送给侄儿谢大民的画作，同样很是珍贵。

谢少飞夫妇抚育了 12 位子女——9 个儿子、3 个女儿。九子分别是谢剑民、谢礎民、谢昭民、谢松民、谢鹤民、谢权民、谢达民、谢崇民、谢圣民，三女分别是谢美华、谢美君、谢连城。其中谢美华女士为正大集团资深副董事长卢岳胜先生的夫人。

谢少飞与他的小女儿谢连城及外孙女合影（照片由谢灯提供）

1990年11月，谢少飞先生在泰国曼谷因病去世，终年85周岁。

谢正民、谢大民的四川情

薛增一

故事 009

1931 年 9 月 18 日，日本侵略军发动九一八事变，侵占了中国东北。继而于 1937 年 7 月 7 日，日本侵略军再挑起卢沟桥事变，发动全面侵华战争。当时的国际形势已经十分紧张。果不其然，1939 年 9 月 1 日，德国对波兰发动了突然袭击，英、法当即对德国宣战，第二次世界大战全面爆发。及至 1941 年 12 月 7 日凌晨，日本不宣而战，突然袭击美国在太平洋上的军事基地珍珠港，以微小的代价重创美国太平洋舰队，太平洋战争爆发了。与此同时，日本还在东南亚各地对英美两国发动大规模的进攻，到 1942 年春天，日本侵略军就占领了东南亚的广大地区和太平洋上的许多岛屿。

当时泰国的国内形势也十分严峻。1939 年，亲日派陆军元帅披汶·颂堪（Phibul Songkhram）出任政府总理，与日本侵略者狼狈为奸，沆瀣一气，社会矛盾尖锐而动荡。

披汶·颂堪，1897年出生于泰国暖武里府的一个农民家庭，1964年客居日本时去世。他的一生颇具传奇和争议。他的祖先是华人，祖籍广东潮州，父亲姓吴。但他本人却亲日反华，与日本侵略者勾结，推行媚日、排华政策，镇压泰国华人的反日活动，阻挠泰国华人为中国国内的抗日活动捐款捐物，并取消华文报纸、关闭华语学校，等等。广大华侨华人受到排挤和打击，甚至危及性命，处境危险。

泰国著名的华侨领袖、泰国中华总商会主席蚁光炎，因积极组织泰国的华人华侨支持中国的抗日活动而触怒了日本侵略军和泰国亲日派军政府，在美女、金钱收买失败后，日伪当局恼羞成怒，于1939年11月21日晚上10时派遣特务在曼谷唐人街将其枪杀，蚁光炎英勇牺牲。

危急时刻，谢易初十分担心子侄受到伤害甚至危及生命，他说要为谢家“留种”，于是他亲自带着长子谢正民、次子谢大民、侄儿谢德民（谢少白的长子，谢灯的父亲。谢灯，现任正大集团海外首席资金运营官）、侄儿谢泽民（谢少白的次子，谢炳的父亲。谢炳，现任正大集团资深副董事长、正大制药集团董事长）四个子侄，于1939年的春天设法返回到中国云南，投靠二弟谢少白。这一年，谢德民14岁，谢泽民12岁，谢正民11岁，谢大民7岁。而谢少飞的长子谢剑民从小就被安排在中国国内的汕头老家，和祖母一起生活。

这是一次曲折且充满了危险的旅途。他们先从泰国乘坐火车到达老挝，再从老挝徒步或搭乘便车到达越南的西贡，从西贡乘坐汽车到河内，从河内乘坐火车进入中国，几经辗转，最后到达了云南昆明，与谢少白会合。

在把子侄交给二弟谢少白监护后，谢易初也在昆明短暂逗留，其间还不忘种植和培育种子。数月后他返回泰国，此时正值第二次世界大战爆发，他随即去了马来西亚，一方面是为了开辟马来西亚市场，另一方面又可躲避泰国国内的社会动乱。

1992 年 10 月，谢正民在接受中国作家张一弓采访的时候，回忆起在昆明的这段往事，深情地说："我们还在昆明住了一年。我、大民和两个堂兄，住在一家姓陈的农民家里，那个地方叫陈家院。1980 年，我们又去昆明时，已经找不到这个地方了。张先生写书的时候，请在书上帮我们找一找，就说 1939 年，有四个小孩住在他家。他家老三是个女孩，老五是个男孩。我们很想念他们，盼望他们来信。"

1940 年春天，谢少白先生带着 17 位侨生和 4 个子侄，来到设在四川灌县蒲阳河畔的国民政府空军幼年学校。

直到抗日战争胜利后的 1947 年，谢正民、谢大民两兄弟才由叔父谢少白安排，搭乘免费的军用飞机从成都飞到香港。正巧谢易初第二天从曼谷飞抵香港，哥儿俩便跟随父亲乘轮船再返回汕头老家。当年在家乡，国民党军到处抓壮丁，谢正民那年正满 19 周岁，谢大民正满 15 周岁，家人十分担心，因而只在家乡待了 28 天，在父亲谢易初的带领下，就匆匆忙忙返回泰国去了。

从 1940 年到 1947 年在四川灌县蒲阳场这 8 年，一大家人单靠谢少白一个人的薪水，加之谢易初 1941 年 12 月至 1945 年 8 月被困马来西亚和新加坡 3 年又 8 个月，经济外援几乎断绝，生活十分不易。4 位少年在谢少白的安排下一边读书，一边做事，维持生计。谢少白用哥哥谢易初早先从泰国寄来补贴家用的一笔钱，购买了 100 多只奶山羊，由子侄放牧饲养，获取的羊奶出售换钱，以维持生活。少年谢大民还跑 40 里（1 里即 500 米）的山路到灌县县城批发香烟来蒲阳场售卖，少年谢正民则开了一个酿酒坊，出售用玉米酿的酒，还用酒糟喂养了十多头猪，等等。

1953 年，25 岁的青年谢正民和 21 岁的青年谢大民，在泰国开创了正大集团的饲料事业，这是在他们的父亲谢易初开创的正大庄种子业务的基础上，正大集团发展史上又一个里程碑事件，是一个承上启下的重要转折点，显现出两位兄弟超凡的商业意识和经商才能。其后谢中民、谢国民先后加入进来，特别是 1964 年 25 岁的青年谢国民的加入，使得正大集团的事业发展进入了快车道，逐渐发展壮大成为一家名副其实的跨国企业集团。

1992 年，谢大民负责的正大集团卜蜂国际贸易业务已经拓展到了十多个国家和地区，当他回忆起在四川灌县蒲阳场的这段因生活所迫而少年经商的经历时，不无自豪地说：“我搞国际贸易是从蒲阳场开始的，我是从蒲阳场走向世界的。”

改革开放后的 1980 年，52 岁的谢正民和 48 岁的谢大民回到了阔别 33 年的四川省投资发展。他们找到了当年在蒲阳场帮助他们放羊的空军幼年学校的一名校工、已经 70 多岁的林云成老人，见依然生活在蒲阳场乡下的林云成老人家境还比较贫困，老哥俩怀着感恩之情为林云成一家购买了新房，添置了冰箱、彩电，还从此负担了林云成的医疗费用，并每月资助他 200 元生活费。

谢德民被伯父谢易初从泰国带回中国后，跟随父亲谢少白先在昆明，再到四川生活、读书，后来考进了四川大学数学系，其间秘密加入了中国共产党，参加了地下革命工作。四川解放初期，谢德民被任命为成都市大邑县王泗区区长，在县委书记宫韫书和县委的直接领导下，带领和组织全区人民，开展平叛匪患、稳定社会、恢复生产等各项工作，踏上了建设新中国的新征程。

1980 年，经堂兄谢德民引荐和介绍，谢正民和谢大民来四川考察，受到了时任成都市委书记宫韫书的亲切会见和热情接待，与四川省、成都市有关方面商谈正大集团来四川省投资发展、设立公司等事项。

1980 年，谢正民、谢大民及夫人来四川时，在成都机场留念（照片由正大集团四川区提供）

谢正民、谢大民自1947年抗战胜利离开四川，时隔33年之后，经堂兄谢德民引荐，在改革开放后的1980年，第一次回到四川考察投资发展事宜。本照片是与成都市委书记宫韫书会见时的合影留念。宫韫书（二排左三）、谢正民（二排右二）、谢大民（二排左二）、谢大民夫人（三排左二）、谢德民（三排右二）、李绍庆（前排）、黄正刚（四排右五）、成都市粮食局副局长李维禄（四排左四）（照片由正大集团四川区提供）

1982年，四川省政府邀请谢正民、谢大民再次莅临成都，出席了四川省外贸工作大会，省、市两级各外贸部门的负责人全部参加了这次大会，大力推进四川省对外开放、招商引资工作。抗日战争期间，在成都生活了八年的谢正民、谢大民一直有一个心愿，就是要报答养育了自己的四川人民。在这次会议上，在四川省和成都市领导的见证下，谢正民、谢大民实现了他们的愿望——正大集团

与成都市签约成立“成都凤凰正大合营有限公司”，后更名为“成都正大有限公司”，是正大集团在四川省投资的第一家企业，也是四川全省第一家外商投资企业，成为改革开放后四川省引进外资企业的一个里程碑。

“二战”后正大庄重整旗鼓

薛增一

故事 010

1939 年，谢易初先生来到马来西亚拓展业务。正当业务逐步发展的时候，1941 年 12 月，日本侵略军进占了马来半岛。不得已，他先是逃到马来西亚的一个岛上躲避战争，后又转到新加坡的吉洞渔村栖身，与先前抵达这里的澄海县外砂乡的谢氏宗亲相聚，一起以捕鱼为生，其间与泰国正大庄中断了联系。直到三年又八个月后的 1945 年 8 月日本投降，他才于 9 月辗转返回泰国，途经合艾时，得知曼谷发生动乱，遂在合艾过了三个晚上，才又乘船抵达曼谷，与家人团聚。

由于受到“二战”的摧残，泰国和周边的东南亚国家经济凋敝，民不聊生，谢易初先生又受困马来西亚三年多，而且因为战争，泰国与中国的往来也中断了。在这种情况下，正大庄的经营在谢少飞先生辛苦支撑下，虽艰难维系，但终因战乱纷扰，独木难支，致使经营十分困难，业务几近停顿。谢易初先生后来回忆他

1945 年 9 月返回泰国的情形时，说：“抵达曼谷后发现正大庄财政上仅存白米百余包而已。”面对严峻的经营形势，谢易初先生坚定地鼓励大家“重整旗鼓”。

谢易初先生亲自主导经营，独当一面，抓住战后社会秩序恢复、经济复苏、民众期盼改善生活的有利时机，迅速恢复主营的蔬菜种子销售业务，并在示范农场种植蔬菜出售，增加收入。同时，组织大家新开辟了与农牧业有关的多种经营业务，从传统的经营蔬菜种子业务，拓展到跟种植蔬菜相关联的肥料、农药，以及麻袋等业务，扩大发展。

也就在这个时候，谢易初先生以他敏锐、独特的企业家的眼光，又瞄准和抓住了一个新的业务发展机会。原来，“二战”结束后，为了尽快修复战争创伤，各国的当务之急都是改善民生、发展生产、恢复经济，一些国家和地区亟须进口生产资料和粮食产品。谢易初先生看准机会，发挥正大庄与农民、农村联系广泛、业务密切的优势，组织大家采购当地的土特农副产品、食品等出口海外，增收创利。

那个时候，正逢欧美和日本、新加坡等国的被服工厂为了尽快复产和满足工厂生产所需的原材料，以高价大宗收购急需的上等晒干鸭毛。谢易初先生抢得先机，率先收购了一批 450 担（22.5 吨）上等品质的纯干鸭毛，第一时间出口到海外，大获成功，随后连续经营了几批，获利甚丰，一举扭转了正大庄因战争带来的困难局面，成为一个新的转折点。

在谢易初先生领导下，经过一番艰辛而充满谋略和智慧的拼搏，正大庄很快抚平了战争带来的创伤，不但经营业绩再创新高，而且业务范围和规模都在继续扩大，经营了 20 多年的正大庄种籽行重新焕发了活力，蓬蓬勃勃地踏上了新的发展之路。

汕头市“光大庄种籽行”的历史考证

薛增一

故事 011

一、回到家乡创办私人农场

第二次世界大战期间，由于日本侵略军的入侵，中国与东南亚之间的海运不通，中国大陆的菜籽输出渠道被切断。而在泰国和南洋一带所种植的华南蔬菜，因气候、水土的不同和当时科技手段的局限，菜籽品种不断退化、变异，种出来的菜，不仅产量下降，品种也越来越不纯正，口感更是越来越不好。

在南洋一带种植华南蔬菜，造成品种和品质不断退化和变异的这一现实，激发了谢易初回到家乡研究蔬菜种子的改良和育种技术的决心。

因此，抗战胜利后，谢易初几次回到中国故乡汕头市澄海县，采购优质种子，运往泰国正大庄销售，同时筹办开设育种农场。

1946 年春，谢易初把泰国的正大庄业务委托三弟谢少飞掌管，

自己踏上了返回故乡澄海的旅途。

他此行回乡，一是看望因战争阻隔而多年未见的母亲和其他亲朋。真是劫后沧桑，恍若隔世。看到家中房屋多年失修，他为母亲修葺了房屋，安顿好母亲的生活。二是在亲戚的协助下收购本地优良菜籽，疏通出口渠道，出口到泰国等海外市场，并组织开展蔬菜良种的栽培繁殖。

由于战争的摧残，经济倒退，农业颓废，民不聊生，他收购到的菜籽数量少、质量差，遂于外砂乡租赁了村民40余亩土地，创办了育种农场，招收场工，开展蔬菜种子的栽培繁育。据王浩真先生整理的谢易初蔬菜种子培育科研成果材料《早花椰菜栽培浅说》中记载，1946年谢易初即在澄海县外砂乡种植他从泰国正大庄带回来的早花椰菜品种，而这个品种是谢易初1936年从印度引进到泰国试种成功的，是泰国正大庄经营的一个十分成熟的蔬菜品种。辛勤付出终获成功，谢易初在家乡种植的质量优良的菜籽，源源不断地出口到泰国正大庄销售。1947年春天，他再赴泰国。

到了1948年春天，谢易初再次携资返回澄海家乡，通过租赁，把原来40多亩的农场扩大到一个占地100多亩、场员达到几十人的蔬菜良种实验农场，以规模化的生产模式，主要生产芥菜、白菜、早花椰菜、早晚萝卜，以及其他蔬菜水果种子。

经过多年的奋斗，他终于在他家乡的私人农场提纯、改良、选育了一批适合潮汕当地种植的蔬菜瓜果良种。这为中华人民共和国成立后他任职白沙农场副场长，为国家作出贡献打下了科研成果的基础。

二、在汕头开办“光大庄种籽行”

1946年，谢易初回到家乡期间，除了开办私人农场进行蔬菜良种的栽培和育种研发并获得成功，为了做好种子经销工作，他在今汕头市龙湖区新溪街道老市巷开设了一处“光大庄”种子销售铺面，经销和收购优质种子。同时，他把位于汕头市内五福路自家房产楼下临街的铺面，作为“光大庄”的办事处，用于蔬菜种子的存储和周转，经营优质菜种，主要是出口到曼谷的正大庄种籽行销售，以及出口给东南亚其他国家和地区的海外客商销售。

谢易初晚年回忆到这段难忘的创业史时说：“公元1949年祖国解放，为符合政令，即创光大庄于汕头，经营种籽远销国内外。光大庄品种亦获各方赏识。”即是指1949年汕头解放后，他响应政府号召，把五福路的光大庄办事处正式挂牌为“光大庄种籽行”，经销优质菜籽于海内外，获得各方好评这件事。

谢易初对故乡怀有深深的眷恋和热爱。他身居海外，心怀祖国。他把在汕头开办的商号命名为“光大庄”，与他在泰国、马来西亚等地开办的“正大庄”相呼应，寓意着在他心中始终坚定的信念——“正大光明”。

据澄海区委统战部求真求实地细致了解和考证，“光大庄”在汕头实际上有两处，一处是“光大庄”种子铺面，另一处是“光大庄”办事处，其变迁史大致如下：

谢易初的“光大庄”种子铺面，旧址在今汕头市龙湖区新溪街道老市巷10号的右侧，这是一排中华人民共和国成立前留下来的四间、两层、旧式的老房子，楼下临街有四间老铺面。这些房子目前的产权属于汕头市粮食集团，过去是汕头市粮食局开设的为市民服务的粮油门市部，现在闲置待维修。这四间老铺面的其中一间或两间，就是谢易初于1946年开办的用于经营菜籽的“光大庄”种子铺面旧址。具体是哪一间或哪两间铺面，是谢易初当年购置的还是租赁的，都已经无法考证了。

而谢易初的“光大庄”办事处，则是指谢易初20世纪30年代在汕头市区五福路购置的一套临街的三层骑楼，楼上住人，楼下的门面房即“光大庄”办事处。“光大庄”办事处主要用作与曼谷“正大庄”的联络，通过五福路这个“光大庄”办事处，把自己私人农场生产的和从潮汕地区采办的各种优质菜籽出口到泰国乃至东南亚等各地销售，同时也具有储存和办理运输的中转站的功能，五福路这个“光大庄”办事处距离当年的汕头码头非常近，大约1千米路程，出口运输十分便捷。只不过，据说这个办事处在1949年以前没有正式挂牌。1949年10月，汕头市解放了。1950年3月，谢易初从泰国返回后，在人民政府鼓励下，他才将原来的“光大庄”办事处正式挂牌为“光大庄种籽行”，面向国内外开展蔬菜种子经营业务。目前，这套三层楼房的产权仍然属于谢易初的家人，汕头市房地产局1987年7月7日重新颁发了产权证书予以确权。

三、兼任合营公司副经理

中华人民共和国成立后，谢易初除了担任澄海县人民委员会委员、示范农场副场长、县侨联主席，还担任过一个具有明显时代特征的职务，即汕头地区菜籽合营公司副经理。

原来，在1952年汕头市政府根据国家的政策，开始对城市中的私营工商业进行改造、实行公私合营的时候，谢易初的“光大庄种籽行”也在这一时期与其他几位同业种籽行一道与政府实行了公私合营。

公私合营后，政府在汕头市外马路双莫楼开办汕头地区菜籽合营公司，聘请谢易初为合营公司副经理，一直到 1956 年改制为公营止。

谢易初在澄海白沙农场任副场长兼技术员，在科学育种方面为国家作出了重大贡献，也为潮汕地区的菜籽经营和销售工作立下了汗马功劳。据邵舜梦先生的文章《回顾谢易初先生对菜种业的贡献，看蔬菜良种产业化的历史基础》记述，“五十年代尽管美国和东南亚一些国家对我国实行经济封锁和贸易禁运，但由于谢老善于团结华侨，利用各种办法打破封锁，保持了潮汕菜籽源源出口。五十年代至七十年代被称为潮汕菜籽业的鼎盛时期，那时汕头年产菜籽以吨计，谢老和林派捷同志多次赞叹汕头的菜籽收入是个‘金山银山’。如早萝卜、包心芥菜、花椰菜、皇京白菜和部分瓜豆类良种，在我国南方和香港、台湾以及东南亚各国、日本等地菜籽市场占有绝对优势，年外销量占广东全省总销量的 72%，菜籽成为汕头传统出口产品。一般年份，年均出口 200 吨，最高年份达 1470 吨，创汇超过 100 万美元，东南亚的菜籽商行都有这个心理，来自白沙的菜籽就一定是良种。谢老任副经理期间，1953 年至 1955 年每年春节菜籽行都在汕头文化宫举行蔬菜良种的‘大株王’及优质种籽展览，让农民和国内外客户选用最优良的品种”，“他深知有了市场，才能保持和发展菜籽生产。”

国家干部谢易初

薛增一

故事 012

1949年10月24日，澄海解放。谢易初当时正在泰国，听到家乡解放的消息后，他即刻动身返回中国，于1950年3月18日回到家乡，受到澄海县委、县政府的欢迎和关怀。

当时有人说他是资本家兼地主，劝他说："共产党要清算你呢，赶快离开吧。"

然而，澄海县委、县政府经过调查后，首任澄海县委书记许士杰和首任澄海县县长余锡渠慧眼识英才，当众宣布：他不是大地主兼资本家，他是一位爱国华侨实业家，又是一位繁育良种和经营种子的专家，是家乡发展农业生产的十分难得的人才。

为此，县委、县政府决定，邀请谢易初以爱国华侨代表的身份出席澄海县首届各界人民代表大会，给予谢易初以保护和荣誉。

1950年4月22日至28日，澄海县首届各界人民代表大会在澄海简师旧址（今城西小学）举行。出席大会的各界代表一共264

人，其中选举代表138人、推荐代表98人、邀请代表28人。受邀参加的28位代表中就包括谢易初先生。首任县长余锡渠作澄海县人民政府六个月来接管和施政报告，首任县委书记许士杰作澄海县今后方针任务的报告。那时候，新中国、新澄海，真是朝气蓬勃、意气风发、气象一新、奋发向上啊！

谢易初光荣地出席了这次在澄海县历史上具有划时代意义的重要会议，同与会各界代表共商除旧布新、建设家乡的大事。

参加这次盛会，是谢易初人生历程中的一个重要转折点。从此他留在澄海16年，积极投身于新中国百废待兴的建设与发展事业中，作出了突出贡献。

在这次大会上，谢易初提出了三项建议：一是禁绝吸毒贩毒；二是成立侨联组织；三是发动群众抗灾救灾。他的这三项建议，都在当年即被澄海县委、县政府采纳并落实。在县委、县政府领导下，同年7月全县发动各界人士捐钱捐物，支援淮海地区、苏北地区救灾，共计捐款2.7亿元人民币（相当于币制改革后的2.7万元）、衣服1.5万多件；9月21日，县委、县政府安排成立了澄海县归国华侨联谊会筹备委员会；9月30日，县政府发布了严禁种植和贩卖鸦片的通令，取缔和打击吸毒贩毒活动，旧社会屡禁不止的鸦片烟毒被彻底清除。

1951年1月，澄海县委、县政府按照中央和广东省委、省政府的统一部署，和全国一道，开始了土地改革工作。在县委书记许士杰、县长余锡渠的领导下，县委、县政府严格遵守、认真贯彻中央和广东省委对华侨地主、华侨资本家“在土改中区别对待”的政策，经过上蓬区土改工作队队长林派捷的调查和报告请示后，县委、县政府，对既是爱国华侨、育种专家、实业家、农艺家，同时又是华侨资本家、华侨地主的谢易初再次予以了保护。

1952年5月，澄海县农场正式成立。这是澄海县委、县政府为了加强和做好全县农业生产工作，发挥示范引领作用，推广先进的农业生产技术，并开展农作物良种培育等工作，报经汕头地委批准，决定开办的一个地方国营示范农场。县委、县政府任命县委委员林派捷兼任农场党支部书记和场长，领军创办。经林派捷场长提议，县委、县政府大胆启用作为育种专家、农艺家的华侨实业家谢易初，任命谢易初担任农场技术员，接着又任命其为副场长兼技术员。这一年，谢易初56岁。

1952年11月2日至5日，谢易初出席了澄海县第六届各界人民代表大会。这次大会在澄海中学礼堂隆重举行。出席代表396人，其中选举293人、推荐74人、邀请29人。谢易初是受邀请的29位代表之一。本届大会收到代表提案304件。谢易初在大会上提出了兴修坝头镇水利设施的提案。坝头镇，位于澄海县的东南沿海地带，坝头的耕地是韩江与大海的冲击而累积沉淀形成的，新中国成立前风起沙扬，水旱灾害频繁发生，农作物常常受旱、淹、咸的侵害，十年的耕作最多三年有收成。谢易初的建议，得到了政府的采纳，没几年就成效显著。1960年2月22日，时任白沙农场副场长的谢易初来到比邻的坝头公社，在公社领导的陪同下参观了坝头公社的农田和水利设施，走访了一些公社的社员。当时，坝头公社已经建设完成了340条大小水渠，总长度达到了170里，建设了一条30里长的防洪防潮大堤，全社8300亩水田全部自流灌溉，1万亩旱田也有五成可以自流灌溉。谢易初看到这些成果，十分高兴和欣慰，他对公社干部说："祝你们充分运用大好条件，夺取更大丰收。"

澄海县各界人民代表大会从1950年4月到1953年3月，从第一届到第七届，谢易初均作为特邀代表出席了大会，直至1954年6月澄海县召开首届人民代表大会为止。

1953年2月6日至10日，谢易初还以特邀代表的身份，出席了汕头市工商界第一届代表大会。

1954年6月17日至22日，澄海县首届人民代表大会在澄海中学礼堂举行。出席大会的代表300人。本届人民代表大会第二次会议选举林香才、许士鉴、谢易初等21人为首届县人民委员会委员，其中林香才任县长、许士鉴任副县长，自此谢易初成为县领导班子成员之一。

1957年澄海县第二届人民代表大会，1958年澄海县第三届人民代表大会，许士鉴、谢易初继续当选澄海县人民委员会委员。许士鉴连任县长，直到1959年1月澄海县撤销，并入汕头市为止。

许士鉴于1996年撰文《难忘的怀念》纪念谢易初先生，他深情地写道："1954年到1959年，我在澄海县人民委员会任过副县长、县长职务，易初先生是人民委员会委员，是政府领导班子的成员。实际工作仍然是县示范农场副场长。当年的县长、副县长，主要精力集中在农业生产，故与谢先生关系较为密切。虽然几十年的岁月已经过去，但谢先生的爱国爱乡、忠于职守、兢兢业业、无私奉献和慈祥忠厚、乐于助人的高尚品质，给我留下了难忘的印象。"

从1950年至1966年初，16年间，谢易初先生先后应邀、当选或受命担任澄海县各界人民代表大会代表，澄海县人民代表大会代表，汕头市工商界第一届代表大会代表，澄海县国营农场、国营示范农场和国营白沙农场副场长兼技术员，汕头地区菜籽合营公司副经理，澄海县人民委员会委员，澄海县归国华侨联合会主席，广东省政协委员，广东省侨联委员，全国侨联委员等职。16 年间，谢易初先生在澄海县无私奉献、兢兢业业地工作，为澄海县的农业经济和农业科研工作作出了重大贡献，为国家作出了突出贡献。

侨联主席谢易初

薛增一

故事013

1950 年 4 月，谢易初受澄海县委、县政府的邀请，以爱国华侨代表的身份，出席了澄海县首届各界人民代表大会。在会上，他提出成立归国华侨组织的建议，得到县委、县政府的重视，1950 年 9 月便成立了澄海县归国华侨联谊会筹备委员会。

谢易初从 1952 年开始担任澄海国营农场副场长兼技术员，1954 年又被选为澄海县人民委员会委员，虽然工作十分繁重，但时时关心侨务工作，积极参加各项活动，多次向县领导反映归侨、侨眷的情况，建言献策，被县委、县政府采纳。

1956 年 10 月，谢易初随广东省侨联代表团赴北京，参加了在北京召开的中华全国归国华侨联合会成立大会，并当选为全国侨联委员。

1961 年夏，广东省在广州市召开侨务工作会议，谢易初作为全国侨联委员，与澄海县委分管侨务工作的副书记陈德鸿一起赴穗参会。陈德鸿回忆说："50 年代末至 60 年代初，正是我国经济生活处于极端困难的时期。那时，我担任中共澄海县委副书记，并分管工业、文教、统战、侨务等方面的工作，从而与谢易初先生相识。我觉得当年的谢先生，他那种与祖国、与家乡人民患难与共、同舟共进的精神坚定强烈，充分表现在他的思想和言行之中，给我留下了深刻的印象。1961 年夏，我和谢先生一同赴广州参加省里召开的一次侨务工作会议，由于同食同住在一起，因此便有机会与谢先生直接交谈。在谈论当前的各种困难时，谢先生坚定地说：'我们国家大，人口多，在建设过程中碰到这样那样的困难和问题是难以避免的。我相信中国共产党和毛主席一定会解决好这个问题。'表现出他面对困难的积极态度和不畏困难的坚强意志，以及对党和政府的信任。"

据《澄海县华侨志》记载，谢易初前后两次担任过澄海县侨联主席。

第一次担任澄海县侨联主席是 1962 年。

这一年的 6 月 6 日，澄海县归国华侨联合会在县人民会堂召开第二次归侨、侨眷代表大会，历时三天，6 月 8 日结束。出席大会的正式代表 169 人、列席代表 53 人，合计 222 人。经过充分酝酿和无记名投票，选举产生了澄海县第二届侨联领导班子，主席 1 人、副主席 3 人、常务委员 12 人、委员 19 人。其中谢易初当选为主席，并推举省侨联主席蚁美厚和汕头地区侨联主席许杰为名誉主席。

1950 年 9 月，澄海县成立归国华侨联谊会筹备委员会后，直至 1954 年 4 月正式成立了澄海县归国华侨联谊会，再到 1956 年 12 月召开第一次澄海县归国华侨、侨眷代表大会，根据组织推荐，选举澄海县人民政府侨务科副科长李泽霑兼任第一届澄海县侨联主席。李泽霑先生回忆说："1962 年 6 月，我接到县委组织部门的通知，由于工作需要，决定由谢易初先生担任澄海县归国华侨联合会主席，我退任副主席。但这时身为全国侨联委员的谢易初先生却很谦虚地对我说：'侨联工作我是门外汉，工作仍然要请你负责。'这话使我感到责任重大。在以后的日子，我俩互相尊重，配合密切，从而逐渐地建立起友情。谢先生尽管忙于农场工作，却经常到侨联来，我则主动向他汇报工作。"

1962 年冬季，有一天李泽霑副主席和县侨联工作人员向谢易初主席汇报工作，谈到县委、县政府有关部门在审批归侨、侨眷及其子女出国和赴港的工作中，存在偏严的做法，大家感到不能理解，有的归侨和眷属提了意见。谢易初便到县委统战部向许哲西部长提出建议，他用自己的亲身经历和感受，亲切地说："华侨绝大多数是爱国的，他们虽然身在国外，心则与祖国的命运维系在一起，他们永远也不会忘记祖国，有朝一日，他们会回来报答祖国养育之恩。希望在批准出国、赴港这一问题上，适当放宽，这是符合国家、民族的利益的。"许哲西部长十分重视谢易初的意见，他高兴地表示，他完全同意谢易初的意见，他来协调解决这一问题。

1963 年秋天的一个晚上，谢易初来到县侨联，与李泽霑副主席和侨联工作人员座谈，他说："只有祖国强大了，华侨在海外才有地位，才不会受人欺压。旧社会，由于我国衰弱，根本没有外交地位，在外华侨沦为二等公民、海外孤儿，他们只能日日夜夜盼望着祖国的强盛，提高海外侨胞的政治地位。"

针对个别归侨、侨眷依赖侨汇过活，游手好闲、不从事劳动，谢易初甚感痛心，他语重心长地说："这些人哪里知道他们在海外的亲人的处境呢？"他要求侨联工作人员，要认真教育这些归侨和侨眷，要积极参加生产劳动，自力更生，使他们成为自食其力的劳动者。

谢易初第二次担任澄海县侨联主席是在改革开放后的1979年。

据《澄海县华侨志》记载，澄海县第二届侨联组织，在"文化大革命"的冲击下，于1966年下半年被迫停止活动，历时长达12年，直到改革开放后的1978年11月才逐渐开始恢复活动。

到了1979年2月，澄海县委、县政府根据全国侨联的会议精神，召开了澄海县归国华侨、侨眷第三次代表大会。6月14日，澄海县归国华侨联合会召开第三届第二次会议，经澄海县委组织部批复，澄海县侨联第三届主席为谢易初，副主席为郑月婵和林凤，后来又增补宋鑑澄为副主席。

直至1983年2月谢易初去世后，澄海县机构改革，于1984年1月明确由宋鑑澄接任澄海县侨联主席。

这是中央的意见

薛增一

故事 014

1958 年春，农业部种子管理局刘定安局长带队来到澄海白沙农场考察工作。当时，谢易初正好在这一段时间赴香港治疗胃病，随后又去了泰国探亲、办事，不在农场。

林派捷场长主持接待了刘定安局长一行，并指派以青年科技干部曾树创为主进行汇报，曾树创重点汇报了 1952 年农场的创立和 6 年以来的发展情况，其中有一部分详细汇报了谢易初在农场主持领导的科研和技术工作取得的成绩，以及谢易初所发挥的重要作用和他爱国爱乡、大公无私的感人事迹。

刘定安局长听得十分仔细，并作了笔记。汇报结束后，他动情地说："谢老是难得的宝贵人才，是我们国家的财富，我回去后一定向中央领导汇报。他的事迹，我听后很受感动，希望你们青年人要好好向谢老学习，做个有益于人民的人。"

当年 12 月中旬，中共中央在北京召开了全国农业生产先进单位代表大会。会议期间，刘定安局长专门会晤了前来北京参加大会的澄海白沙农场会议代表曾树创。

一见面，刘局长就急切地向曾树创打听谢易初的情况，他说："小曾，我知道你来参加会议，我急于找你，想知道谢老出国回来了没有。"在听到谢易初已经回到澄海白沙农场的答复后，他接着说："谢老很爱国，我来见你，就是要谈谢老的事，我想假如谢老未回来，你们全场签名请他回来。现在已经回来了，很好。请你转告场长，说中央很关心谢老这样的人才，中央要求你们上上下下的人都要尊敬谢老，这是中央的意见。还有一个意见，你带回去告诉你们的县委书记，说林派捷同志到中央干校学习回去后，要派他去农场当书记，就不再当县长了。他在农场当书记，一是可以把农场办好，二是能更好地发挥谢老的作用。"曾树创回到澄海后，把刘定安局长传达的中央的意见一一向县委、县政府报告，不久林派捷即辞去澄海县副县长的职务，又回到了白沙农场工作，再度被县委、县政府任命为白沙农场党委书记、白沙农场场长。

刘定安局长传达的"中央的意见"，充分体现了中央对谢易初的重视和关怀，对白沙农场的重视和关心。

中华人民共和国成立初期的20世纪五六十年代，是新旧社会发生剧烈变化的一个激烈的过渡时期，国际的、政治的、经济的、文化的、阶层的等各种新旧矛盾突出而尖锐。为了巩固新生的共和国政权、探索前无古人的中国社会主义新发展道路，在毛主席、党中央的领导下，中国人民以大无畏的精神，克服重重艰难困苦，披荆斩棘，奋勇前进，取得了中华人民共和国成立后举世瞩目的伟大成就。一个伟大的新中国，一扫鸦片战争以来的百年颓势和耻辱，昂首屹立于世界的东方。但是，这期间的政治运动也频繁、接踵。在历次政治运动中，坏人得到了惩治，同时也很遗憾而痛心地伤害了不少好人。

谢易初作为一名归国侨领、华侨资本家、华侨地主，16 年来能够平平安安、安安定定、全心全意地在澄海从事他所熟悉的育种科研和园艺种植事业，为国家和地方经济的发展作出重大贡献，这毫无疑问得益于党和政府保护归国华侨、做好统一战线工作的各项正确方针和政策，得益于中央通过农业部对谢易初的重视和关怀、关心。

然而，毋庸置疑，事在人为，再好的政策都要靠人来执行、落实，都要通过优秀的领导人来体现，澄海县委、县政府的历任领导班子成员就是这样一批优秀的共产党领导人，他们具有优秀的政治素质和领导水平，尤其以澄海县委第一任书记许士杰，县政府第一任县长余锡渠，以及县委委员、副县长、白沙农场党委书记兼场长林派捷等为杰出代表，他们慧眼识英才，大胆任用，无微不至地关心和照顾育种专家谢易初，为他提供安静、和顺的科研平台和环境，彰显了许士杰书记、余锡渠县长、林派捷场长等领导者的远见卓识、超凡的领导才干和高超的政策水平。

参与创办澄海农场、白沙农场

薛增一

故事 015

1952 年 5 月，澄海县委、县政府决定在冠山建立地方国营澄海县农场，谢易初受聘担任农场技术员，接着又被县委、县政府任命为农场副场长兼技术员，是最早参与农场创办的领导人之一。

他随身带了一个简便的铺盖和一批珍藏在家中的蔬菜种子，和场长林派捷分别住进了冠山石佛寺里的一间简陋的小禅房，白手起家，开启了澄海农场辉煌的发展历程。

当年，中华人民共和国成立不过两年多，建设国家的任务十分繁重，而财力、物力又缺乏，因此国家为了把有限的资源集中到一些急需的事业或项目上，按轻重缓急对部分项目进行调整，其中一些项目不得不下马。

1952 年冬天，场部设在冠山、刚刚组建不久的国营澄海农场，全场仅有 144 亩土地和一口大鱼塘，分布在冠山四周；全体人员只有 29 人，其中干部 4 人、技术员 2 人、耕作工人 17 人、畜牧养殖

3 人、养鱼 3 人。由于农场的规模只有 144 亩土地，达不到国家关于县级国营农场需拥有不少于 300 亩土地的标准，而被上级列为下马项目，同时停止拨款，政府不再予以投资。

场长林派捷参加了澄海县委的会议，县委书记许士杰要求农场自力更生，暂时从国营农场转换体制为集体所有制，自筹资金继续办下去。他说："农场不但不能散伙，我们还要想办法办下去，办成指导全县农业生产的火车头！"并说："现在，希望你们和职工商量，走群众路线，靠自力更生，解决暂时的困难！"

在林派捷场长传达县委、县政府决定的会议上，职工们纷纷表示愿意白手起家、自给自足、大干一场。谢易初在会上发言，向林派捷场长提出建议："广种菜籽，培育良种供应市场，以增加收入，共渡难关。"并说："菜籽收成快，盈利多，只要大家团结一致，齐心协力，暂时的困难是可以解决的。"他的建议得到林派捷场长和全场干部职工的一致赞同和支持。

为此，谢易初无私地为农场奉献出他花费了十几年心血的科研成果——"花椰菜"，帮助农场渡过难关。

谢易初带领农场职工，在原"花椰菜"种子的基础上，半年内先后培育出早花椰菜 6 号和早花椰菜 11 号，一时间畅销海内外，为农场挣得了一笔可观的收入，使得农场起死回生，在半年内渡过了难关，开始为半年没有领到工资的职工们重新发放工资。农场不但没有下马，而且快马扬鞭，迅速发展壮大起来。

在农场半年没有为职工发工资的情况下，谢易初还个人掏腰包，帮助个别生活特别困难的农场职工渡过难关。

在谢易初的科研成果中，有四个蔬菜品种入选 1959 年 3 月由中国农业科学院编、农业出版社出版的《中国蔬菜优良品种》，其中就包括澄海早花椰菜6号、澄海早花椰菜11号，还有两个入选的品种是交配早萝卜、马耳萝卜。这些品种，在20世纪五六十年代就推广到了福建同安、浙江温州一带，后逐步推广到全国各地，目前仍然有很多地方在种植。并且一直畅销东南亚一带，包括越南、柬埔寨等国家，至今还从中国引进，在当地推广种植。

1959年3月，中国农业科学院编、农业出版社出版的《中国蔬菜优良品种》（照片由薛增一拍摄）

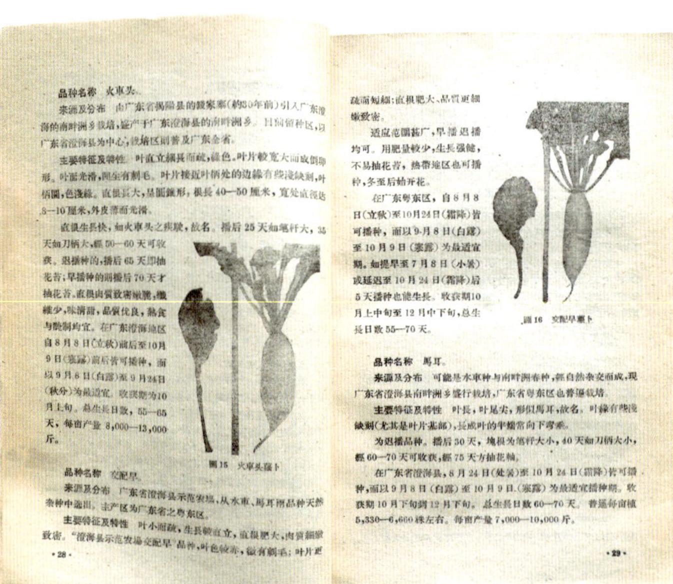

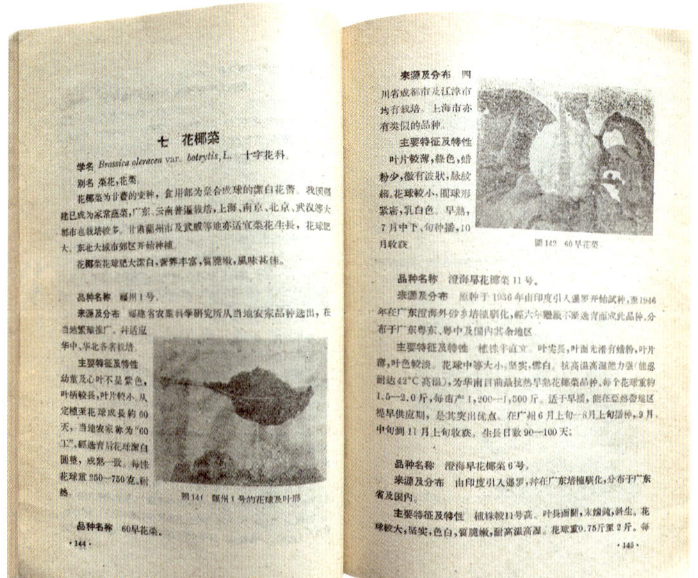

《中国蔬菜优良品种》收录了谢易初研发的四个蔬菜品种科研成果（照片由薛增一拍摄）

1955 年 6 月，为了总结谢易初的育种科研成果，推广优良品种和先进种植技术，林派捷场长组织国营澄海县示范农场编印了由谢易初口述、广东省农科院柑橘专家王浩真副研究员执笔的谢易初科研著述《早花椰菜栽培浅说》单行本。

在林派捷场长、谢易初副场长的领导下，澄海农场全场职工齐心协力抓科研、搞生产，艰苦努力，顺利完成了转制，站稳了脚跟。并由此开端，不断地发展壮大，从 1952 年的地方国营澄海农场，到 1953 年的县示范农场，再到 1957 年国营白沙农场；场址从一开始的冠山，到后来迁到埔美，最后迁到白沙。农场的每一次迁址、每一次扩大、每一次更名、每一次更换招牌，都饱含了谢易初的辛勤汗水和心血，都留下了他无私而重大贡献的足迹。

白沙农场原副场长谢平先生回忆："1954 年我们农场发展蔬菜种籽，跟谢易初同志关系非常大。他在冠山农场时（1952 年）就跟'大兄'（指林派捷场长）提出来搞一些经济作物，就是种菜籽。当时在冠山农场就由谢易初同志在海外引进一些，比如大菜籽、花椰菜籽、萝卜籽等品种到农场繁殖。"

1990 年，在澄海县召开的全县农业科技工作会议上，当人们回想起白沙农场走过的这段难忘的历史时，与会的代表说："当时谢易初先生的这一建议，其意义远不止于使农场不至下马，更重要的还在于今后开辟示范农场，合并白沙农场，建立蔬菜、禽畜研究所，打下了一个良好的基础。"

可以说，正是因为谢易初的建议，改变了澄海农场、白沙农场的发展方向。特别是这个改变后的方向，被后来的发展成就证明是十分正确的。

谢易初的名字永远与“澄海农场”“白沙农场”连在了一起。

据悉，白沙农场的开发始于1955年，这一年澄海县示范农场在白沙埔创建了分场，试种了100多亩地的萝卜。而当时澄海县示范农场的场部已经从冠山迁到了埔美。那个时候，白沙埔还是一个地处韩江入海口沙洲上的一片数千亩无人问津的沙地荒滩。新中国成立前，由于战乱频仍、社会动荡，人民群众流离失所，在沙地荒滩上留下了很多无主的坟墓，致使这里也成为一片乱坟岗。经过全场干部、科技人员、职工群众几年下来的艰苦奋斗，荒漠坟滩已经被开发成了一个占地2000亩左右，满目绿洲、美丽富饶的国营农场。澄海县示范农场即于1957年把场部迁过来，与白沙分场合并，从此被县委、县政府正式命名为国营白沙农场，并成为广东省农业厅的直接联系单位。

冬熟西瓜

故事 016

薛增一

中国是一个延续了几千年的农业大国，祖祖辈辈传承的是春耕秋收的农业生产规律。

西瓜是人们普遍喜爱的一种传统的夏令瓜果。谢易初从泰国“正大庄”引进两个各有优势的良种西瓜，在农场研发杂交西瓜新品种。经过几年的实验，他培育出了优质、高产、耐运输、适应性强的“澄育一号”西瓜。

传统的西瓜作物都是春种夏熟，最多延续到秋初。1958 年夏日的一天，全国侨务委员会主任方方来到白沙农场，品尝到谢易初从泰国正大庄引种到农场培育出来的“澄育一号”西瓜，赞不绝口，当场提出能不能送一些西瓜到北京，向周总理报喜。但是农场收获的西瓜已经被抢购一空。谢易初因此受到启发，他想，西瓜能不能夏天种、冬天熟呢？

说干就干。八月天里，谢易初先生冒着暑热，带领团队种了 3

亩地的西瓜。经过精心的管理和养护，到了 11 月至 12 月的时候，脆爽甘甜的反季节西瓜种植实验大获成功，平均每个西瓜重量达到 15 公斤，最大的西瓜重量高达 25 公斤。

1958 年 12 月 25 日至 1959 年 1 月 1 日，国家在北京召开了全国农业社会主义建设先进单位代表大会，澄海县的国营白沙农场光荣地获得“全国农业生产先进单位”荣誉称号，选派曾树创等代表赴北京参加这一盛会，农场派专人随同大会代表一道选送了 3000 斤白沙农场生产的冬熟西瓜到北京，送进了中南海给毛主席、周总理等中央领导人品尝，其中的一部分，参加了大会组织的全国农业战线成果展。白沙农场的冬熟西瓜，还有狮头鹅等优质新品种的展出，引起了极大的轰动，为白沙农场扬名全国争光加彩、锦上添花。

当年的全国侨务委员会主任方方在接见参加大会的代表时，对来自白沙农场的全国农业先进科技工作者代表曾树创说：“谢老培育的冬熟西瓜已送到中央来了，部委办领导每人分到一个，太珍贵了！你看，今天零下 16 摄氏度，还有新成熟的西瓜，我们部委办的许多人都舍不得吃，拿去送给周总理，周总理客人多，可多招待客人。”

更令人鼓舞的是，1959 年初，有一天，汕头地委传达了毛主席办公室给白沙农场的感谢电，电文说：“感谢澄海农场工人培育成功优质丰产大西瓜。”一时间，澄海农场的职工个个心花怒放，兴高采烈，大家纷纷为谢易初的科研成果叫好，向谢易初表示祝贺。

不久，农业部又专门打电话到白沙农场说：“感谢白沙农场，感谢谢易初老人，毛主席、周总理都尝到了冬季西瓜，称赞你们的西瓜好。周总理还用冬季西瓜招待了外国驻华使节，他们都一致

称好！”

农业部种子局的刘定安局长也特别让曾树创捎来话，感谢谢易初老人为国家作出的贡献。

谢易初培育和种植成功的冬熟西瓜，不就是现代“反季节蔬菜”“反季节瓜果”的排头兵、先行者吗？

就是在这次全国农业社会主义建设先进单位代表大会上，澄海白沙农场获得了周恩来总理亲笔签发的“奖给农业社会主义建设先进单位广东省澄海县农场”的“国务院奖状”的殊荣。这份光辉的历史文献，时至今日还完好地保存且高高地悬挂在白沙农场的继承

國務院奬狀

奬給農業社會主義建設先進單位

廣東省澄海縣農場

總理 周恩来

一九五八年十二月 日

敬爱的周恩来总理亲笔签发的“国务院奖状——奖给农业社会主义建设先进单位广东省澄海县农场”（照片由薛增一在参观汕头市白沙蔬菜原种研究所时拍摄）

者之一汕头市白沙蔬菜原种研究所科研和办公大楼三楼的大会议室主墙上。虽然这张奖状的纸张已经陈旧，但历久弥新的风姿依旧光彩照人。白沙农场的继承者，今天还有汕头市白沙禽畜原种研究所。

冬熟西瓜的栽培成功，为西瓜生产开辟了一个崭新的领域，使冬季市场上出现了一个新的瓜果品种，为民众在冬季增添了品尝夏季产品的生活情趣。

秋菊夏开

薛增一

故事 017

“秋菊夏开”，是谢易初科研的一个菊花新品种。谢易初喜爱菊花，他对菊花的品种和栽培颇有研究。

谢易初做事认真，钻研精神强，科研细致、较真儿。在开发“秋菊夏开”的新品种时，他坚信“事在人为，物在人变，花在人栽”。他通过借阅和托人购买，收集、查阅并研读了中国宋代刘蒙的《菊谱》、明代黄省曾的《艺菊书》、清代陆廷灿的《艺菊志》，泰国的《菊枝》、法国的《菊全》、英国的《菊典》等 40 多本有关菊花品种和栽培的书籍，20 多本有关植物遗传、变异的书籍，通过理论与实际相结合的栽培实践，不断总结和摸索，终于研究出了一套全新、成熟的“秋菊夏开”栽培技术。

1962 年农历五月初五端午节期间，在白沙农场的宿舍区，举办了本来只能在秋季盛开的菊花展。“秋菊夏开”，一下子在当地引起了极大的轰动，参观者络绎不绝，赞不绝口。当年在汕头市担任副书记的吴南生，著名潮剧表演艺术家姚璇秋，汕头日报社记者、文艺副刊部主任王细级等众多领导、学者、记者等，也前来参观、欣赏，《汕头日报》还发表文章予以盛赞。

这一年，谢易初为了给澄海县举办的端午节龙舟赛增添欢乐气氛，还把他在自己家中栽培的黄、白两种菊花数十盆提供给龙舟赛的主办单位，摆放在举办龙舟赛的主场地，让人们观赏，引得汕头市民纷至沓来，一片惊赞！

谢易初欣赏他亲手培育的“秋菊夏开”（照片由澄海华侨中学提供）

谢易初在自己家中也种植了很多菊花。为了让母亲有适当的活动，他还教母亲种植夏季菊花，晚上没有阳光照射的时候，让母亲把一盆盆菊花搬到室外，接受夜里的露水；次日上午 10 点钟前后，再把一盆盆的菊花搬回屋内，放置在阳光不直接照射、低温的室内拐角处。等到夏天来临的时候，一盆盆菊花盛开，母亲十分开心。他以此方法来增加母亲的生活情趣，使母亲身心受益，以达到延年益寿的目的。

晚年，谢易初虽然移居海外，但是他十分怀念中国，他经常跟亲朋好友谈起在中国，谈起他培育的“冬天的西瓜”“夏天的菊花”。他是一位反季节植物栽培的先行者、开拓者。

谢易初创造的三种科学育种方法

薛增一

故事 018

谢易初先生特别喜爱和接受新鲜事物，不拘泥、不保守，爱探索、爱创新，活到老、学到老、教到老、做到老。谢国民先生有一次回忆父亲谢易初先生的时候说：“我很自豪自己继承了父亲对新鲜事物充满好奇的性格和科学观察事物的能力。”

谢易初有一定的文化基础，虽然没有上过大学，但天资聪颖，加之勤奋敬业，刻苦自学，尤其是在坚持不懈而广泛、丰富的育种实践活动中，特别善于观察、勤于思考，深刻地领会了“物竞天择，适者生存”的自然规律，在领导和同事的支持、帮助、配合下，总结和创造了“环境驯化法”“远地引种杂交法”“系统选育法”三种主要的科学育种方法。

第一，环境驯化法。谢易初利用“蔬菜作物具有对自然环境感应性强”的特点，采取不同环境条件下进行驯化的手段，选育优良蔬菜品种。他对 6 号和 11 号早熟花椰菜的驯化培育，就是一个成功的科研案例。

“花椰菜”是谢易初1936年从印度引种到泰国正大庄农场栽种、培育成功的。1946年，他又从泰国引进到澄海家乡他自己的私人农场继续栽种、培育，是“正大庄”经营的一个十分成熟的蔬菜品种。

这个原产于印度的蔬菜品种的主要特征是耐热。为了使其更好地适应南洋一带的气候，谢易初采取提前播种的办法，让这个品种在泰国高温、多雨的季节经受环境的锻炼，经过他反复试种、选优，最终培育成功，并于1946年又从泰国引进到澄海来栽种。

1952年，谢易初把这个品种无私奉献给了澄海农场，带领农场职工进一步选种培育，最后他从复选的植株群中严格精选出了第6号和第11号两个植株。第6号植株的优点是花球大而白，生命力强，但叶型不大理想。第11号植株除了具有6号植株的优点以外，叶子向上，且细而直，受阳光的辐射面积小，更利于抗热。谢易初本打算存后者、去前者，后来他组织科技人员研究讨论，结论为两者并留更妥当。最后通过对抽薹、开花、结籽的科研观察和鉴定，于半年后的1953年在澄海农场确定并命名为早熟花椰菜6号和早熟花椰菜11号。此后，这两个品系继续在澄海农场筛选、培育，以保持和强化品种的优越性。由于这两个品系紧紧抓住“在高温季节锻炼选留种母”这个重要的特点，每年培育出的种子都做到了好上加好、优中更优，因而备受各地蔬菜种植者欢迎，畅销海内外。尤其是越南，常年从我国购进这两个品系的早熟花椰菜种子。谢易初培育成功的早熟花椰菜6号和11号，连同它们的栽培方法，被载入1959年农业科学院编著的《中国蔬菜优良品种》。

第二，远地引种杂交法。谢易初在蔬菜种植、育种的实践活动中，很早就认识到：杂交是变异的根源，只有变异才能选样，因此，杂交是繁育良种的重要方法。而且他认识到，杂交培育优良品种，必须采用“强化组合”，如选用自身丰产性能强，而且产地相距较远的父母本，结果杂交后培育出来的后代就有可能呈现出超母本的优势。谢易初说的育种上“强化组合”，就好比今天人们常说的企业间的“强强联合”。

关于杂交育种，谢易初在中华人民共和国成立前的蔬菜种植、育种方面，就已经做过多个批次、多个品种、多个品系的实验，积累了丰富的经验。而他在澄海农场的科研工作成果中，“澄育一号”西瓜和“狮头种”花椰菜就是最好的科研案例。

“澄育一号”的两个母本，是谢易初从泰国正大庄引进的，泰语音译过来的名字，一个叫作“通木双”，另一个叫作“丝铃努”。“通木双”西瓜，呈长枕形，个体较大，赤皮红瓤，味道甜美；“丝铃努”西瓜，则呈椭圆形，皮色带黑，内瓤鲜红，虽个体较小，但密度较大。谢易初用这两个品种杂交，试种出来的第一代西瓜比“通木双”略小，皮色浓绿，瓤色鲜红，甜度高，口味好；第二代以后，除皮色和子壳色略有分离的现象外，具备并保持了瓤红、甜脆、养分高、耐储藏、有利远途运输等优点。这就是1958年冬选送到北京的冬熟西瓜。1962年，澄海农场为了与从美国查理士顿品种培育过来的“澄选1号”进行区别，把谢易初培育的冬熟西瓜正式命名为“澄育一号”。

“狮头种”花椰菜，是1953年谢易初选用一种丹麦的花椰菜与澄海本地的东墩高脚花椰菜杂交，培育出的花椰菜新品种。丹麦的这种花椰菜，花球白而大，无须覆盖仍能保持白嫩，但在当地栽培的适应性不好，栽培条件要求高；而本地土产的东墩高脚花椰菜，花球也白，但花球小，不覆盖就容易变红。这两个品种经过杂交培育，其后代以其花球大而白、在自然情况下基本不发红且很适应当地栽培的特性而著称。正因为这个新品种花椰菜的花球大，而被称为“狮头种”。

第三，系统选育法。系统选育，是育种界最普遍采用的一种育种方法。谢易初的贡献在于他使得这一方法更加具体化、系统化、科学化。其中的两个品种最能说明问题，一个是“大冇种”椰菜品种，另一个是“南特号”水稻品种。椰菜俗称“圆白菜”“包菜”，花椰菜俗称“花菜”“菜花”，是两个不同品种的蔬菜。

“大冇种”中熟椰菜，原是澄海县大卫乡的农家品种，叶球虽大，但结构松散，尤其冬季种植时耐冬性差，推广价值不高。谢易初从1954年开始对这个品种进行科研开发。他十分严格地先对品种进行分类、解剖，逐一鉴定，选择出比较符合要求的同类植株后代，然后他采取推迟播种期进行试种，使得大部分植株未到叶球成熟期便开始抽薹，再从中选择尚未抽薹而叶球形状一致、耐冬性较强的植株留作母种。他种植了四亩试验地，却仅仅挑选出了四个植株作为母种，再继续反复选育，最终获得成功。新培育出的“大冇种”椰菜比原来的土产椰菜叶球大而结实，产量比源自日本大阪的又名“成功种”的椰菜还高出了10%，而成熟期却缩短了近一个月，一般11月种植，第二年春节前后即可上市，大受民众欢迎。

因其种植时间短、产量高、质量好、耐冬性强，菜籽十分畅销，为澄海示范农场创收颇丰。

“南特号”水稻，原是江西省南昌科研部门培育的高产品种。为了能够在澄海县推广普及，澄海示范农场担负起了试种和选育的任务。水稻育种本不是谢易初先生的专长，但是他虚心学习、刻苦钻研，倾听职工意见，注重总结和积累实践中的经验，提出“坚持标准，反复筛选”的要求，首先发动农场职工从大田中挑选出“合格穗”，接着组织科技人员对“合格穗”的穗粒形状进行集中评议，经过评议再从中精选出“标准穗”，最后将“标准穗”单独播种。按照这个办法，经过反复筛选、育种，终于在1955年通过了对这个品种的最终鉴定，比一般水稻高产20%，在潮汕地区得到了大面积推广，为地方粮食增产作出了重要贡献。

为了使澄海示范农场培育出的良种得到顺利推广，做到良种和良法结合、配套，林派捷场长还特地邀请了桑蚕专家谢澄文、柑橘专家王浩真执笔，由谢易初口述，将谢易初多年的科研成果编成栽培技术资料，印成单行本，广泛发行，指导各地正确使用良种和良法进行粮食和蔬菜种植。

为了解决人多地少的矛盾，谢易初在提供复种指数、多打粮食的问题上，也作出了十分成功的试验，比如他改良了玉米品种，使其适合与花生一起套种，这一成果至今仍然在潮汕地区应用。

在谢易初的领导和主持下，澄海示范农场在20世纪50年代的几年间推出了一大批科研成果，包括他培育的“早熟鸡心芥菜”和“赤叶哥莉大芥菜”，产量都超过了日本大阪的优良品种；他还培育出了个体重25公斤的大萝卜、9公斤的花椰菜、11公斤的包心菜、25公斤

图为谢易初（左）与双手捧着25公斤重大萝卜的青年技术员。照片的右侧文字为“用科学培育蔬菜种籽”，左侧的文字为“植萝卜亩产量二百担”，下方的文字为“广东省澄海县白砂（沙）农场，种植最大者个五十市斤”（照片由澄海华侨中学提供）

的大西瓜，以及株产重110公斤的大番薯，还有水稻、玉米等一批蔬菜、瓜果、粮食作物的优质品种，成为名闻全国的先进育种场。

谢易初先生发挥自己的聪明才智，超前地投身于绿色革命，先后创造的“环境驯化法”“远地引种杂交法”“系统选育法”等科学育种方法，对蔬菜、瓜果、畜禽、粮食四大类的大量品种进行了改良，培育出许多享誉国内外的优秀良种，为家乡的园艺科研事业、潮汕以至东南亚地区的农业良种化，以及培养高水平的技术人才，都作出了不可磨灭的贡献。

谢易初关心培养青年科技人才

薛增一

故事 019

谢易初先生是白沙农场负责科技工作的副场长，他十分爱惜人才，对科技人员关怀备至，尤其是刚刚从农业院校毕业来到农场工作的青年，他更是处处关心对他们的培养，帮助他们成长。

曾树创回忆说："1957 年，我从省农业干部学校学习回来，被分配到农场工作，跟着谢伯一起搞科研。最使我感动的是谢伯具有无私奉献的精神。他身兼数职，公务繁忙，且患有胃病，但始终立足农场，一心扑在农业科技上，有时因公外出，一回到农场，脱下衣服便去地里干活，见到职工们在种菜，常常用自己的示范操作和科学道理去帮助职工种好蔬菜；场外有不少农民常来请教他，他也一视同仁地帮助他们。因此，场内外的人都视他为良师益友，对他十分尊敬。我是一个归国侨生，谢伯热爱祖国、无私奉献的精神无处不激励着我，在他的精心栽培下，逐步成长起来。

"在粮食方面，谢伯精心指导我先后培育了千粒穗、铁骨矮、赤快矮等13个矮秆、丰产、多抗的水稻品种。其中铁骨矮和赤快矮两个品种均为广东、福建两省推广达十年之久，高峰期每年分别达100万亩以上，这两个品种都载入了《全国农作物优良品种志》。油料方面，在谢伯的指导下，有邵舜梦同志等人育成‘白沙1016号’花生品种，在山东省乃至大江南北广泛推广，等等，真是举不胜举。

“他还帮助我把这些实践经验写成论文，三次被评为全国农业先进工作者，并获得省和国务院奖励。后来我担任县农科所所长，又获得高级职称。一切成就都灌注了谢伯无私奉献的心血。我永远铭记他，怀念他。”

说到邵舜梦，让我们来看看他的成长史吧。

1955年，白沙农场来了一位刚刚从潮安农校毕业的19岁青年农业科技人员，叫邵舜梦，在他称为“谢伯”的谢易初的指导下，后来成功培育出了“白沙1016号”花生新品种，并以此获得了全国重大科技成果奖，在国内外享有盛誉。邵舜梦后来回忆说：“谢老精心育种的求实精神给我影响殊深。他坚持选择、杂交、培育三条原则，给我指出了明确的方向。”

然而，当年农林局种子站安排青年技术员邵舜梦到白沙农场跟随谢易初开展花生育种工作的时候，他还有些胆怯呢。谢易初鼓励他说：“你接受任务吧！花生育种这一课题很重要，现在有‘狮头企’好品种作基础，育出超过它的新品种来，向世界争第一。”

“向世界翘起大拇指”，是谢易初在园艺事业上为追求世界级高水平而经常呈现的一种姿态，体现了他对园艺事业的理想、抱负和信念，也是他严格要求自己和认真培养人才的一种境界和心愿。邵舜梦说：“凡是和谢易初先生一起工作过的人都知道，白沙农场的每一项科研成果，都是和他的这一思想分不开的，高标准、严要求是谢易初先生设置课题坚定不移的原则。”

谢易初首先向邵舜梦传授品种杂交的理论，他向邵舜梦说：“最能够动摇品种遗传性的就是有性杂交法。”邵舜梦运用谢易初的“远地引种杂交法”理论，即“产地相距很远的父母本，其杂交后代，就能够大大呈现超过亲本的优势”。在谢易初的指导下，采用潮汕本地的“狮头企”花生种作为母本，采用山东省著名的“伏花生”花生种作为父本，进行杂交育种。在育种期间，谢易初经常到地头田间，现场观察和指导邵舜梦的育种工作，他说：“做什么事都要摸门道（笔者注：这是谢易初先生常常说的一句话），了解到它的奥秘，才能事半功倍。”他还经常对邵舜梦等科技人员说：“要改造植物，叫它听话，就得深入观察掌握它。”邵舜梦也是初生牛犊不怕虎，在谢易初的教导下，每天匍匐在花生地里四个多小时，去雄、授粉、扎花，观察、记录、管理。功夫不负有心人，经过连续四年、七个代次的培育，终于在1966年秋季，成功培育出了“白沙1016号”花生新品种。

“白沙1016号”花生在山东省蓬莱县试种，比山东本地的“伏花生”增产13.4%，每亩普通产量达400～500斤，最高达到800多斤，而且易种、易收，品质优良，1970年被列为国家珍珠豆型花生仁出口的主体品种，被农业部广泛推广种植。十多个花生种植的地、市、县来白沙农场引种“白沙1016号”，种植面积在当时就达到5000万亩以上，为国家出口创汇立了大功，作出了重大贡献。20世纪70年代初，“白沙1016号”花生种还被美国选中引进到美国试种，比美国当地最优良的花生品种增产20%以上，真是“走出国门，为国增光”，实现了谢易初常常表达的“向世界翘起大拇指”。

1978年4月，已经担任汕头市白沙蔬菜原种研究所副所长并获得高级农艺师技术职称的邵舜梦，荣耀地出席了首届全国科学大会。在这次大会上，“白沙1016号”花生种荣获重大科技成果奖，邵舜梦本人被授予全国科技先进工作者的光荣称号。

1979年3—4月，谢易初在“文革”后首次回来，与很多老领导、老朋友相聚在广州，包括吴南生、林派捷、王浩真等。虽然这一次邵舜梦因为出差未能赶赴广州与谢易初见面，但时任广东省农科院果树研究所所长的王浩真教授高兴地向谢易初介绍了“白沙1016号”花生种获大奖的情况，并说：“你培养的学生，在国内业有所成，为你报喜祝贺。”

第二年，谢易初再来广州，邵舜梦随同林派捷从汕头来到广州东方宾馆，终于见到了分别十几年的老师。这一年谢易初已经84岁了。师生相见，格外激动。听了邵舜梦的科研成果汇报后，谢易初高兴地站了起来，高高地翘起了他的大拇指！当天夜里，邵舜梦辗转反侧，回想着白天老师滔滔不绝地给他说的生产、育种、农业科技、贸易、实业等新观念、新知识、新视野，怎么也睡不着觉，写了一首表达敬意的诗《庚申年之春敬赠谢老》：“一直鞭先新潮流，德才荣耀闻宇洲。物质精神富百万，革故鼎新跃上游。”

2009年，汕头电视台制作了九集系列文献片《汕头记忆》，献给共和国六十华诞。其中第三集名曰《育种白沙铺》，专门介绍了白沙农场的干部、职工，白手起家，艰苦创业，在共和国六十年的发展历史上，为澄海、为汕头、为国家所作出的贡献。当然，

文献片《汕头记忆》的文案资料（照片由薛增一拍摄）

这贡献少不了林派捷场长、少不了谢易初副场长。文献片中的解说词，有一段是这样说的：“谢易初是正大集团的创始人，也是著名的爱国华侨，抗日战争胜利后，他就从泰国回到家乡澄海县办农场。中华人民共和国成立后，他又接受了澄海县人民政府的聘请，担任国营农场的副场长和技术员，一直到1965年才离开（笔者注：应为1966年初）。作为蔬菜良种培育方面的专家，谢易初在农场以后的发展过程中，在培养技术人才、繁育良种方面起到了重要的作用。他一面引进优良蔬菜品种，一面与农场员工共同培育、选育出澄海水稻、白沙早白玉米、早花椰菜、杂交早萝卜、鸡心早大菜等优良品种。在他的指导下，农场用了不到半年的时间，就实现了盈利。谢易初在农场期间，把全部工资馈赠给农场办福利事业。他对农场的技术人员更是关怀备至。后来成为全国劳动模范的邵舜梦对于他在谢易初那里受到的特殊待遇，回想起来还记忆犹新。”

电视节目的镜头随即出现了时任汕头市白沙蔬菜原种研究所副所长的邵舜梦，他说：“我和谢易初见面，是在他60多岁的时候。

育种白沙埔

1958年由周恩来总理签发的一张奖状，是授予农业社会主义建设先进单位——广东省澄海县农场的。如今，它的复制品和其他许多的大小奖状一起，被陈列在白沙现代农业示范区的成果展示中心里，见证着白沙人在中国种业研究史册上留下的不平凡业绩，也记录下他们所走过的不平凡足迹。

白沙埔在澄海的凤翔街道，这里的人们都习惯称它为白沙农场。白沙农场的历史，最早可以追溯到1952创办的澄海县公营农场，地点在现在澄海区上华镇的冠山乡，所以又称为"冠山农场"。

原澄海县示范农场副场长　谢平

那时冠山农场经济上有困难，仅有百来亩土地，上级领导说太小了。是我和"大兄"一起去开会的。领导就说，农场太小，你们自负盈亏，能做就做，不能也罢。我和大兄回来传达，说给职工们听，那些老职工人非常好，现在还有几个健在的。大家也同意继续干，没工资就没工资。大家都是年轻人，我们在冠山农场，四五个月没发工资。

◎正大集团创始人谢易初在白沙农场指导育种研究

作为一个规模不大的农业生产单位，农场在创建不久，就面临着地方财政困难，无以为继的状况。

在白沙，大家都称林派捷作"大兄"。因为在白沙人心目中，林派捷不仅仅是他们事业上的开拓者、带路人，而且还是一个重视人才、爱惜人才的兄长，在那个政治运动不断的年代中，农场许多科技工作者就是在他的培养、保护下才得以成长起来的。

作为当时的农场场长，为了度过难关，林派捷采纳了副场长谢易初的建议，开始经营蔬菜良种的繁育。农场也从此走上了生产和科研相结合的发展道路。

谢平　1954年我们农场发展蔬菜种子，跟谢易初同志关

文献片《汕头记忆》的文案资料。资料中的照片是谢易初先生（中）头戴草帽蹲在白沙农场的田间指导蔬菜育种工作（照片由薛增一拍摄）

我们经常聊到农业科技人员怎样钻研科研，作出业绩，贡献国家。我1962年过来，他就在这里了。他给我的印象就是他对农业科技人员，愿意钻研、愿意努力工作的人员，当作亲儿子一样爱护，晚上还特意泡牛奶给我们喝。他老人家和大兄（林派捷）住在一起，原来白沙那里是他们二老居住的地方。我们搬花生的时候，几百个品例，一个品例就需要一个袋子，袋子不够，他们用吃饭的碗给我们搬花生种。这确实是无微不至的关心和支持。"

另据谢易初的学生之一陈之佳女士回忆，她出生并从小生活

在汕头市区，家庭条件较好，1960年华南农学院毕业后分配到白沙农场工作。当时的农场条件十分艰苦，工资也很低，但是很有幸，她得到了林派捷场长和谢易初副场长的爱护和教诲。她说："有一次谢易初先生从城里来白沙农场，买了好多香蕉，大概有几十斤，放在办公室给大家吃。那个时候物质紧缺，什么东西都是配给的。他看见我在办公室后面的田间，就叫我去吃香蕉，我因为在田头忙着没有及时去办公室，过了一会儿谢场长看我还没有去，就拿了两根香蕉来田头给我，笑着说：'你再不吃，等会儿给大家吃光了。'谢易初先生鼓励我，他对我说：'你在这里搞这一行，好好干，做下去很有前途的。'"她继续说，"谢易初先生说话声音不高，很有感情的。第一他是我的领导，第二他年龄跟我父亲差不多，所以从谢易初先生身上我感受到了父亲一般的爱。"

华南农学院的感谢信

薛增一

故事 020

陈之佳，1940 年出生，汕头市人，1960 年从华南农学院园艺系毕业后，由国家统一分配来到澄海国营白沙农场，跟随场长林派捷、副场长谢易初从事蔬菜的选种育种技术工作，是谢易初的学生之一。

有一次，陈之佳遇到她在华南农学院读书时的老师，老师问她在哪里工作，她说在澄海白沙农场工作，她的老师十分高兴地说："啊，你在白沙农场工作，不错啊。你认不认识谢易初先生啊？"陈之佳说："我认识啊，他是我们的场长。"这位老师接着说："当年我们 53 届、54 届华南农学院的毕业生到澄海农场实习，就是谢易初先生为我们上的课啊。"这批实习生，毕业后有些人就留校当教师了，其中就包括这位老师在内。

关于为华南农学院的实习生讲课一事，在署名庸歌的作者采写的文章《访问澄海县示范农场和归国华侨蔬果专家谢易初先生》

中有详细记述。1955 年 11 月 12 日，庸歌与归国观光的四位印度尼西亚华侨代表来到澄海县示范农场访问，他所写的这篇采访文章发表在中华全国归国华侨联合会主办的《侨务报》杂志 1957 年第 1 期上。原文摘录如下。

《侨务报》杂志 1957 年第 1 期，刊发了庸歌采写的文章《访问澄海县示范农场和归国华侨蔬果专家谢易初先生》（照片由薛增一提供）

米丘林学説的光輝在照耀着

許多人都尊称謝易初同志为“归国华侨米丘林”，也有人尊称他为“潮州米丘林”。虽然謝同志再三謙遜地叫人們不要这样称呼他，説“他对农業的研究和实踐，所得的結果微不足道”，但人們还是这样尊称他。

謝同志是澄海县示範农場在生产技术和生产方針等方面的具体領导者。他自一九一三年起即从事蔬菜种籽事業的研究和实踐，到現在已經四十六年了。在这四十余年中，謝同志在国內外創立过农場，培育优良的蔬菜种籽，供銷潮汕和泰国、馬来亚等地。

謝同志除在研究和培育蔬菜种籽方面有了特出的成績和丰富的經驗外，对研究和培育果树也有了突出的心得。例如他解决了高齡龙眼果树的移植和生長与生产問題，使那些年生年停、一边生一边不生、或大小年結实的龙眼树，变成年年生、全面生，增加高度的产量。又如今年潮汕地区的柑桔普遍發生“黃种病”，許多农業專家主張把全区柑桔拔除，另栽新种。謝同志坚决不同意这样做，因为柑农損失惨重，另栽新种后也不能保証“黃种病”不再發，且將使潮汕柑桔脫产三、四年，国家和人民的損失太大了。他提出防治“黃种病”的具体意見。政府接納了他的意見，領导农民进行救治。結果，被認为“無法救治”的潮汕地区的柑桔，終于得救了。

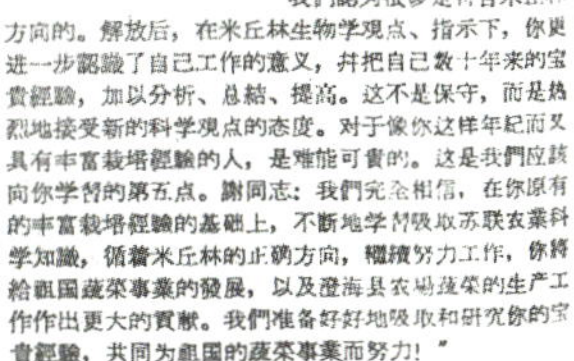

这是由先先無支误的“桑树拱”培育長大的稿木，飞的年龄才达二年十个月。

謝同志是一位实事求是、勇于实踐、从实踐中找寻眞理的农業科学工作者。他一再說过：“由于我的文化程度低，难于从書本上来开扩自己的眼界，充实自己的科学知識，因此对米丘林学說直到一九五四年一月参加广州市米丘林良种繁育傳習班学習时，才眞正接触到。”的确，謝同志接触米丘林学說是很晚的，但是他生平的研究与实踐工作基本上是符合米丘林学說的。这里，讓我引用华南农学院园艺系第四生产实習大队全体师生于一九五五年到澄海县示範农場实習后給农場和謝同志的感謝信，作为对謝先生鑽研农業科学的方法、态度和精神，以及他所得到的成就与对祖国的貢献写下初步的結論吧。

信里說：“謝同志，你年紀相当了，但为了帮助我們学習，每天不辞劳苦地坚持着給我們做报告，介紹你数十年来的宝貴的丰富的經驗，帶領我們到田間实地观察，耐心地詳尽地解釋分析問題，向我們示範实际操作，使我們在这一段实習中，丰富了蔬菜栽培技术实际知識和理論知識，把理論和实际更密切地联系起来。謝同志，你在蔬菜事業上所取得的成績，并不是偶然的。这是由于您数十年努力不懈地致力于蔬菜事業，热爱蔬菜事業，为了祖国的蔬菜事業更向前推进一步，你不断地銳敏地观察并进行試驗研究，育成了新的适应当地环境的具有經济价值的品种。这种銳敏观察和試驗研究精神是值得我們向你学習的第一点；你能根据当地气候土壤条件，因地制宜制定相适应的技术措施。这种因地制宜切合实际的生产操作技术的川途，是我們应該向你学習的第二点；为了証实你的見解是否正确，你把原来是秋分播种的蘿蔔进行寒分播种的試驗。这种創造性的劳动，大胆的嘗試，对科学深入鑽研的精神，是我們应該向你学習的第三点；在你自己的实际生产中經常地注意分析批判，吸取农民的宝貴經驗。这种虛心学習并加以科学分析批判的精神，是我們应該向你学習的第四点；还有应該特别指出的，就是：你在未接受米丘林新的生物学科学观点以前，你便从事一系列的蔬菜研究工作。这些工作的精神实質，我們認为很多是符合米丘林方向的。解放后，在米丘林生物学观点、指示下，你更进一步認識了自己工作的意义，并把自己数十年来的宝貴經驗，加以分析、总結、提高。这不是保守，而是热烈地接受新的科学观点的态度。对于像你这样年紀而又具有丰富栽培經驗的人，是难能可貴的。这是我們应該向你学習的第五点。謝同志：我們完全相信，在你原有的丰富栽培經驗的基础上，不断地学習吸取苏联农業科学知識，循着米丘林的正确方向，繼續努力工作，你將給祖国蔬菜事業的發展，以及澄海县农場蔬菜的生产工作作出更大的貢献。我們准备好好地吸取和研究你的宝貴經驗，共同为祖国的蔬菜事業而努力！”

• 20 •

《侨务报》杂志1957年第1期刊载的华南农学院的师生致谢易初感谢信（图片来自《侨务报》杂志1957年第1期，薛增一提供）

谢同志是一位实事求是、勇于实践、从实践中找寻真理的农业科学工作者。他一再说：“由于我的文化程度低，难于从书本上来开扩自己的眼界，充实自己的科学知识，因此对米丘林学说直到1954年1月参加广州市米丘林良种繁育传习班学习时，才真正接触到。”的确，谢同志接触米丘林学说是很晚的，但是他生平的研究与实践工作基本上是符合米丘林学说的。这里，让我们引用华南农学院园艺系第四生产实习大队全体师生于1955年到澄海县示范农场实习后给农场和谢同志的感谢信，作为对谢先生钻研农业科学的方法、态度和精神，以及他所得到的成就与对祖国的贡献写下初步的结论吧。

信里说："谢同志，你年纪相当了，但为了帮助我们学习，每天不辞辛苦地坚持给我们作报告，介绍你数十年的宝贵的丰富的经验，带我们到田间实地观察，耐心地详尽地解释分析问题，向我们示范实际操作，使我们在这一段实习中，丰富了蔬菜栽培技术实际知识和理论知识，把理论和实际更密切地联系起来。谢同志，你在蔬菜事业上所取得的成绩，并不是偶然的。这是由于您数十年努力不懈地致力于蔬菜事业，热爱蔬菜事业，为了祖国的蔬菜事业更向前推进一步，你不断地敏锐地观察并进行试验研究，育成了新的适应当地环境的具有经济价值的品种。这种敏锐观察和试验研究精神是值得我们向您学习的第一点；您能根据当地气候土壤条件，因地制宜制定相适应的技术措施。这种因地制宜切合实际的生产操作技术的用途，是我们应该向您学习的第二点；为了证实你的见解是否正确，你把原来是秋分播种的萝卜进行春分播种的实验。这种创造性的劳动，大胆的尝试，对科学深入钻研的精神，是我们应该向你学习的第三点；在你自己的实际生产中经常地注意分析批判，吸取农民的宝贵经验。这种虚心学习并加以科学分析批判的精神，是我们应该向你学习的第四点；还有应该特别指出的，就是：你在未接受米丘林新的生物学科学观点之前，你便从事一系列的蔬菜研究工作。这些工作的精神实质，我们认为很多是符合米丘林方向的。解放后，在米丘林生物学观点、指示下，你更进一步认识了自己工作的意义，并把自己数十年来的宝贵经验，加以分析、总结、提高。这不是保守，而是热烈地接受新的科学观点的态度。对于像你这样年纪而又具有丰富栽培经验的人，是难能可贵的。这是我们应该向

你学习的第五点。谢同志：我们完全相信，在你原有的丰富栽培经验的基础上，不断地学习吸取苏联农业科学知识，循着米丘林的正确方向，继续努力工作，你将给祖国蔬菜事业的发展，以及澄海县农场蔬菜的生产工作作出更大的贡献。我们准备好好地吸取和研究你的宝贵经验，共同为祖国的蔬菜事业而努力！”

谢易初为华南农学院的师生在田间作示范，师生们一边观摩、一边听讲、一边做笔记（图片来自《侨务报》杂志 1957 年第 1 期，薛增一提供）

这就是 1955 年华南农学院的师生作为亲历者写给谢易初的感谢信，信中感情真挚诚恳、语言精准简练，为我们既系统科学又简明扼要地总结了谢易初的科研成就，写得真好，至今读起来还十分感人！

感谢庸歌先生，他的文章为我们保存下来这封珍贵的感谢信、这份珍贵的历史资料。

培养 173 位农艺师

薛增一

故事 021

当年在潮汕地区，邀请谢易初作报告、上农业技术培训课的单位，络绎不绝，多之又多。

林派捷后来回忆说："在澄海，听过谢易初讲农业技术课者数以万计。他辛勤培养了一大批农业技术人才。我请人作了一番不完全的统计，有 173 位当年只有初中文化者，在他的言传身教下，如今已成长为农艺师、高级农艺师。谢老这技师，所作的贡献难以估量。"

广东省政府原副秘书长、曾任澄海县委书记的陈喜臣说："澄海农民重视良种栽培和农业科学技术的应用，耕作水平较高，这同谢易初先生的努力是分不开的，同澄海农场、白沙农场的创办和努力也是分不开的。"

1964 年，广东省园艺学会蔬菜组在澄海县白沙农场举行年度学术活动会，邀请谢易初在会上作学术报告。其间，谢易初还带领与会的领导和专业技术人员到田间，现场为大家言传身教地介绍和传授蔬菜育种选种工作的经验。

广东省园艺学会
蔬菜组集白云农场
举行一九六四年度学术
活动、请易初先生做
学术报告

谢易初先生（前排右二）与参加学术报告会的领导和专家合影留念。照片的背面留存下了当年收藏人题写的文字记录（照片由林派捷的孙子林戈、林戟提供）

谈到言传身教，谢易初经常亲自下到田间为农场职工示范，手把手传授如何科学育种。比如移植菜苗时，他带大家来到田头，亲自示范，菜苗下窝的深度、宽度规格如何，边讲边操作，并一一指给大家看，哪一根是菜苗的主根，主根是特别重要的，不能弯曲或折断，否则会致使菜苗受伤，影响成活率或收成，而应该使主根垂直、轻植，再填好周边的泥土，这样才能使菜苗易于成活，正常发育，生长迅速，菜身茁壮，为收获优良菜种创造先决条件。大家在他的悉心指导下，即使那些初来不会种菜的职工，不多久也能把菜种得很好。他就这样，毫无保留地传授自己的绝招技艺，帮助大家提高技术水平和操作能力，学到真本领。

在潮汕地区有一句俗语“教人食，勿教人赚”，意思就是“教会徒弟，饿死师傅”，所以一般师傅遵循的传统戒律是：告其然，不告其所以然。但是谢易初却把食与赚的关系作了调整，他说：“教人赚，勿教人食。”表现出他高尚、无私的品德。

凡是与谢易初一起工作过的人，几乎都有这样的同感，他甘为人梯，丹心报国；诲人不倦，为国育才。

无私地帮助别人，给人传授知识与技能，让人自己去创造、去发展，这就是谢易初的“给予观”。

所以，大家都说：“谢先生给人的不是金钱，而是真正的本钱。只要他懂得的，就无私地教给你，一直到你掌握某一项技术操作为止。”

谢易初常常说：“无论怎么先进的生产设备和高尖的科学技术，都要靠人去操作，财富靠人去创造。”

有一个例子，很能说明谢易初识才、爱才、育才、用才的眼界和能力。中华人民共和国成立前，在谢易初私人农场做场工的村民谢平，忠厚踏实，一心工作，在谢易初的栽培下，掌握了一定的农业育种技术，积累了实践经验。1952 年，澄海县农场成立之初，谢易初就向林派捷场长建议，把谢平吸纳来农场工作，发挥他的技术专长。谢平后来在农场的培养和组织的教育下，逐渐从一名普通的农民成长起来，先后担任农场的生产队长、农场的副场长，成为一名农业战线上的国家干部。

不领工资的领导者

故事 022

薛增一

谢易初从 1952 年被澄海县委、县政府任命为国营澄海农场副场长兼技术员，一直工作到 1966 年初离开澄海再赴海外，其间还担任过澄海县人民委员会委员、澄海县侨联主席等职务。14 年间，他从来都没有领取过一分钱的工资，这在澄海县多种文献中都有记载。

曾经担任过澄海县县长的许士鉴在纪念谢易初诞辰一百周年的文章《永远的怀念》中深情地写道："易初先生在澄海工作期间，他的家境并不十分丰裕，他全心全意为澄海的园艺事业作出贡献，本应收取政府和人民付给该得的工资，但他从不领取一分钱，而把他应得的报酬全部捐赠给农场，作为职工的福利补助，自己的生活费用全由自己支付，这种只讲贡献，毫不索取的崇高精神，实在是值得我们学习。"

周希宪著《纪念谢易初》文中记载，当年在澄海农场、白沙农场从事过行政工作，后来到县政府财政局人秘股担任股长的林荷塘说："谢老把每月工资全部馈赠给农场办福利，是一贯如此的。尽管上级下级都再三劝他不必这样做，而他是非要这样做不可。他确实是诚心诚意的。"对此，谢易初说："我归国来种田，不是为了工资，现在儿女们经常寄钱给我，花也花不完。目前国家困难，我决不加重祖国的负担。我想让农场多一些的福利费，使有困难的职工及时解决困难，调动起生产积极性，众人一条心，黄土变成金，就能为国家创造更多的财富。"

这就是谢易初大海一般宽阔的胸怀，泰山一样高尚的情操。

地方国营澄海农场刚刚成立的时候，还没有自己的场部，就借用冠山石佛寺作为农场的场部。据时任汕头市澄海区佛教协会副会长兼秘书长的辛扬新介绍，当年他父亲曾担任冠山石佛寺所在地的乡长，与谢易初先生常在一起工作，两人十分熟悉，他从小就听父亲多次讲过谢易初先生在农场当副场长不领工资的故事，很是感慨和感动，所以他至今记忆犹新。

石佛寺内大悲阁的两间小禅房，就是当年林派捷场长和谢易初副场长的宿舍，他们一人一间，对门而居。小禅房，长4.7米、宽2.5米，面积不足12平方米，十分简陋、狭小，然而这既是他们的办公室、会议室，也是他们的卧室、起居室。后来，他们搬到了白沙农场的场部，也是住在比一般职工宿舍条件还差的"灰龟厝"。那个时候，谢易初在汕头市小公园开埠区的五福路有一栋三层楼房，有很好的住房条件，但他却和农场的干部、职工一样住在郊外农场狭小简陋的宿舍里，与大家同吃同住同劳动，没有丝毫富裕侨领的优越感。

谢易初先生的慈爱善举和高尚节操，至今令国营白沙农场的干部职工怀念和称颂。

汕头石佛寺里的泰国柚木树林

故事 023

薛增一

石佛寺在中国各地至少有几十座。冠山石佛寺，位于广东省汕头市澄海区澄华街道的冠山西麓，据说始建于明朝崇祯年间。在寺内的一块天然巨石上，镌刻有一尊持珠的半面浮雕观音菩萨，脚踏彩云，手握莲花，神情慈祥，栩栩如生，石佛寺即因此而来。中华人民共和国成立后，冠山石佛寺即被当地政府列为文物保护单位，受到较好的保护。

冠山石佛寺，亭台楼阁，林木葱翠，是汕头市旅游、礼佛的著名景点，也是正大集团创始人谢易初先生曾经工作、生活过的地方。

2019 年 4 月 18 日，我和谢灯先生、张曙晖先生、李小锋女士结伴，在澄海区政府林振民先生的陪同下，慕名来这里寻访谢易初先生当年工作、生活的遗迹，受到了澄海区佛教协会时任副会长兼秘书长、石佛寺主持辛扬新居士，澄海区澄华街道王振中主任的热情接待。

辛扬新主持为我们介绍，中华人民共和国成立初期，国营澄海农场刚刚成立的时候，还没有自己的场部，就借用石佛寺作为农场的场部，谢易初当时任农场副场长兼技术员，就在石佛寺里办公、生活。而辛扬新主持的父亲曾经任国营澄海农场所在地的乡长，与谢易初共事多年。过去辛扬新主持常常听他父亲说起谢易初爱国爱乡、助人为乐、培育良种、造福桑梓的故事，包括谢易初在农场工作的时候把自己的工资全部捐出来给农场职工做福利的感人往事。

进到石佛寺大悲阁，看到右手边一间狭小简陋的禅房，十几平方米，辛扬新主持介绍说，这里就是当年谢易初在农场任副场长兼技术员时居住、办公、生活的地方。现在这里是用于寺内工作人员及前来敬佛礼佛的香客临时休息和存放物品的场所。我们在禅房前合影留念。

辛扬新主持特别把我们带到一片枝繁叶茂的大树林，为我们介绍当年谢易初亲手栽种的泰国柚木树。

原来，当年为解决农场良种匮乏的困境，谢易初让夫人从泰国带来一批种苗，其中就有 100 棵柚木树苗，栽种在石佛寺农场场部的周边。尤其珍贵的是，如今这些由谢易初亲手栽种的树苗已经长成的大树尚保存有 28 棵，有的已经有两人合抱那么粗壮了，郁葱翠秀，蔚然成林，充满了异国情调。

2005 年，冠山居民委员会和冠山文物管理会，专门为谢易初的这段公益故事，在冠山石佛寺立了石碑，以“神山柚木记”为题，记载了谢易初造福桑梓的历史往事，以为永远的纪念！碑曰：

神山柚木记

柚木乃质坚纹美之嘉木，颇具经济价值，原产泰国等地。

一九五一年秋，爱国归侨谢易初先生毅然以造福桑梓为己责，嘱其夫人从泰国携来树苗，迨经先生假值培育，于一九五二年手植于神山之麓，冠山民众绸缪呵护，遂有二十八株柚木长成参天大树；其木高耸挺拔，苍翠繁茂，蔚然成林，诚系神山之胜，乡人誉之为“柚木参天”。谢君伉俪之善举，其大有裨益于神山，且荫及后人，至今为人乐道不衰，爰勒贞珉，藉志鸿爪以彰其行，是为记。

《神山柚木记》碑刻（照片由薛增一拍摄）

来到树林区，我们又看到还有一块石佛寺立的石碑，碑题为“楠木保护区”，石碑的内容录记如下：

楠木保护区

由泰国著名侨领，一生爱国爱乡，关心支持家乡建设，热心公益事业的谢易初老先生，一九五二年从泰国带到此处栽培种植，是重要保护树木。澄海楠木含绿翠，石佛法雨润人间。石佛寺 甲申年春月立。

辛扬新主持告诉我们，柚木也是楠木的一种，所以这个碑刻把柚木叫作“楠木”。

石佛寺的主持辛扬新先生用心照料着这来自泰国的28棵柚木大树，照料着石佛寺的一草一木、一砖一瓦，照料着石佛寺，虔诚地敬佛、礼佛，并在政府的帮助下，多次牵头筹资扩建、维护寺院，善心善举，功德无量！

如今，这28棵来自泰国的高大伟岸的参天柚木，已经成为谢易初留给家乡人民的一处著名的旅游遗产。

参观的那天，张曙晖作为谢易初的外孙、辛扬新先生作为与谢易初共事多年的老乡长的儿子，两人合抱一棵栽种在冠山石佛寺般若堂前的柚木大树合影留念，真是令人感怀万分！

与辛扬新主持和王振中主任告别后，我们离开了冠山石佛寺。

在返回酒店的路上，我久久地沉浸在静思之中，谢易初在石佛寺工作、生活的时间并不长，但为什么家乡的人民假以口碑、石碑，这样地传颂着他的事迹和故事，这般地怀念着他，纪念着他呢？

2019年4月18日，张曙晖、辛扬新合影留念（照片由薛增一拍摄）

我想，其中最主要的原因无疑就是他爱国爱乡、无私奉献的作为和精神，这是他留给家乡最珍贵的财富。一个富有的泰国侨商，放弃在海外优渥的生活，作为育种专家、农艺家，在国营农场里担任副场长兼技术员，带领他的团队和助手，为农场、为国家研发出一批批粮食、蔬菜、瓜果、畜禽等优良品种，并得到推广种植和养殖，为国家、为社会创造财富，出口赚取外汇，自己不取一分钱工资，且放弃在汕头城里宽裕的生活和住房条件，和农场的干部职工一道吃住工作在农场简陋的房子里，这怎能不让人尊敬且怀念呢！易初先生千古！

亲爱的朋友，假如您有机会来汕头出差、开会、学习、旅游，或探亲访友，一定记得来冠山石佛寺看看，这里巍然耸立着由谢易初夫人亲自从泰国带回、由谢易初先生亲手栽培长大的28棵枝繁叶茂、充满泰国风情的柚木大树呢！

如果您来了冠山石佛寺，也请代我向辛扬新主持问声好，道声谢！感谢他对石佛寺的悉心呵护和照料。

谢易初与林派捷的深情厚谊

故事 024

薛增一

林派捷，1914 年出生于澄海县，1993 年辞世，马来西亚归国华侨。他于 1938 年参加革命，1939 年加入中国共产党，中华人民共和国成立后历任澄海县委委员、澄海县副县长、澄海农场和白沙农场党委书记兼场长、汕头地区农科所副所长、澄海县科委副主任、科协主席、澄海县政协常务副主席等职，是澄海县农业经济和农业科技战线的重要领导人，为澄海县和潮汕地区的农业经济和科研事业作出了重大贡献。

他于 1952 年领军创办了澄海县示范农场、白沙农场，在谢易初和农场科技人员、干部、职工的共同努力下，取得了名闻全国的突出成就。白沙农场现改制为“汕头市白沙禽畜原种研究所”和“汕头市蔬菜原种研究所”两个国有科研事业单位，至今仍然在为国家的种源保护和种源科研不断作出新的贡献。

1950 年冬，中央部署在全国范围内开展了土地改革运动。在县委、县政府的领导下，1951 年 1 月，澄海县开始土地改革试点，5 月全面铺开。全县组织了包括 198 名解放军指战员在内的 580 人的土地改革工作队，分别负责不同乡镇的土地改革工作。

担任白沙农场场长的林派捷（照片拍摄于 1963 年，林戈、林戟提供）

林派捷当时担任澄海县人民政府基建科科长兼上蓬区土改工作队队长，谢易初的家乡外砂乡的土改工作正好在林派捷分管的土改工作范围内，因此结识了谢易初。

在“土改”之前的 1950 年 4 月，澄海县委、县政府经过调查，邀请爱国华侨、育种专家谢易初以爱国华侨代表的身份，参加了澄海县首届各界人民代表大会，给予了谢易初保护和荣誉。

在这次土地改革工作中，林派捷在县委、县政府的领导下，严格遵守、认真贯彻中央人民政府政务院 1950 年 11 月 6 日颁发的《土地改革中对华侨土地财产的处理办法》，认真落实广东省委对华侨地主、华侨资本家“在土改中区别对待”的政策，经过调查，谢易初的确是华侨资本家、华侨地主，但他不是封建地主，更不是土豪劣绅，他是一位爱国华侨实业家、育种专家；他占地 100 多亩的私人农场，大部分是租用周边村民的，而且付给土地业主的收益高于该地块收获量两三倍的价值；他付给农场雇用的场工的报酬比为别人干同等农活所得到的报酬要高出 20% 以上，他培育的优质种子主要用于出口泰国供应正大庄销售，并销售到东南亚有关国家和地区。

林派捷将谢易初的情况向县委、县政府报告请示后，代表县委、县政府，对既是爱国华侨、育种专家、实业家、农艺家，同时又是华侨资本家、华侨地主的谢易初再次予以保护。

1952 年 5 月，澄海县委、县政府报汕头地委批准决定成立澄海农场，任命已担任县委委员的林派捷兼任党支部书记和场长，负责组建澄海农场。在林派捷场长的推荐和建议下，县委、县政府任命谢易初为农场技术员，接着又任命谢易初为副场长兼技术员。

从此，林派捷与谢易初成了年纪相差 18 岁的忘年交，他们朝夕相处、亲如手足，肝胆相照、休戚与共，在一起研究、切磋、交流、探讨，搭档工作了 14 年，谈得来、处得好，关系融洽、感情深厚，互为农业科研和农业生产战线上的同志加朋友。

林派捷，是一位久经考验的党的优秀领导干部，有很高的政治定力和领导才能，他相信谢易初，尊重谢易初，把谢易初视为国家和人民的财富。而经林派捷推荐担任澄海农场副场长，则是谢易初人生历程的一个重要转折点。此后，在林派捷的直接领导和大力支持、密切配合下，谢易初领导的澄海农场、白沙农场科研工作硕果累累，为潮汕地区的农业经济和科研工作作出了重大贡献，为国家作出了突出贡献。

在新旧社会大变动的特殊时代，林派捷和许士杰、余锡渠，以他们的慧眼识才、远见卓识和政治定力，同为最先保护和大胆启用

并给予谢易初荣誉的三位“伯乐”。

这里有两张大约拍摄于1964年、由林派捷的孙子林戈和林戟提供的十分珍贵的彩色照片。1958年，谢易初培育成功的白沙农场冬熟西瓜，闻名全国。而这两张品尝冬熟西瓜的照片，就拍摄于他们两个人宿舍的厅房，我们看得出是同时间拍摄的，一张为林派捷切西瓜，谢易初品尝；另一张为谢易初切西瓜，林派捷品尝。通过这两张珍贵的照片，展示出两位农场领导者情趣盎然、手足情深的氛围和友情，很是感人。

与照片同等珍贵的是照片背后的文字，是谢易初留下的手迹，配以照片本身，真是珠联璧合，锦上添花。其中一张照片的背后谢易初写作：“转呈　澄海白沙农场场长林派捷先生留念　谢易初敬上　与场长两人共尝白沙农场之冬熟西瓜”。另一张照片的背面，谢易初写作：“转呈　澄海白沙农场场长林派捷先生留念　谢易初敬上　白沙农场冬熟西瓜”。

从谢易初的手迹，我们可以看出，他写得十分工整，每一个字的结构比例都十分规范，笔迹十分娴熟、流畅，是一幅很有美感的手书作品。我们知道谢易初童年和少年时期只读过五年的书，从这两幅手迹可以想见到谢易初作为一名育种专家、农艺家、实业家、商业家，应该是一位多么爱学习、善总结的人啊！不然这一手娴熟、流畅、工整的笔迹何以得来呢！

据林戟介绍，这两张彩色照片，应该是用谢易初的照相机拍摄的，但估计当时汕头没有冲洗彩色照片的条件，因此由谢易初带到广州，或香港，或曼谷冲洗，然后邮寄或托人带回来给林派捷场长，并一直被林派捷场长当作珍宝收藏于家中。

轉呈
澄海白沙農場場長
林派捷先生留念
謝易初敬上
與場長兩人共嘗白沙農場之
冬熟西瓜

轉呈
澄海白沙農場場長
林派捷先生留念
謝易初敬上
「白沙農場冬熟西瓜」

谢易初与林派捷在宿舍厅房品尝冬熟西瓜的珍贵照片。谢易初在两张照片背面留下了珍贵的手迹（照片拍摄于 1964 年，林戈、林戟提供）

林戈和林戟还提供了一张照片，同样十分珍贵，尤其是这张照片背后所表现出来的林派捷谦虚谨慎的领导作风，甚为感人。

请看，照片中出现在画面里的人物一共 20 位，分成了三队。左侧这一队，走在最前面的那位笑容可掬的女士是林派捷的女儿林敦平，当时她是白沙农场的职工之一。据她回忆，这张照片拍摄于 1964 年，当时谢易初副场长正在田间向广东省园艺学会蔬菜组的领导和专业技术人员做蔬菜育种选种的经验介绍。中间一队走在最前面、处于画面中心位置的就是谢易初，他身着深色中山装，背着手，微微低头看着田间的作物，微笑地走在前面，为客人介绍

1964 年，广东省园艺学会蔬菜组在澄海县白沙农场举行年度学术活动会时，谢易初在会上作学术报告。其间，谢易初带领与会的领导和专业技术人员到田间，现场为大家介绍蔬菜育种选种工作经验（照片由林戈、林戟提供）

情况，而画面中其他人的目光都聚焦在谢易初副场长的目及所在，边走边听他的介绍。那么，林派捷场长在哪里呢？他走在右侧一队，而且是第二位，很不起眼、不突出。由此可见林派捷作为场长对谢易初的尊敬和支持，他们之间情同手足的深厚友谊，以及林派捷不计名利、甘为人梯、谦虚谨慎的优良作风。

1955 年开始开发建设白沙农场的时候，白沙埔是一片荒滩、乱坟岗，那时候条件艰苦，资金和物质都十分紧缺，白沙农场的干部职工们艰苦奋斗，白手起家，因陋就简，就地取材，自己动手盖房子。到 1957 年，场部办公室、职工宿舍、职工食堂等就这样一栋一栋地平地而起了。

在场部办公室西侧，有一栋独立的三间矮小的平房，在澄海白沙农场很有名，白沙人俗称“三间仔”。所谓“仔”，即“小”之意，是当年平整白沙铺时用沙洲荒滩上的乱石垒砌起来的，当地人把这种简陋的房屋称作“灰龟厝”。说它很有名，不是因为它的豪华、气派，而是因为它的简陋与贡献。这处“三间仔”，就是林派捷场长和谢易初副场长的宿舍，是白沙农场的“司令部”。据林敦平回忆，谢易初住在照片中右侧靠东的一间，林派捷住在照片中左侧靠西的一间，中间是两人共用的厅房。他们从 1957 年一直住到 1966 年。

十分惋惜的是，由于当年创办农场时条件艰苦，房屋建造得比较简陋，年久失修，“三间仔”已于 2006 年拆除了，原址现为“汕头市白沙蔬菜原种研究所”小型停车场；场部办公室也拆除了，在原址上新建了“汕头市白沙蔬菜原种研究所”的办公和科研大楼。

这就是白沙农场著名的“三间仔”，谢易初与林派捷的宿舍（照片来自1988年11月22日《汕头日报》专版《纪念谢易初先生诞辰九十二周年》）

另据林戟介绍，他听爷爷林派捷说过，当年谢易初赴香港治疗胃病，也是在林派捷的催促下而成行的。当时，在“文革”开始的前夕，林派捷已经有所预感，敦促谢易初离开农场，去香港治疗胃病。

当然，这期间关心谢易初的还有其他领导、同事和朋友，比如曾任汕头市委副书记的吴南生等。

谢易初和林派捷肝胆相照，手足情深。在20世纪五六十年代，他们携手并肩、艰苦奋斗，共同为新中国的农业经济和农业科研事业作出突出贡献，青史流芳，彪炳千秋！

造福桑梓

薛增一

故事025

潮汕人吃上了西红柿

20世纪50年代初期，谢易初从国外引进西红柿这一新的品种到澄海县农场培植，并在潮汕地区推广。当时潮汕地区的农民还不懂得种植西红柿，只要菜农上门请教，他都毫无保留地把这种蔬菜的种植技术和田间管理方法仔细地传授给他们。应各县农业部门的邀请，他还经常到潮汕各地去作报告，深入田间，传授种植技术。在他的推动下，没过几年，整个潮汕地区，特别是整个澄海县，种植西红柿已经十分普遍了，产量也很高。谢易初是潮汕地区引进种植西红柿第一人。

帮助果农增产增收

谢易初除了在研究和培育蔬菜种子方面有突出的成就和丰富

的实际经验之外，对研究和培育果树也有独到的心得。

1955 年，潮汕地区的柑橘普遍发生了“黄种病”，许多农业专家都主张把全区的柑橘拔除，另栽新种。但是谢易初坚决不同意这样做。他认为，这样做柑农的损失惨重，而另栽新种后也不能保证不再发“黄种病”，且这样做会使潮汕地区的柑橘脱产三四年，将对地方经济和广大果农造成重大的损失和影响。为此，他特别提出了防治“黄种病”的具体意见和措施，被政府采纳、推广，组织领导广大柑农对患了“黄种病”的柑橘进行救治。结果，这一年被认为患了“黄种病”而“无法救治”的潮汕地区的柑橘终于得救了，为柑农挽回了重大损失，为稳定地方经济作出了贡献。

旧社会的果农，由于没有文化，缺乏科学知识，一代代传授下来的认知很多是表象的，有的认知还十分原始和落后。荔枝、龙眼，是潮汕地区种植的主要经济果树品种。但是人们局限于荔枝、龙眼只能一年多结果、一年少结果，甚至一年不结果的表象、肤浅的认知和经验，认为这是老祖宗传下来的、不可改变的客观规律。谢易初爱琢磨、爱钻研，当他看到农场周边的果农种植的荔枝、龙眼出现这一现象时，他不放过，一有空，便来到农场附近的果农身边，向他们了解情况，为他们讲解荔枝、龙眼之所以出现这种情况，是因为缺乏种植知识、管理不当、施肥不足、没有修剪残旧枝而影响新枝生长等原因造成的。果农们按照谢易初的指导方法，进行改进，使那些年生年停、一边生一边不生，或者一年多产一年少产的荔枝树、龙眼树，变成了年年生、全面生，大大提高了荔枝、龙眼的产量，年年获得好收成，使得荔枝、龙眼这两种潮汕地区重要的经济果树为造福果农、繁荣地方经济持续作出贡献。

农民贴心的“谢技师”

谢易初乐于助人，他对农场的职工是如此，对农场周边的农民也是如此。

20世纪50年代初，国营澄海农场刚成立不久，场部设在冠山。有一年，场部周边农民的水稻发生了稻热病，农民束手无策。谢易初知道了，便教农民配药喷杀病菌。其中有一位农民叫蔡老二，家里的稻田得了稻热病，不知道怎么办好，十分着急，谢易初就手把手地教他用石灰配硫酸铜，配比出石硫合剂，用以喷杀稻热病菌。他把周边的农民和农场的职工都召集到现场，由他在田头为大家示范，传授科学知识。

他教给大家一个简便的方法来检测配出的石硫合剂是否合格：先拿出一把小刀，磨去上面的锈迹，擦拭干净，然后把小刀插入配好的石硫合剂，仔细观察，看小刀在石硫合剂中是否生锈；如果生锈证明不合格，必须减少石灰或硫酸铜，直至配到小刀插入后不再生锈才为合格。之后就可以用来喷洒稻田，既可杀灭稻热病菌，又不会损害水稻。

大家按照这个既科学又简便的办法治疗稻热病，果然收到了良好的效果。

农场的职工和冠山周边的农民都十分敬佩谢易初，亲切地称呼他为“谢技师”——这就是谢易初这一称号的来历。

为乡村夜校扫盲班掌灯

1949年，中华人民共和国刚刚成立的时候，我国的基础教育十分落后和薄弱，全民文盲率竟高达80%以上，尤其在农村，文盲率更是高达95%以上。

中国几千年的封建统治，致使普通民众饱受不识字的痛苦和压迫。

中华人民共和国成立后，百废待兴，但是高达80%～95%的文盲率成为新中国发展道路上的拦路虎，严重制约着社会的发展与进步。而随着社会的稳定、经济的发展、国家建设的启动，国家和社会对最广大民众的文化水平的需求也日益增加。于是，扫除文盲，成了摆在新中国面前重要而当务之急的工作之一。

从1952年开始一直持续到20世纪50年代末，党和政府在全国城乡各行各业发起了一场声势浩大的扫盲运动，扫盲班遍布工厂、农村、街道、军队，人们以高涨的热情投入文化学习中，1亿多人因此而摘掉了“文盲”的帽子，取得了显著的历史性成效。如此大规模并卓有成效的扫盲运动，在人类历史上罕见。

扫盲运动使中国最广大人民群众的文化程度得到显著提升，更为日后的经济建设和文化教育奠定了基础。

澄海县委、县政府按照党中央的统一部署，与全国同步在乡村组织开展了轰轰烈烈的扫除文盲运动。

1953年3月，外砂乡人民政府在各村组织了12个扫盲夜校班，抽调了文化教员，为乡村的文盲农民教课识字。可是由于乡政府经费紧缺，要求参加扫盲班的每个农民自带灯油或缴纳灯油费。而当时刚刚解放不久，很多想参加扫盲班的农民生活还很困顿，那个年代灯油的价格也不菲，大多数农民出不起灯油费，大家都为此而发愁。

谢易初听说这一情况后，便主动找到乡长，恳切地说，乡里12个扫盲夜校班的灯油费他全包了。谢易初为乡里的12个扫盲夜校班支付的第一个月灯油费就达218万元（相当于1955年币制改革后的218元）。在谢易初的大力襄助下，外砂乡的农民扫盲夜校顺利开展起来，并成为澄海县的扫盲先进单位。

为澄海县政府捐赠小汽车

1955年，澄海县获得“全国双季稻千斤县”的光荣称号。谢易初领导培育的澄南号优质水稻品种为此作出了重大贡献。在1956年召开的全国先进生产者代表大会上，国家奖励了澄海县一辆小型吉普车，是一辆在抗美援朝战场上缴获的、经过翻新的美军吉普车。这辆小吉普车就成了澄海县委、县政府的主要交通工具。

1956年的时候，有一次，住在汕头城区的谢易初的母亲突发急性肠胃炎，由于年纪大，病来得快，病情十分危急，县政府即派出这辆唯一的吉普车急送谢易初从农场赶回汕头城里，把母亲送到医院救治，谢易初十分感动。

受此启发，谢易初先生想到，澄海县是全国著名侨乡，经常有涉侨外事活动，他要赠送一辆小轿车给澄海县委、县政府，作为县委、县政府在外事活动中迎来送往之用。

1957年11月，谢易初因为患胃病，赴香港治疗，痊愈后离港赴泰国探亲，返回汕头途经香港的时候，特地从香港买了一辆德国产的奔驰牌五座绿色小轿车捐献给县委、县政府。由于从香港购买，需要办理各项入关手续，到1958年春季的时候，谢易初捐献的小轿车终于开进了澄海县委、县政府的大院。

日常生活中的谢易初

薛增一

故事 026

谢易初不仅是一位园艺家，也是一位养生的行家，他对养生很有自己的见解。

谢易初一生辛勤工作，兢兢业业，在澄海农场、白沙农场和澄海县侨联任职期间，虽为领导，年纪也大，但他总是严以律己，以身作则，身体力行，言传身教，深受职工的敬爱和尊重，被大家亲切而尊敬地称为“谢伯”。

澄海县侨联原副主席郑月婵和秘书林沛文，多年与谢易初一起工作，他们对谢易初十分敬佩。在他们的记忆中，谢易初心态十分平和，慈祥和气，笑容常展，胸怀豁达，忍性特好，不轻易发怒。

在白沙农场工作期间，每当遇到职工或工作人员出了什么差错的时候，谢易初总是和颜悦色地与他们沟通，讲道理，摆事实，以理服人。

他从不炫耀自己，也从不凌驾于他人。

谢易初文静善思，天资聪颖，好学不辍，无论是顺境或逆境，他总是泰然自如，始终保持冷静、乐观的神态。

他与人闲谈，常用潮汕人“孤老轻健，僧尼长命”的口头禅来说明人长寿的道理，他说：“这句话当然不能包括全部的孤寡老人和出家人，但确实有一部分人是这样的。因为是孤老，一切生活都要自己动手，客观环境磨炼了他们的身体，造就了他们顽强的意志，只要他们多往好处想，时刻保持心态平衡，身体反而更健旺。”他接着说，“尼姑、和尚，出家念佛，无牵无挂，晨钟暮鼓，清心寡欲，早睡早起，素菜淡饭，同样能够调整心态的平衡，精神有所寄托。”

谢易初深知“生命在于运动”的道理，他坚持脑力劳动和体力劳动一辈子。无论是新中国成立前在他自己的私人农场，还是新中国成立后在国营澄海农场、白沙农场，他常常一到田头就脱衣赤背下田工作。他有自己的一套理论，他说：“赤背劳动有很多好处，能把体内的废气随着汗水的流淌排出体外，又能把宇宙间的真气吸进体内，这种吐故纳新，是促进新鲜血液流通、延年益寿的好方法。”他还说，“我们这里是亚热带气候，如果穿着衣服劳动，流汗时，汗水沾在衣服上，很不好受，衣服湿透了，汗水不能挥发，晒上太阳，更是难忍，影响健康。”在那个时代，本来农民下田的时候就很少穿衣服，大家听了他讲的道理，更体会到他讲得对。中华人民共和国成立前在他的私人农场的时候，农友们称他为“赤背番客”，因为他是从泰国回来的华侨；中华人民共和国成立后在国营澄海农场、白沙农场的时候，职工们也送了他一个爱称“赤背伯”。

谢易初倡导劳动健身，自己身体力行，同时他也十分注意劳逸结合。他主张，作息时间的安排要适宜，不能打疲劳仗，要留有足够的精力第二天再工作。他常常提醒大家："磨夜勿过更，过更难长生。"要求大家每晚一定要保持足够的睡眠时间，养成早睡早起的好习惯。

1964年的时候，谢易初已经68岁了，但是看上去好像只有50来岁。大家问他有什么不老的诀窍，他微笑着说："每天冷水浴，原地弹跳上千下，头、脸、手、腹、腿自行按摩，清晨起身到田野去和农作物亲一亲，做一套自编的健身操，要持之以恒。"谢易初看起来比实际年龄年轻，固然得益于他持之以恒的工作、劳动和适当的运动、锻炼，但是这更得益于他对生活的热爱、对美好事物的热爱，得益于他不断地追求新鲜事物和创新革新。

他对饮食也十分注意，反对暴饮暴食，日常生活清淡、简朴，每餐粗粮淡饭、两菜一汤，"有营养，少花钱"。他常常告诫大家"少食多知味，细嚼助消化"，"多吃蔬菜，少食肉"。

他没有任何不良嗜好。他不喜爱玩乐，喜爱清静。

谢易初遇事不轻易或随便表态，可是一经表态，他总是言行一致，说到做到。

他原本也抽烟，在1957年61岁的时候，有一次同一位一起工作的余先生抽烟闲谈，余先生信心百倍地提高音量发出倡议，他要和谢易初比一比，看谁能把烟戒了。谢易初心气平和地应声道："你能戒，我也能戒。"在戒烟过程中，余先生实在熬不住的时候，常常偷偷吸烟；而谢易初始终遵守承诺，严以自律。一个多月的时间过去了，结果，把话说得响当当的余先生以戒烟失败而告终；而

的最流行的说法。

可是这次我较起真儿来了，请教了泰语专业的白忞同事和泰国同事李晖先生，请他们教我发音。

卜蜂的泰文是：เจริญ โภคภัณฑ์（汉语拼音似 zhe lun po ga pan）。其中 เจริญ（汉语拼音似 zhe lun）这个单词是繁荣、发展的意思，而 โภคภัณฑ์（汉语拼音似 po ga pan）这个单词是消费品、生活用品的意思。เจริญ โภคภัณฑ์ 这两个单词合起来的含义是“发展与生活有关的事业”。

于是，我就想，中文普通话的“卜蜂”两个字的发音，与泰文 เจริญ โภคภัณฑ์ 的发音差别很大呀！怎么会是中文音译呢？这是怎么回事呢？我当时主观地想会不会有误呢？在接下来的一次我们集团水产事业的培训交流中，集团有一位财务总监颜庆伟同事，他是潮汕人，他告诉我确实是音译，是潮汕音的音译，不是普通话的音译，因为谢国民先生家族是潮汕人。

我又请白忞同事与泰国总部联系，请泰国总部帮助确认卜蜂的泰文命名和中文命名究竟是怎样一个来历？这才得知，其中还有一段很有意义的故事呢！

关于“卜蜂”名称的来历，谢正民先生在 1985 年 2 月出刊的正大集团在泰国的内部刊物《盛莲》上提到，1953 年给最初创办的正大饲料公司命名时，请了一位泰国将军、侯爵给起名，这位侯爵也是正民先生妻子的养父。侯爵当时起了两个名字，一个是 วัฒนา（汉语拼音似 wa ta na），昌盛、发展之意；另一个就是上面提到的 เจริญ โภคภัณฑ์。因为我们是生产消费品的，所以就选了 เจริญ โภคภัณฑ์ 作为我们公司的名字。谢正民先生给正大饲料

公司起了泰文名字之后，就请当年 11 月来泰国探亲的父亲谢易初先生再给新公司起个中文名字。谢易初根据泰语 โภคภัณฑ์ 这个单词的读音，跟“卜蜂”这个中文词语的潮汕读音接近，而挑选了“卜蜂”两个字作为中文名字。谢正民先生 1984 年在泰国接受当地报纸采访时说：“父亲给公司的中文命名为卜蜂，‘卜’是预兆的意思，‘蜂’是蜜蜂的意思，合起来的意思就是像蜜蜂筑巢一样同心协力，努力勤奋，建筑坚实的基础。”他继续阐述卜蜂的寓意说，“蜜蜂在中国古代是吉祥的象征，有刻苦勤奋的意思。意思就是我们卜蜂公司就像蜜蜂一样，勤劳刻苦，越飞越远。”

2016 年，日本《日经新闻》（*NIKKEI*）的“我的履历书”栏目，刊发了对谢国民先生专题采访的内容，其中有谢国民先生对这一段往事的回忆，他说：“1953 年，我大哥创办了饲料事业。他致力于继续在与农业有关的领域内拓展我们家族的事业。他把公司命名为 Charoen Pokphand Store，即卜蜂集团。大嫂的养父是泰国的一位将军，Charoen Pokphand 这个名字就是他起的。Charoen 在泰语中的意思是繁荣，而 Pokphand 在泰语中含有农产品和大众商品的意思。我们最早创办的‘正大庄种籽行’仍然使用‘正大’这个名称。后来我们到中国大陆发展，就想到把正大这个名称再作为我们集团在中国的企业名称，即正大集团，把正大这个名称广泛使用于我们在中国的各项业务当中。”

正大集团在中国，正大食品、正大饲料、正大水产、正大果业、正大种植、正大种业、正大茶酒等农牧食品事业，以及正大制药、正大广场、正大电商、正大优鲜、正大鲜送达，还有正大综艺等，一般会用正大名称或正大方圆商标；卜蜂莲花超市等用卜蜂名称，卜蜂也用于卜蜂畜禽、卜蜂水产、卜蜂商贸、卜蜂置地、卜蜂国际等；还有正大卜蜂合用的例子，比如“正大卜蜂贸易发展有限公司”；等等。

卜蜂的英文书写是 Charoen Pokphand，是泰语 เจริญ โภคภัณฑ์ 的英文拼写，简称“CP”。

为了使更多的消费者和同事了解“卜蜂”和“CP”的含义，以及与“正大”的关系，我把这段故事简写出来与大家分享。

谢易初先生和家人捐建澄海华侨中学大事记

故事 028

薛增一

1957 年，澄海县开始筹建华侨中学。1959 年，谢易初即捐资人民币 1000 元，帮助学校用于校舍建设。

1984 年，谢易初和家人先后捐资 300 万港元，为学校兴建了易初科学馆，以及学生宿舍楼和教师宿舍楼。学校勒石“谢易初先生家族捐建”，以志纪念。

易初科学馆于 1984 年开始建设，建筑面积 2885 平方米，在此期间，谢国民莅校视察和指导建设情况，正大集团代表陈如民也曾莅校视察。易初科学馆于 1986 年建成投入使用。

1986 年 1 月的澄海华侨中学校史记载，谢易初是澄海华侨中学校董会永远名誉董事长。

1987 年 5 月，谢大民出席新宿舍楼首期工程落成剪彩仪式，并向学校赠送纪念品。

谢国民（左二）莅校视察建设情况（照片由澄海区委统战部陈镇锋提供）

谢大民（左一）出席新宿舍首期工程落成典礼并向学校赠送纪念品（照片由澄海区委统战部陈镇锋提供）

从主体结构看，易初科学馆由两栋相对独立的建筑楼组成。其中一栋建筑楼，自大楼建成后一直用于展示谢易初的生平事迹。

为了纪念谢易初，澄海县委、县政府于1985年决定在易初科学馆内竖立谢易初先生的纪念雕像。纪念雕像由著名雕塑家唐大禧雕刻。唐大禧，1936年出生，澄海人，时任广州雕塑院院长，曾任全国城雕艺术委员会委员、广东省美协副主席等职。

易初科学馆中的谢易初纪念雕像（照片由澄海区委统战部陈镇锋提供）

1987年，谢易初先生家人捐资50万港元，作为学校奖教金、奖学金。

1988年11月，谢易初先生诞辰九十二周年之际，在易初科学馆举办了由澄海县委、县政府主办，澄海华侨中学承办的“澄海县易初展览”。陈列的展品中，展示多位省、市领导纪念谢易初先生的题词。

1988年，谢易初先生家人捐资人民币20万元，用于充实易初科学馆的设施和设备。

同年秋天，澄海华侨中学大胆创新，针对自身的优势，走出了一条具有自己特色的艺术办学之路，创办了美术专业和音乐专业班，在易初科学馆开展艺术教学和学生作品展出、表演等，并在谢易初先生纪念雕像的左侧常年摆放着一架教学和表演用的钢琴，还把全国各地校友的部分优秀美术作品放在易初科学馆中收藏和展出，与澄海县易初展览馆的内容相互衬托。多年来，澄海华侨中学培养的艺术类知名校友有广州美术学院副教授、中国画学院副院长许敦平，广东美术馆策展总监孙晓枫，当代水墨名家曾健勇，致力于微生物艺术实践的艺术家陈友桐，著名男中音歌唱家、广东歌剧团团长吴哲铭，留法青年男高音歌唱家杜烁等。

1990 年 3 月，澄海华侨中学向谢易初先生的四个儿子谢正民、谢大民、谢中民、谢国民致函，汇报办学情况，并致衷心的感谢。

1995 年，谢易初先生家人捐资人民币 100 万元，用于易初科学馆内部装修和购置、更新设备。

1996 年 11 月，在谢易初先生诞辰一百周年之际，由澄海市委、市政府主办，华侨中学承办的“澄海市谢易初图片展览”在易初科学馆举办，展览《前言》部分的结尾语说：“今年十一月二十二日，是谢易初先生诞辰 100 周年纪念日，我们举办这个图片展览，缅怀和宣扬谢易初先生对祖国、对家乡所作的贡献，供人们学习、敬仰。谢易初先生风范永存。”展出的图片中，包括了多位国家及省、市领导纪念谢易初先生的题词。

2007 年，谢易初先生家人捐资人民币 81 万元，用于学校购置图书馆图书及配套设施。

随着学校的发展和各功能场馆使用功能的变化，在征得谢易初先生家人同意后，易初科学馆于 2007 年更名为“易初图书馆”，2012 年再更名为“易初美术馆”。

2017 年，正大集团副总裁李闻海出席学校建校 60 周年庆祝大会，并致辞。

2021 年 7 月，正大集团代表薛增一、谢灯、张曙晖、李小锋来到澄海华侨中学参观访问，瞻仰谢易初先生纪念雕像。

2021 年 7 月，瞻仰谢易初先生雕像。澄海区委常委统战部部长林典发（前排左三）、副部长杜式韩（前排右一），澄海华侨中学校长蔡耀得（前排右二）、副校长陈伟豪（二排右一）、副校长蔡乐汕（二排右二）、副校长陈锡深（二排左二），与薛增一（前排右三）、谢灯（前排左一）、张曙晖（前排左二）、李小锋（二排右三）、李栩源（二排左一）合影留念（照片由澄海区委统战部陈镇锋提供）

谢易初先生和家人，爱国爱乡，造福桑梓，心系家乡教育事业，慷慨捐资兴学，为汕头市澄海华侨中学的建设和人才培养作出了突出贡献，他们的事迹在澄海华侨中学一代又一代的学子中流传，他们的精神成了澄海华侨中学一笔宝贵的精神财富！

传播中泰友谊

薛增一

故事029

一、中泰一家亲

华人移居泰国，有确切文字记载的历史可以追溯到中国的宋朝，至今中泰两国的友好交往已经逾千年。特别是近代以来数百年，大量的华人移民泰国，和泰国人民、泰国文化融合在一起。据史书记载，仅1900年到1906年，单是潮州人就有至少24万人到达泰国。中国民主革命的先行者孙中山也曾分别于1905年和1908年先后两次到泰国进行资产阶级民主思想宣传活动，并为中国革命筹款。

泰国皇室和泰国政府一直奉行对中国友好的国策，虽然在近现代泰国某些政要受西方列强的影响对华政策有一些短暂的波折和低潮，但中泰世代友好、中泰一家亲始终是历史长河的主流，泰国社会各界对不断涌入泰国的中国移民十分宽容和友善。

泰国的诗琳通公主是中国人民十分熟悉和敬爱的泰国皇室成员之一。《琢玉诗词》（泰语：หยก ใส ร่าย คำ）是诗琳通公主翻译的一本中国古典诗集，其中收录了21位中国唐朝和宋朝的诗人创作的34首诗词，1998年7月由泰国法政大学出版社出版，已经多次再版。这是泰国出版的第一本中国古典诗词的泰文译本。在这本诗集中还收录了诗琳通公主1990年创作的《读孟浩然春晓感兴》三首五言诗，诗曰：

花繁须早折，勿待香韵消；
花浓情亦重，君心爽且豪。

友情深如海，前程万里遥；
姹紫嫣红日，春园竞多妖。

中泰手足情，绵延千秋好；
撷花相馈赠，家国更妖娆。

这诗情，无不真切地表达了诗琳通公主热爱泰国、热爱中国、推动和维护中泰友好的美好寓意和情怀。正如诗集的注释所说："写成所有的花朵都是好的，都是表达心灵的好工具，采花是为了献给对方，为了中泰友谊。"

泰国曼谷唐人街"金佛寺金佛宝殿落成庆典"纪念画刊《万古长青》记载，泰国拉玛七世巴差提朴国王1927年3月23日驾临华人聚集区的曼谷唐人街，巡视了4所华语学校，并发表纶音称：

“其实，泰中两民族，应称为亲戚关系更符合事实。除了有血缘关系之外，现在的高级公务人员中，很多都有中国血统，到泰国成家立业的中国人民成了泰国人的也很多，连朕都含有中国血统。因此泰中两民族很久以来就非常亲切地生活在一起。”是的，拉玛七世巴差提朴国王就有一个中文名字叫郑光。

七世国王发表纶音的这个年代，正好是谢易初在唐人街开办正大庄的早期，正大庄和唐人街的华人一样，得到泰国国王、泰国政府和泰国人民的庇护和恩惠，正在茁壮成长中。

正是泰国王室和泰国人民对中国侨民的包容与爱护，中国侨民才能在泰国创业兴业、安居乐业，其中有很多家族经过几代人的婚娶繁衍，已经完全融入泰国人民中间，成为泰国人民的一分子，所以中国侨民对泰国王室和泰国人民普遍怀有深深的感恩之情，“中泰一家亲”在中泰两国深入人心。

谢氏家族从谢易初 1919 年首次登陆泰国至今已经是第五代了，他们是泰籍华裔，他们深深地爱着泰国，当然也深深地爱着中国。1921 年诞生的正大庄，从泰国走向世界，从一家小小的种子店，发展到今天的特大型跨国企业集团——正大集团，无不沐浴着泰国皇室和泰国政府、泰国人民饱含爱心的阳光和雨露；无不充满着泰国皇室和泰国政府、泰国人民的支持、帮助和包容；无不始终怀着感恩的心愿，遵照利国利民利企业的三利原则，报效泰国，报效中国，报效每一个正大集团投资所在的国家和人民，为泰国、为中国、为每一个投资住在国的人民创造福祉！

谢易初一生爱学习，爱钻研，他严格要求自己，也严格要求子女，他深知事业要获得成功，必须有渊博的知识和学问。诗书济

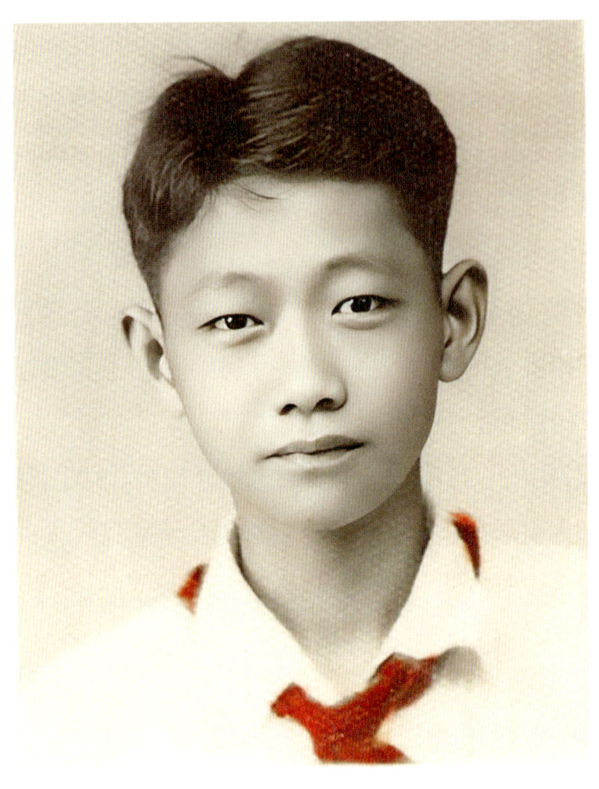

谢国民少年时期被父亲谢易初从曼谷接回汕头家乡读小学，加入少先队，当班长。图为少先队员谢国民（照片由正大集团北京总部宣传中心提供）

世、耕读传家。他安排子女从小就学习中文，培养他们爱国爱乡的家国情怀。在旧中国时期，他就安排子侄谢剑民等回家乡读书；抗战时期，他亲自送子侄谢德民、谢泽民、谢正民、谢大民回到中国云南、四川，跟随谢少白先生读书；中华人民共和国成立后，他把儿女谢中民、谢国民、谢玮华、谢碧华、谢映雪等安排回汕头、广州读书；20 世纪 60 年代末到 70 年代，他常居新加坡，就把谢吉人等 15 个孙辈安排在自己的身边，在新加坡读中文学校。他常常教导大家说："一个中国人应该懂得祖国的文化。懂得中文，在世界上会大有作为的。身居异国，我们千万不能忘了根。"

二、谢易初先生是中泰一家亲的使者

一粒种子，联结和惠及中泰两国人民

自 1919 年谢易初第一次带着家乡澄海的优良蔬菜种子下南洋来到泰国，到 1983 年去世，在长达 64 年的时间里，他不顾环境艰险和旅途劳顿，无数次长途跋涉、穿梭于中国和泰国之间。他在中国和泰国开办农场，引进、选育、培育、种植蔬果良种，进行科学研究，把先进的农业科研成果和种植技术在两国间传播、交流，推动和促进两国的农业生产发展和蔬果品种改良与创新，为两国的消费者提供和增添优质及新的蔬果品种；他在中国和泰国之间开展进出口贸易，推动和促进两国的经济繁荣；他在中国和泰国培养农业科技人才，促进文化和科技交流，特别是把中华文化带到泰国，传播中华文明，与泰国人民和睦相处，世代友好；他在中国和泰国兴办实业，经营商业，创办了正大集团，培养了一大批工商企业界的精英人才；他在中国和泰国开展慈善公益事业，扶贫救困；等等。无数的功德和业绩，回馈中国社会、回馈泰国社会，为中泰两国的友好交往和经济发展作出了突出的贡献，他的事迹是十分感人的。中泰两国人民永远怀念他。

如今的正大集团已经连续多年名列泰国第一大企业，为泰国的经济建设和社会发展作出的巨大贡献，得到了泰国王室、泰国政府和泰国人民的普遍尊敬、爱戴和支持、帮助。

多次邀请中国友人访问泰国

1979 年到 1983 年，谢易初先后多次回到中国访问，其中有三次回到澄海访问，并邀请国营澄海农场、白沙农场的林派捷场长等

众多老同事、老朋友到泰国做客、参观。

热情接待访问泰国的潮剧团

1979年，应泰国泰中友好协会会长差猜·春哈旺的邀请，中国政府委派广东省潮剧团代表中国赴泰国访问演出。

1980年11月12日，林派捷（左）应邀访问泰国期间与谢国民合影留念（照片由林戈、林戟提供）

差猜·春哈旺，1922 年生于曼谷，1998 年病逝，祖籍广东汕头澄海，本姓林，泰国华裔后代，父亲是泰国陆军总司令屏·春哈旺元帅。差猜·春哈旺于 1988 年至 1991 年出任泰国第 25 任总理。1975 年 7 月，他在任外交部长时率领代表团到中国北京，与中国政府签订了两国正式建立外交关系的协约，1976 年 3 月参与创立泰中友好协会，并任主席。差猜·春哈旺对中国十分友好、亲善。

这是改革开放后中国政府派往泰国的第一个高级别文艺团体，泰国方面非常重视，接待规格很高。剧团抵达曼谷的时候，泰中友好协会会长差猜·春哈旺亲率泰国国家福利院院长、泰国接待委员会官员、泰国侨领、华人社团、泰国国家电视台和报社的记者等云集曼谷机场，其中就有泰国华侨华人代表谢易初先生，热情迎接来自中国的客人。

这是谢易初自从 1966 年初离开家乡后，第一次在泰国见到来自家乡的亲人，他十分高兴。

当时剧团入住曼谷的文华酒店，曼谷市政府为了剧团人员的安全，保安措施很严格，会见剧团人员一律进行登记，不得自行进入。中方要求也很严格，剧团所有人员未经批准不得自行外出。谢易初则经常来看望大家，还在曼谷设宴，请潮剧团成员吃饭，席间频频举杯，谈话不断，气氛十分融洽、亲切。每隔几天，谢易初就派人给剧团送一批水果，诸如泰国特产红毛丹等，人人有份。临别时，他给剧团送来当地特产，每人一包。谢易初对大家在泰国访问演出期间的生活关照得十分周到，无微不至，剧团全体人员深受感动。

在代表团邀请他出席的座谈会上，谢易初深情地说：“你们来泰国演出，我不知道用什么办法来表达我对剧团的关照。我想千条万条演好戏是第一条，戏演好，大家都高兴，主人高兴，观众高兴，生长在泰国的乡亲更是高兴，觉得脸上有光。看到自己祖国强大，家乡文艺繁荣，加深对祖国和家乡的热爱，这该多好啊！另外，我请大家注意，这里是泰国，是热带，不是汕头，气候完全不一样。住地有冷气，剧场有冷气，车上有冷气，可是离开冷气就是热烘烘的，因此容易感冒生病，需要特别注意，保重好身体。身体健康，才能完成国家的任务。这是包括我在内的千千万万华侨的期望。”

谢易初先生身体力行，亲力亲为，为中泰两国的文化交流作出了突出贡献。

邓颖超看望谢易初

薛增一

故事030

1980年2月初的一天，谢易初临时接到一个特别的通知，说中国全国人大常委会副委员长邓颖超要在其曼谷下榻的酒店会见他。

原来，1980年2月1日至15日，为增进中泰两国政府和两国人民的传统友谊，巩固两国的友好关系，时任全国人大常委会副委员长、周恩来总理的夫人邓颖超率领中国全国人大代表团抵达泰国曼谷，开始为期两周的友好访问。

她一到曼谷，就提出来要看望谢易初。于是，中国驻泰国大使馆赶忙进行安排，派专人通知谢易初。

谢易初感到很诧异，他不知道邓颖超副委员长是怎么知道他的，为什么一到曼谷就提出来要看望他呢？

其实，邓颖超来泰国访问之前就已经了解了谢易初的情况，当年中华人民共和国成立后没多久他就返回祖国，投身于新中国的建设，曾任白沙农场的副场长，1958 年冬天还给远在北京的毛主席、周总理送来了时产珍稀的冬熟西瓜呢，而且谢易初曾担任中国侨联委员，特别是正大集团 1979 年第一时间来中国大陆，在深圳创办了改革开放后大陆第一家外商投资企业——正大康地（深圳）有限公司，何人不知，谁人不晓呢！

这是一次难忘的会见。邓颖超副委员长给谢易初带来了祖国的问候，带来了党和政府的关怀，对他身在海外、情系祖国的事迹给予高度的肯定和赞扬。

其后不久，谢易初先生就到了香港，他把与邓颖超副委员长的合影照带到香港，冲洗、装裱成大幅合影照，珍重地悬挂在了正大集团香港总部大楼他的办公室里。

医疗专家组

薛增一

故事 031

1980年，与往年一样，是谢易初先生忙碌的一年。这一年他84周岁。

这一年，他从香港再去广州。从广州返回泰国的时候，他带领原白沙农场的一批老同事、老朋友到泰国参观、访问。

在泰国送走原白沙农场的老同事、老朋友之后，他惦记着种植在新加坡的葡萄园，彼时他正在培育新的葡萄品种，便赶到了新加坡。

培育葡萄新品种，是谢易初先生早已安排好的计划。他想着家乡潮汕地区人多地少，应该多种植一些经济价值高的作物，葡萄就是其中的一种。因为葡萄只能在温带生长，而新加坡跟潮汕地区一样属于亚热带气候，如果葡萄能够在新加坡试种成功，那么就可以带回家乡潮汕地区推广。他始终想的是奉献，无私的奉献。

到了新加坡的第二天一大早，谢易初先生就到葡萄园查看正在试验栽培中的葡萄。由于一路劳顿、辛苦，他突发脑中风，猝然晕倒在葡萄架下。

经过紧急救治，病情被控制住，保住了性命，但四肢已经不能活动，也不能说话，生活不能自理。

消息很快传到了广东省委书记吴南生处，吴书记立即指示广州中医学院组织专家组前往新加坡与当地医生一起参加对谢易初先生的治疗。

时任广州中医学院组织部部长彭绍凤，在接到省委和学院的指示后，组织了中医学院的著名中医针灸专家司徒玲教授和中医学院附属中医院的一位著名中医，组成专家组赶赴新加坡。专家组临行前，省委和学院领导再三叮嘱，要尽一切努力，把谢老的病治好，两位专家也满怀信心地表示一定会精心治疗。专家组赶到新加坡后，采用中医传统方法，以针灸疗法为主，对谢易初先生进行有针对性的治疗。接着又参与护送谢易初先生回到泰国曼谷的家中，继续进行治疗。经过一段时间的治疗，谢易初先生的病情有所改善，能坐轮椅，能看东西，能听声音，还可以简单地说一两句话，但始终未能完全恢复。

在与病魔作斗争的同时，他还是念念不忘中国、不忘家乡，无数次坐着轮椅接待来自中国大使馆、中国各地政府、广州和汕头家乡，以及泰国的友好人士、亲朋好友等各方面前来拜访、看望、问候他的客人。每当有客人来访，他总是提前做好准备，穿着整洁，让家人备好食物和果品、饮品，等待客人的到来。见到客人后，他兴高采烈，虽然说话有些困难，但他眼光神采依旧，坚持一字一字地或借助手势与大家交流。临别时，他也常常坚持坐着轮椅把客人送到大门口，才依依不舍地与大家挥手告别。而分别时他说的最多的一句话是：我要回汕头！我还要去看潮州戏！主宾双方常常热泪盈眶，依依惜别。

很多家乡的客人回忆说，中国客人到泰国访问，无不受到泰国华侨十分热情、周到的接待，但像谢易初先生那样无微不至、爱护备至，可以说是绝无仅有！

不幸的是，1983 年 2 月 5 日，谢易初先生因病救治无效，在泰国曼谷蓬密医院与世长辞，终年 87 周岁。

谢易初先生逝世后，遗体由家人安葬于泰国曼谷附近的班布恩区的谢氏家族陵园内。

谢易初先生奋斗一生，毫无私心地为祖国、为家乡作出了卓越的贡献，厚德载物，彪炳千秋，赢得了中国中央领导和各级党政领导及人民群众的高度赞誉和衷心爱戴，人们永远怀念他、敬爱他、纪念他！

纪念谢易初先生

薛增一

故事 032

一、诞辰 92 周年纪念大会

1988 年 11 月 22 日，澄海县在华侨大厦举行了纪念谢易初先生诞辰 92 周年大会，500 多位来自海内外的各界领导、代表、亲朋好友怀着对谢易初先生无限怀念和敬仰的心情，出席了纪念大会。这次为时两天的纪念活动，在汕头盛况空前。

在纪念大会上，时任澄海县委书记杜绍强、中共海南省委书记许士杰、全国侨联副主席蚁美厚、国务院侨务办公室副主任李星浩、汕头市市长陈燕发、汕头市副市长陈喜臣等领导先后发言，从不同侧面论述和缅怀谢易初先生的爱国爱乡、科学精神、对祖国建设作出的重大贡献。他作为先侨俊彦，其爱国风范和事迹，必将传世，号召人们继往开来，发扬光大。

时任正大集团董事长谢正民，代表专程莅临汕头参加纪念活动的谢易初先生的亲属致答谢词，他在答谢发言中说："我们永久记得父亲的伟大精神，也秉此精神在农业、畜牧业一贯经营上脚踏实地的努力及实践，希望能够达到父亲成就的百分之一。万望各位能再继续爱护及协助我们，使我们进一步在农业工业化上成长，并回馈给我们的家乡、我们的祖国。"

纪念大会后，与会嘉宾还应邀出席了正大集团在汕头的投资项目——广大畜牧有限公司汕头养猪场项目落成剪彩活动；参观了由谢易初先生及家人捐资兴建的澄海人民华侨医院谢易初大楼及部分设备、澄海县华侨中学内的"易初科学馆"，并瞻仰了安放在易初科学馆大厅中的谢易初先生纪念像。

第二天，时任正大集团总裁谢国民应邀在汕头特区管委会大楼多功能厅，作了题为《国际经营经验谈》的报告。汕头市、汕头特区、汕头各区县的领导干部和单位负责人共500多人到会听取了谢国民所作的报告，并观看了记录正大集团发展史的《从一粒种籽到一条龙》的资料片。通过听取报告和观看资料片，与会干部看到谢易初先生的后辈继承他的业绩，发扬他的精神，继续为祖国作贡献的感人事迹，都为之称赞和褒扬。

为纪念谢易初先生诞辰92周年，各级领导还题词缅怀，高度评价谢易初先生的贡献和功绩。

时任广东省委书记、省政协主席吴南生先生题词："正大传声誉，深情满乡邦。怀念谢易初先生　吴南生"。

中华人民共和国成立后第一任澄海县委书记，海南建省后第一任省委书记许士杰题诗一首《纪念谢易初先生》，对谢易初先生爱国爱乡、高风亮节、献身科学、造福桑梓的一生作了高度的概括和评价："躬耕菜圃选繁花，优势杂交焕白沙。虽涉重洋怀故国，捐资桑梓孕风华。"

时任全国人大常务委员会委员、全国侨联副主席蚁美厚题词《缅怀谢易初先生》："科研攻关，硕果溢香，爱国一贯，典范绵长。"

时任国务院侨务办公室副主任李星浩题词："风范传世，继往开来。"

时任汕头市委书记林兴胜题词："耿耿赤子心，煌煌照来人。"

这次盛大的纪念活动，得到了宣传媒体界的高度关注和重视，《汕头日报》《汕头特区报》《南方日报》《广东侨报》《华声报》《华夏》杂志，以及广东省、汕头市和澄海县的广播电台、电视台都作了报道。

1988年11月22日，《汕头日报》用两个专版，以通栏标题《纪念谢易初先生诞辰九十二周年》，刊发了两个整版的一系列纪念谢易初先生的文章、题词、照片、通讯、致电等。

其中刊发了中华全国归国华侨联合会致电纪念谢易初先生诞辰92周年筹委会，全文如下：

澄海县人民政府转纪念谢易初先生诞辰92周年筹备委员会：

恰逢爱国老侨胞谢易初先生诞辰92周年之际，谨向你们及谢老先生的亲属表示我们对谢老先生的敬仰和怀念。谢易初先生矢志爱国，终生不渝。他一生艰辛创业，始终关心和支持祖国建设，晚年更率子女积极来华投资，表现出一片赤子丹心，为世人感佩。谢老先生一向关心家乡和侨居地的社会公益事业，他造福桑梓和泰国社会的仁风善举，备受海内外侨众称道。望海内外侨胞以谢老先生精神共勉，为振兴中华、统一祖国和发展我国与侨居国友好关系多做贡献。谨代向谢老先生的亲属问候，并祝他们事业兴旺，万事如意。

中华全国归国华侨联合会

1988年11月22日，老场长林派捷与出席纪念谢易初先生诞辰92周年大会的白沙农场老同事代表合影留念。左起谢平、许卓才、邵舜梦、林派捷、唐述尧、陈之佳、曾树创、高海椿（照片由林戈、林戟提供）

1988年11月22日　星期二　　汕头日报

纪念谢易初先生诞辰九十二周年

前言

继往开来　发扬光大

广东省人大常委会主任　罗天

典范绵长

全国侨联致电纪念谢易初先生诞辰92周年筹委会

中华赤子　风范永存

汕头市市长　陈燕发

1988年11月22日，《汕头日报》刊载的《纪念谢易初先生诞辰九十二周年》专版Ⅰ（照片由薛增一提供）

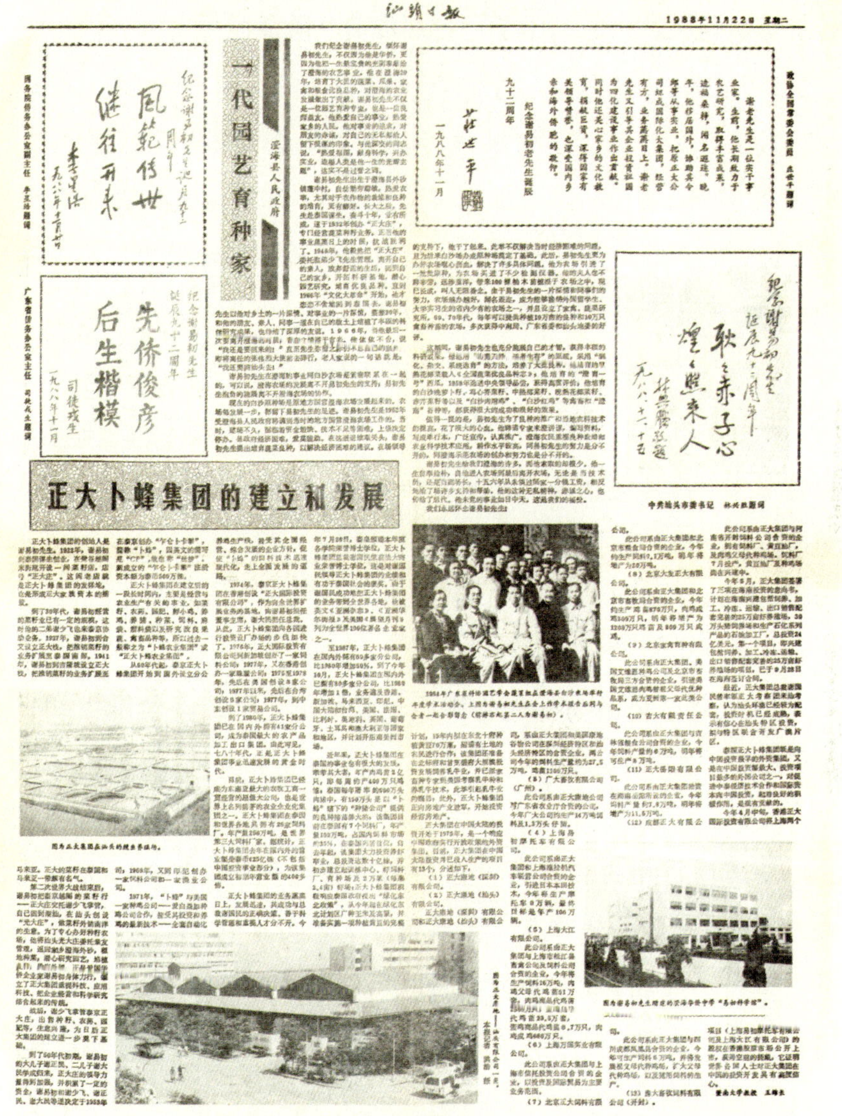

汕頭日報

1988年11月22日 星期二

国务院侨务办公室副主任 李星浩题词

纪念谢易初先生诞辰九十二周年

風範傳世 繼往開來

李星浩 一九八八年十一月廿

广东省侨务办公室主任 司徒戎生题词

纪念谢易初先生诞辰九十二周年

先侨俊彦 后生楷模

司徒戎生 一九八八年十一月

一代园艺育种家

澄海县人民政府

政协全国常委会委员 庄世平题词

谢老先生是一位实干事业家。生前，他长期致力于农艺研究，取得丰富成果，远销桑梓，闻名遐迩。晚年，他移居国外，协助其令郎等从事实业，把原正大公司扩成国际化大集团，经营有方，业务蒸蒸日上。谢老先生又引导其企业投资祖国为四化建设事业作出贡献。同时他还关心家乡的文化教育，捐献巨资，深得国家有关领导赞誉，也深受国内乡亲和海外侨胞的敬仰。

纪念谢易初老先生诞辰九十二周年

庄世平 一九八八年十一月

中共汕头市委书记 林兴胜题词

纪念谢易初先生诞辰九十二周年

耿耿赤子心 煌煌照来人

林兴胜敬题 一九八八.十一.十五

正大卜蜂集团的建立和发展

1988年11月22日，《汕头日报》刊载的《纪念谢易初先生诞辰九十二周年》专版Ⅱ（照片由薛增一提供）

1988年11月23日，《南方日报》头版以《澄海县纪念爱国华侨谢易初诞辰》为题刊出了记者郑俊英、陈泽民采写的新闻报道：

本报讯：昨日，澄海县举行集会，纪念爱国华侨谢易初先生诞辰92周年。广东省、汕头市有关部门负责人和来自北京、广州、海南等地的谢易初生前好友、海外侨胞、港澳同胞和当地群众500多人出席大会。谢易初先生（1896—1983）原籍澄海县，于1922年赴泰国谋生（笔者注：应为1919年）。他一生潜心从事蔬菜、种籽的种植、培育，声誉卓著。实行改革开放以来，谢易初先生非常关心祖国的建设，并带领和鼓励儿女们到大陆投资，目前已在国内10多个省市办有企业。

二、诞辰100周年纪念活动

1996年，在谢易初先生诞辰100周年之际，多位国家和省级领导题词。如下：

全国政协原副主席吴学谦题词：澄海骄子，炎黄之光。纪念谢易初先生诞辰一百周年。吴学谦。一九九六年。

全国政协原常委、香港南洋商业银行名誉董事长庄世平题词：谢易初先生诞辰一百周年纪念：爱国爱乡，光辉永存。庄世平敬题。

广东省人大常委会原主任林若题词：爱国爱乡，继往开来。林若。一九九六年七月。

广东省人大常委会原主任罗天题词：热爱祖国，造福桑梓。

罗天。一九九六年七月。

广东省政协原主席郭荣昌题词：华侨的骄傲，潮人的典范。郭荣昌。一九九六年七月。

广东省政协原副主席林兴胜题词：丹心献家国，风范照后人。谢易初老先生诞辰100周年纪念。林兴胜。一九九六年七月二十八日。

为纪念谢易初先生诞辰100周年，澄海市政协专门组织编辑出版了《谢易初先生诞辰一百周年纪念特辑》(以下简称“《纪念特辑》”)。

《纪念特辑》收录了庄世平、林静辉、蚁美厚、许士杰等撰写的共计20篇文章，记述了谢易初先生的重要贡献、高尚品格、爱国爱乡、无私奉献等生平事迹，深切缅怀和纪念谢易初先生。

其中庄世平亲笔写就的一篇题词，以《谢易初先生是一位实干事业家》为标题，作为《纪念特辑》的代序，全文如下：

谢老先生是一位实干事业家。生前，他长期致力于农艺研究，取得丰硕成果，造福桑梓，闻名遐迩。晚年，他又移居海外，协助其公子从事实业，把原正大公司组成国际化大集团，经营有方，业务蒸蒸日上。谢老先生又引导其企业投资祖国为四化建设事业作出贡献。同时他还关心家乡的文化教育，捐献巨资，深得国家有关领导赞誉，也深受国内乡亲和海外侨胞的敬仰。

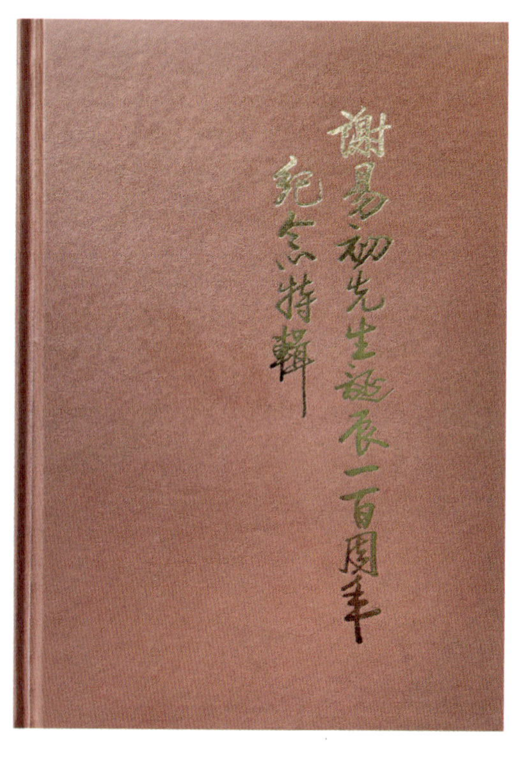

1996年，由政协广东省澄海市委员会编、广东人民出版社出版的《谢易初先生诞辰一百周年纪念特辑》（照片由薛增一拍摄）

《纪念特辑》收录的20篇文章中，有时任中共澄海市委书记林静辉撰文的《澄海人民怀念谢易初先生》的纪念文章，他在文章的开篇一段写道：

今年是正大集团创始人——谢易初先生诞辰100周年。澄海市政协专门出版文史特辑来纪念这位毕生为祖国、为家乡做出卓越贡献的人物。此举不仅具有存史育人的意义，而且对我们的资政工作，尤其如何在新的历史条件下，进一步团结和调动广大爱国侨胞、各界民主人士共同建设现代化的澄海，也具有重要的现实意义。

附录：谢易初先生纪念活动大事记

1987 年

《澄海县华侨志》1987 年版，为 30 位著名华侨、外籍华人、归侨编写了传记，《谢易初传》排在第 16 位。

1988 年

11 月 22 日，澄海县隆重举行了纪念谢易初先生诞辰 92 周年大会，500 多位来自海内外的各界领导、代表、亲朋好友怀着对谢易初先生无限怀念和敬仰的心情，出席了纪念大会。这次为时两天的纪念活动，在汕头盛况空前，时任澄海县委书记杜绍强、中共海南省委书记许士杰、全国侨联副主席蚁美厚、国务院侨务办公室副主任李星浩、汕头市市长陈燕发、汕头市副市长陈喜臣等领导先后发言，从不同侧面论述和缅怀了谢易初先生的爱国爱乡、科学精神、对祖国建设作出的重大贡献，他作为先侨俊彦，其爱国风范和事迹，必将传世，号召人们继往开来，发扬光大。中华全国归国华侨联合会专门发电文致澄海县人民政府，纪念谢易初先生诞辰 92 周年。纪念活动得到了宣传媒体界的高度关注和重视，《汕头日报》《汕头特区报》《南方日报》《广东侨报》《华声报》《华夏》等报纸、杂志，以及广东省、汕头市和澄海县的广播电台、电视台都作了报道。当日的《汕头日报》用两个专版，以通栏标题《纪念谢易初先生诞辰九十二周年》，刊发了两个整版的一系列纪念谢易初先生的文章、题词、照片、致电等。

11 月，澄海县委、县政府主办，澄海华侨中学承办的“澄海县易初展览”在澄海华侨中学内的易初科学馆举办。展出了谢易初先生“热爱祖国、献身科学、兴办实业、造福人类”的生平事迹和大量珍贵图片。

1990 年

澄海县召开全县农业科技工作会议，与会代表深切怀念谢易初先生，对他为澄海县的农业经济和科研事业、为白沙农场的发展所作出的突出贡献给予充分的肯定和赞扬。

1992 年

《澄海县志》1992 年版，为宋朝以来的 65 位澄海籍著名人物编修了《人物传》,《谢易初传》排在第 62 位。

1996 年

10 月，谢易初先生诞辰 100 周年之际，澄海市政协专门组织编辑出版了《谢易初先生诞辰一百周年纪念特辑》，收录了庄世平、林静辉、蚁美厚、许士杰等撰写的纪念谢易初先生的文章 20 篇，从不同方面记述了谢易初先生的重要贡献、高尚品格、爱国爱乡、无私奉献等生平事迹，深切缅怀和纪念谢易初先生。特辑还收录了吴学谦等 7 位领导纪念谢易初先生的题词，及相关照片 58 幅。

11 月，澄海市委、市政府主办，澄海华侨中学承办的“澄海市谢易初图片展览”在澄海华侨中学内的易初科学馆举办。

1999 年

《汕头市志》1999 年版，为西汉以来的 196 位汕头籍著名人士编修了《人物传》,《谢易初传》排在第 182 位。

2005 年

汕头市冠山石佛寺立“神山柚木记”题碑，记载和表彰谢易初先生栽植泰国柚木树、造福桑梓的历史往事，以为永远的纪念！

2009 年

汕头电视台制作了九集系列文献片《汕头记忆》，献给共和国六十周岁华诞。第三集《育种白沙埔》，解说词中说：“谢易初是正大集团的创始人。中华人民共和国成立后，他又接受了澄海县人民政府的聘请，担任国营农场的副场长和技术员。作为蔬菜良种培育方面的专家，谢易初在农场以后的发展过程中，在培养技术人才、繁育良种方面起到了重要的作用。”

2011 年

《2011 中国侨联年鉴》记载，1956 年 10 月 5 日至 12 日，中华全国归国华侨联合会成立大会及第一次全国归侨代表大会在北京召开，谢易初先生当选为全国侨联第一届委员会委员。

2018 年

中共汕头市澄海区委、区政府为纪念谢易初先生，编印了《造福桑梓　世代流芳——谢易初先生家族的澄海情结》专刊。

一起探索试验，先后培育、选育出‘澄南’水稻、白沙早白玉米、白沙早花椰菜6号、白沙早花椰菜11号、白沙杂交早萝卜、白沙中花椰菜、白沙早椰菜、鸡心早大菜等优良品种，对农业生产作出了重要贡献，部分良种还远销东南亚各国。他的农业科研成果和探索精神深得广大群众的赞扬和敬佩。1965年（笔者注：1966年初），他重返泰国。晚年，谢易初热心支持家乡文化福利事业，先后出资参加捐建澄海县华侨医院、澄海华侨中学等。1983年在泰病逝，终年87岁。”《澄海县志》给予了谢易初先生很高的地位、荣誉和评价。

二、《汕头市志》

1999年12月，新华出版社出版发行了由广东省汕头市地方志编纂委员会历时15年之久编纂的《汕头市志》第一、第二、第三、第四册，计778万字。2013年12月又补充编纂了《汕头市志》（1979—2000）上、下册，由广东人民出版社出版发行，计253万字。合计新版《汕头市志》共六大册，总计1031万字，是一部鸿篇巨作。

《汕头市志》六大册，共为西汉以来的196位汕头籍著名人士编修了《人物传》，其中谢易初名列第182位。收录在《汕头市志》里的《谢易初传》共517字（不含标点符号），稿源主体来自《澄海县志》，文字略有增加和微调。

三、《2011中国侨联年鉴》

据中国华侨出版社出版的《2011中国侨联年鉴》记载，1956

年10月5日至12日，中华全国归国华侨联合会成立大会及第一次全国归侨代表大会在北京召开。全国政协副主席李济深、中共中央统战部部长李维汉、国务院内务部部长谢觉哉，中央华侨事务委员会主任何香凝、全国侨联筹委会主任陈嘉庚先后在开幕式上致辞，国务院副总理邓子恢出席了开幕式。

出席会议的正式代表345名，港澳同胞和华侨800多人列席了会议。谢易初是会议正式代表之一。

大会选举产生了由131名委员组成的全国侨联第一届委员会，陈嘉庚当选为主席，方方、蚁美厚等14人当选为副主席。谢易初当选为全国侨联第一届委员会委员。

大会通过了全国侨联章程，并确定了全国侨联的工作方针和基本任务是领导全国各地侨联组织，团结和组织归侨、侨眷，加强社会主义教育，反映归侨、侨眷和国外华侨的意见，向有关部门提出建议，联系国外华侨，促进国外华侨的爱国大团结，鼓励和协助归侨、侨眷和国外华侨参加祖国建设，为归侨、侨眷和国外华侨服务，举办或协助举办有关归侨、侨眷的文教、福利及其他公益事业。

谢易初担任中国侨联第一届委员会委员一直到1978年12月卸任。这一年，第二次全国归侨代表大会在北京举行，选举产生了新一届委员会委员，谢易初因年事已高而没有再连选连任。

第二次全国归侨代表大会，是中国侨联被迫停止活动12年之后，各界归侨代表的第一次全国性聚会。根据新时期的总任务，大会提出了全国侨联和各级侨联的工作中心是：认真贯彻中共十一届三中全会规定的路线，动员归侨、侨眷同全国人民一道，为实现我国四个现代化的宏伟目标贡献力量。

中华全国归国华侨联合会历届委员会名录

全国侨联第一届委员会主席、副主席、秘书长、副秘书长、常务委员、委员名单

（1956 年 10 月中华全国归国华侨联合会成立大会及全国侨联第一届委员会第一次会议产生）

主　席：陈嘉庚（1961 年 8 月逝世）
庄希泉（1961 年 8 月全国侨联第一届十六次常务会议推选庄希泉副主席为代理主席）

副主席：（按姓氏笔画排序）
方　方　尤扬祖　王源兴　庄希泉
庄明理　李铁民　陈其瑗　罗理实
高明轩　郭棣活　黄长水　彭泽民
颜子俊　蚁美厚

秘书长：庄明理（兼，1958 年 12 月在全国侨联第一届三次全体委员（扩大）会议上因工作关系辞去兼秘书长职务）
王雨亭（1958 年 12 月全国侨联第一届三次全体委员（扩大）会议决定其担任秘书长）

副秘书长：（按姓氏笔画排序）
王雨亭　王纪元　卢心远　陈曼云（女）
洪丝丝　张楚琨

常务委员：（按姓氏笔画排序）
方　方　尤扬祖　王源兴　王雨亭
王纪元　卢心远　庄希泉　庄明理
沈兹九（女）李铁民　汪佳平　吴益修
吴研因　陈嘉庚　陈其瑗　陈曼云（女）
陈启紫　苏　惠（女）丘　及　周　铮
林珠光（平津）罗理实　洪丝丝　高明轩
郭棣活　连　贯　常任侠　许　杰
张相时　张殊明　张楚琨　彭泽民
黄　洁　黄长水　黄钦书　黄鼎臣
雷沛鸿　杨春松　廖灿辉　滕洪吉
蔡钟长　颜子俊　蚁美厚

委　员：（按姓氏笔画排序）
方　方　方君壮　方君健　尤扬祖
王一知（女）王本珍　王季明　王幼熙
王廷俊　王雨亭　王炎之　王纪元
王源兴　文曼魂（女）巴音布和　叶肇根
卢心远　庄希泉　庄明理　伍觉天
朱曼平　刘正言　刘成鹏　刘宣应
刘家琪　刘效扬　吕敦村　沈　光
沈兹九（女）李　吉　李五香　李成守
李丘陵　李流芳（女）李　铁　李镜天
余和湘　余淑芳（女）余萍影　汪万新
汪佳平　吴金铎　吴恒兴　吴益修
吴研因　肖　林　陈嘉庚　陈水成
陈玉清（女）陈行佩　陈曲水　陈应桐
陈启紫　陈其瑗　陈茂垣　陈曼云（女）
陈　沫　陈德润　官文森　苏　惠（女）
丘　及　丘海涛　丘绍棠　卓玉赵
周　铮　林　谟　林彻寿　林珠光（平津）
林珠光（永春）林朝聘　罗理实　洪丝丝
柯朝阳　赵　昱　郑日辉　范子英
马政和　高至荣　高明轩　郭棣活
郭瑞人　梁金山　崔殿芳　连　贯
章臣恒　常任侠　许　杰　许志猛
张相时　张殊明　张楚琨　冯立达
彭光涵　彭泽民　游范吾　黄　洁
黄　亮　黄　厚　黄长水　黄钦书
黄鼎臣　费振东　覃泮生　董寅初
雷沛鸿　雷贤忠　杨文苑　杨邦服
杨春松　杨章熹　杨汤城　廖灿辉
熊步康　黎家明　滕洪吉　蔡衍吉
蔡梧材　蔡钟长　蔡福高　谢　创
谢易初　薛两清　韩其宽　简玉阶
简日林　颜子俊　颜西岳　颜　卿

《2011 中国侨联年鉴》第 526 页记载了谢易初当选为全国侨联第一届委员会委员（照片由薛增一拍摄）

四、《澄海县华侨志》

澄海县还于 1987 年 12 月编就了一部《澄海县华侨志》，其前言说："盛世修志，势在必行。当前全省以至全国各地编修地方志的工作，正在大力开展，澄海县自不能例外，而编写澄海县华侨志，按照澄海的具体情况来说，更是当务之急，因为如果能够编写好本县华侨志，相信对澄海县当前的两个社会主义文明建设，必定是有所裨益的。"

从左至右《汕头市志》（六册）、《澄海县华侨志》、《澄海县志》、《2011 中国侨联年鉴》（照片由薛增一拍摄）

《澄海县华侨志》大约 15 万字，其中的第七章《澄海县著名华侨、外籍华人、归侨人物传记》，为 30 位著名华侨、外籍华人、归侨编写了传记。传记以出生年代先后排序，谢易初的传记排在第

16 位。

谢易初为家乡、为国家作出的重要贡献，得到了党和政府、人民群众的充分肯定和赞誉，载入史册，彪炳千秋！

五、《造福桑梓　世代流芳》画册

中共汕头市澄海区委和区政府为纪念谢易初，于 2018 年 10 月编辑印制了一本画册，画册的主标题为《造福桑梓　世代流芳》，副标题是“谢易初先生家族的澄海情结”。

画册的扉页是一幅大帧的谢易初身着西裤、衬衫，打着领带，站立在田野间，左手叉腰，右手侧举竖起大拇指，面容和蔼微笑的彩色照片，照片下方的图说写道：“澄海人民永远铭记谢易初先生家族对家乡作出的贡献。”

《造福桑梓　世代流芳》画册封面、扉页（照片由薛增一提供）

画册内页的开篇文字写道："泰国正大卜蜂集团的创始人、著名爱国侨领谢易初先生一生热爱祖国，献身科学，兴办实业，造福人类。澄海的一山一水、一草一木，时时牵动着他的缕缕情丝。他的儿女们继承他的宏愿，不忘报效祖国，报效家乡，对澄海的各项事业造福良多。到目前为止，谢氏家族为澄海的教育、医疗卫生、体育事业以及其他项目总计捐资已达人民币近2亿元。谢易初先生于20世纪五六十年代，先后担任国营澄海农场技术员、副场长、国营白沙农场副场长，对蔬菜、瓜果、禽畜、粮食四大类不少品种进行改良，培育出许多享誉国内外的优秀良种，为家乡的园艺科研事业，为潮汕以至东南亚地区的农业良种化作出无私的奉献。"

“正大中国”四兄弟合影，谢正民（左二）、谢大民（右二）、谢中民（右一）、谢国民（左一）（照片由正大集团北京总部宣传中心提供）

第二位夫人是陈嫦娟，1914年出生于泰国，泰籍华裔，1933年与谢易初结婚，是谢中民的生母。中华人民共和国成立后，她常年居住在汕头城里的家中，陪伴和照顾婆母。婆母去世后，她回到泰国。2000年4月18日在泰国曼谷去世，安葬于泰国曼谷附近的班布恩区谢氏家族陵园内。

谢易初夫妇生育有十二个子女，四个儿子是谢正民、谢大民、谢中民、谢国民；还有八个女儿，她们分别是谢美莹、谢美韫、谢细美、谢美霞、谢玮华、谢碧华、谢映雪、谢碧珠。

二、谢易初的父母亲

谢易初的父亲叫谢成发，又名谢锡生。谢锡生到了读书年龄的时候，家境较好，被谢易初的祖父谢宠高送到村里的私塾读了三年书。谢锡生成年后受当时社会上不良风气的影响，抽起了大烟，不事理家，家境随之衰落，生活渐至贫困。此后谢锡生为了一家人的生计，也曾经随谢氏宗亲辗转奔波于新加坡和泰国等南洋地区，但始终未有成就，最后还是回到了澄海家乡务农。由于吸食大烟，不仅耗费了钱财，身体也受到很大的损害，谢锡生不幸在40岁左右就过早地去世了。

谢易初的母亲王赛琴，出生于1873年，汕头当地人，正直和蔼、朴实厚道，是一位十分贤慈而坚强的农家妇女。谢易初的父亲40岁左右就过早地走了，家中的生活重担落在了年仅16岁的谢易初肩上，母亲主内，他主外，母子携手照顾全家七口人的生活。从小，谢易初的母亲就言传身教地传授给他接人待物要讲究礼貌、与人相处要互相帮助、对他人要慈爱善良的美好品德。

1919年，在母亲和妻子的支持下，谢易初下南洋创业成功，从此之后，母亲和家人的生活逐步得到改善并稳定下来。但母亲一直居住在中国，照顾家人，没有去过泰国。20世纪30年代，谢易初在汕头市区五福路买了房产，将母亲从澄海的乡下祖屋接到汕头城里，一直生活、居住在那里，安享晚年。1967年，94岁高龄的王赛琴在汕头城区的家中安详去世。

凡与谢易初交往过的人都知道，他对母亲十分孝顺，甚至可以说是言听计从，以使母亲高兴。

谢易初前后安排过很多家人陪伴母亲，照顾母亲的生活起居，包括安排自己的夫人，以及三子谢中民夫妇、女儿谢细美和家人、谢映雪和家人，等等。其中安排三弟谢少飞留在中国的长子谢剑民一家，一直陪同祖母生活在一起。谢国民 1951 年至 1957 年被父亲谢易初接回中国家乡汕头读书，学习中文和中国文化，也和祖母居住在一起。

谢易初一生的精力孜孜不倦地投身和关注于科学育种和兴办实业上，他自己并不信佛，但他劝母亲信佛，他对母亲说："我不信佛，但我却请您老人家念佛经，以此作为一种消除尘俗杂念、修心养性的好办法，达到健康长寿、心态平衡，生活得更加自由自在。"

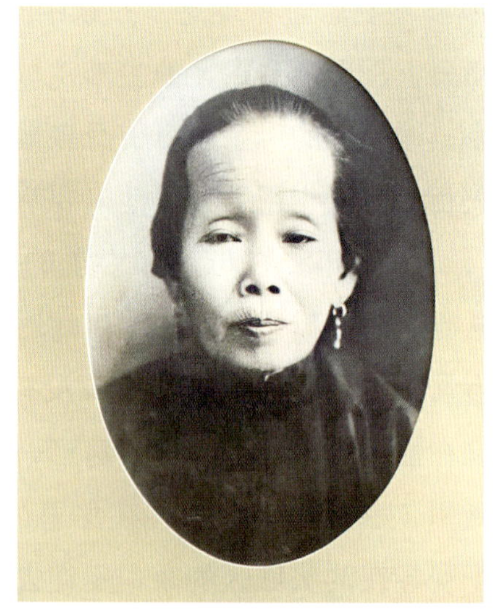

谢易初的父亲谢锡生和母亲王赛琴（照片由陈如民提供）

三、谢易初的兄弟姐妹

谢易初兄弟姐妹五人。三位兄弟分别是谢易初、谢少白、谢少飞，两个妹妹是分别是谢惠妙、谢妙清。

谢氏三兄弟情深义厚。当年在泰国，谢易初创办正大庄成功以后，业务越来越忙，便于1922年11月把三弟谢少飞接到泰国，让他帮忙照顾生意，而他自己则抽出身来，继续拓展扩大、创新发展。

二弟谢少白则从小爱读书、会读书，虽然那时家境贫寒，母亲还是节衣缩食，供其上学。

谢易初和三弟谢少飞经商养家，并资助二弟谢少白读书。兄弟三人一直没有分家，二弟定居中国，三弟定居泰国，大哥两头兼顾，全家由大哥谢易初掌舵，兄弟三人分工协作，齐心协力，努力奋斗，砥砺向前。家庭母慈子孝，幸福美满。

四、慈爱传家

谢易初家族，从谢易初的祖父谢宠高夫妇到他的父亲谢锡生夫妇，再到谢易初三兄弟夫妇，及至他们的儿辈、孙辈，慈爱传家是这个家族一脉相承的家风，慈爱善良、扶贫济困、淳朴诚信、正义向上、勤奋敬业、为国为民是这个家族的基因。

谢少白在回忆母亲王赛琴对子女的教诲时说："母亲从小对我们说，我们虽穷，还有更多的人比我们更穷，只要我们有一分力量就要帮助比我们更困难的人，这样生活才有意义，才有乐趣。"据蓬中村谢氏宗亲介绍，抗日战争时期，潮汕地区相继沦入敌手，人民生活困苦，乞讨流浪者众，谢易初的母亲王赛琴当时住在蓬中村，经常在村口向乞讨流浪者施粥；在汕头五福路居住的时候，遇到饥荒年代，自己省吃俭用，坚持在家门口向饥民施粥，甚至拿出一些日用零钱救济给灾民和乞丐。

谢易初晚年回顾自己一生走过的道路时说："余自十六岁承担家计即秉大公无私，忍让求全，涓涓归公，牺牲小我，完成大我为职志。毕生辛勤，所创业务以对社会对人类有贡献而无愧。对后代教育也以余之原则谆谆督导，务使秉承此一光荣之传统。余行年八十仅差数月，自幼无机会得享高等教育，而学问才识全由余之努力追求所得。余有生之年仍不放弃求知精神，即所谓活到老学到老，并以所得教到老而做到老。"

除了从以上往事中可以深切地感受到这个家族一贯的家风和基因，我们还可以从谢国民与中国中央电视台《对话》栏目主持人陈伟鸿有关正大集团选择接班人的一席谈话中，真切地体味到这个家风和基因。尤其难能可贵的是，谢国民此人，是言由心生、表里一致的真君子，从不也不会矫揉造作、言不由衷、说一套做一套。

2011年8月26日央视播出的《对话》节目《华商领袖谢国民》中有这样一段意味深长的对话：

陈伟鸿：您的子女也不止一个，对你来说要考虑未来他们谁能够担任领导重任，是不是也是一件麻烦事？

谢国民：我们还做得太慢，但是也已经做了决定。四兄弟（指谢正民、谢大民、谢中民、谢国民）也谈好了。

陈伟鸿：到目前为止可以透露吗？

谢国民：也可以透露，就是吉人（指谢国民的长子谢吉人），他心比较慈善，好客，乐于帮助别人，在我的儿子里面，他是老大，所以叫他当董事长，就是跟我大哥一样当董事长。那么他的弟弟谢镕仁（指谢国民的三子），现在负责电信，我四兄弟都看好他，就当集团的总裁，但是现在还没有接手。

陈伟鸿：他们已经进入后备队伍当中，就从这几个人当中来选。你把这个消息告诉给他们的时候，他们开心吗？

谢国民：还没有，我们是给你先透露，但是他们都知道了，我们四兄弟都通过了。就是现在说谁要当董事长，就不能有私人的事业，要有铁律，一定要牺牲个人的利益。就是你又有权，又有钱，又有地位，三个齐全这是历史上没有的。

陈伟鸿：如果三个都齐全会出现什么？

谢国民：一定会有问题，就变成垄断了，这个公司就变成他的了，一个领导一定要懂得吃亏，要把吃亏当作福气，我们古话都要讲，吃亏就是福，还要懂得给，给的越多就得的会越多，但不一定是你给的钱、你得到是钱更多，也不一定，可能你得到了其他的社会地位，你的名誉，大家对你称赞，这些钱多到一个程度，多一个零也没有什么作用，应该留一个名，不用给人家骂，给社会一个好的评价，给亲戚、朋友、兄弟一个尊重就够了，钱是用不完的。

中国古话讲“墙高基下，虽得必失”，万丈高楼平地起，一砖一瓦在根基。而正大集团的根基，就是谢国民在这一段话里所表达的“慈善，好客，乐于帮助别人”“要牺牲个人的利益”“要懂得吃亏，要把吃亏当作福气”“要懂得给，给的越多就得的会越多”“应该留一个名，不用给人家骂，给社会一个好的评价，给亲戚、朋友、兄弟一个尊重”。正大集团六条价值观的第一条“利国利民利企业”和第六条“正直诚信”，也充分体现了起源于谢易初、传承并发扬光大于谢国民的正大集团的这些基因，夯筑构建起了正大集团这座万丈高楼之下那坚实稳固的根基。

1989年，时任正大集团总裁的谢国民接任了正大集团董事长职务，而这背后四兄弟让贤的故事十分感人。

当年，正当正大集团的各项事业蓬勃发展的时候，作为大哥的谢正民，这位正大集团第二代创业的带头人，做了36年正大集团董事长的他，毅然提出让出董事长的职务。他真诚地说：“我是大哥，又是卜蜂的创始人，父母过世后，我又是家长。兄弟爱大哥，一直叫我当董事长，发展了二三百家子公司，都叫我当董事长。我说我过足董事长的瘾了，什么事上了瘾都不好，当Chairman上了瘾就更糟糕，要分出几个给你们做。大家说不行，还是大哥做，推都推不掉。这样下去，怎么发挥弟弟的作用，还有那么多好同事的作用？我只好主动退休，给他们让位。这是一个小原因，还有一个大原因，就是我眼看着弟弟能力胜过哥哥，好比我种了一棵树，叫树开花结果的是国民、是我的好兄弟们，他们接班一定能接好，所以我说，好了，我要享清福了。”

老四谢国民1969年已经接任了二哥谢大民的正大集团总裁的职务，而老三谢中民时任正大集团副董事长，顺理成章应该由谢中民接任大哥的董事长职务。但是谢中民说：“不行，老四比我能干，让老四来做董事长。”老大、老二也都同意老三的意见，谢国民深受感动，同时担心辜负了三位兄长的信任而深感不安，大哥说："弟弟要胜过哥哥，儿子要胜过爸爸，这是天经地义。"二哥说："叫你干，你就干，没话讲。最小的弟弟最能干，就叫最小的当家，三个哥哥支持你。"三哥说："你是我的弟弟，我不但从心里爱你，还从心里敬你，你比我能干，董事长应该你来做。"

三位兄长的信任和重托，让谢国民十分感动。从此，谢国民接任正大集团董事长职务。谢国民总是谦虚地评价自己，自豪地推崇自己的兄长。他说："一个集团的成功，不是我一个人的力量，是我们一个家族和集团同人的力量。我们这个家族大部分人不自私，是个很好的家族。我大哥从不揽权，他的兴趣一直在工厂，让弟弟放开手来干。真正管事的是二哥，他长期担任总裁，是总管家，谋私利最有条件，但他最有牺牲精神，做事业最冲，我们这一代第一个到海外创事业的就是二哥。如果他自私，我们这个家族早就完了，也不会轮到我了。"谢国民进一步说："如果你想的不只是自己的家族，你还要对整个社会作贡献的时候，你的胸怀就宽广了，你就不自私了。如果你只是为了自己好，做什么事情都会处处为自己着想，到最后连你的兄弟都会合不来，有一些家族就是这样垮掉的。"

寻访曼谷正大庄

薛增一

故事035

2018 年 1 月，寻访唐人街上的正大庄是我这次曼谷唐人街之行的第一目的。

正大庄是泰国爱国华侨谢易初先生于 1921 年 6 月在曼谷唐人街租了一间门面创办的种籽行，正大集团从此诞生。

谢易初先生是著名的爱国侨领和育种专家，中华人民共和国成立后曾返回家乡，把自己在家乡占地 100 多亩的育种农场交给了国家，并当选为全国侨联委员、广东省侨联委员、广东省政协委员、澄海县侨联主席，还担任国营澄海农场副场长兼技术员。谢易初的爱国情怀可以从他给四个儿子的起名中看出，四个儿子的名字分别是谢正民、谢大民、谢中民、谢国民，谢易初是把“正大中国”四个字镶在了在泰国出生的四个儿子的名字中，同时把自己在泰国的商号叫作正大庄，深深地寄托着一个海外华侨对祖国的怀念和热爱。

后来，谢易初先生把小弟谢少飞先生接到泰国帮忙照料正大庄的生意。

正直诚信、质量第一是谢易初、谢少飞兄弟的生意经。早在20世纪二三十年代的时候，他们就在自己经营的种子的包装物上印刷了种子使用的截止日期，并告知使用者，如果日期过了，就不要再用这包种子种植了，可以拿到正大庄来，正大庄免费给使用者更换新的种子。谢国民先生在介绍这一段时深情地说，他父亲认为农民没有多余的钱，种子过期了也舍不得扔，但如果用过期的种子种植就会影响农民的收获，所以他父亲就定了这样一条规矩，过期的种子农民可以拿来免费更换。正直诚信、质量第一是正大集团百年传承的核心文化的压舱石。

谢易初先生还有一个二弟谢少白先生，是一名国学家，也是一名画家，与徐悲鸿先生是师兄弟，抗日战争期间，少白先生曾任设在四川灌县的国民政府空军幼年学校国文教员，为祖国的抗日战争从少年中培养优秀的空军驾驶员。

我1995年10月刚进入正大集团工作就知道正大庄的故事，但一直没有去参观过，直到最近我读了日本《日经新闻》（*NIKKEI*）采访谢国民先生谈到正大庄的这一段报道时，便迫切地想亲身去实地考察一番。

曼谷唐人街是一个华人聚集的城区，统称唐人街或华人街，主街叫耀华力大街（Yaowarat Road），呈东南、西北走向。正大庄所在的街巷叫祈福路（Song Sawat Road，回来后我请教泰国同事李晖，根据泰语的含义我起名为祈福路），呈东北、西南走向，与耀华力大街相交。我有了这个大致的方向就摸索着往前走，直到我已经走到了“Nai-Ek Roll Noodles”老饭馆，我感觉走过了，就问了路边摆摊的一对父女，女孩大约在上初一初二的样子，我拿出手机上的图示地址给她看，女孩要加我的微信，我惊讶了，微信竟然这样普及。在她的指导下，我得知走过了巷口。然后就回头走，再走到祈福路这个巷口的时候，又问了一位路人，他指着前方比画着，意思是正大庄就要到了。果然，沿着祈福路向西南方向没走几百米，就来到了大门上方挂着“正大有限公司”几个中文字的正大庄大楼了。

位于正大庄大楼的正大有限公司（照片由薛增一拍摄）

现在的正大庄大楼是一栋四层楼房，是正大集团种子农化事业的总部。1939 年，谢国民先生就出生在这幢楼的三楼，当时这里还是一幢三层楼房，谢易初一家住三楼，谢少飞一家住二楼，一楼用作办公和种子仓库，楼顶有时候还用作晾晒种子，后来改扩建成现在的四层大楼了，而正大庄的老门市部就在这幢楼的街对面，是 1921 年谢易初先生创办正大庄种籽行时租赁的一间门面。凭着正直诚信、质量第一，正大的事业越做越大，由一家种子行逐渐发展成为一家世界著名的多元化跨国企业集团。

我事先没有跟任何人联系过，也不认得在这里工作的任何人。进了门厅，放下雨伞，我的裤腿和旅游鞋已经湿透了，雨水滴到了地面洁净的瓷砖上，我挺不好意思的。我对前台的姑娘用英语介绍了自己，以及自己的目的，她笑盈盈地让我坐下休息，用电话联系着什么人。不一会儿一位 30 来岁的负责人来了，还带来一位会说中文的小伙子。经过介绍，这位负责人叫 Kitti，是公司客户关系部的总经理，小伙子是公司的职员。原来他以及他的领导跟我一样都参加了这两天在考雅正大集团领导力学院召开的集团全球性会议，也是昨天下午散会后从考雅返回曼谷的。我们都笑了，原来已经一起开了两天会，但与会人数多，又来自不同国家，所以大家互相不认识。Kitti 先生特别热情，带我参观了整个大楼。回到一楼大厅的会议室时，Kitti 先生的领导也到了，原来 Kitti 先生在带我参观的时候就报告了他的领导，领导听说后很热情地在会议室等我。见面后一介绍，我才知道这是谢崇民先生，是正大集团种子农化事业的 CEO，是谢少飞先生的儿子、谢国民先生的堂弟，但他不太会中文，只能用中文介绍自己说“我是谢崇民”。我说我很冒昧地来寻访正大庄，是因为对正大集团的创始人谢易初先生、谢少飞先生很仰慕、很崇敬，在读了谢国民先生的访谈报道后，更加迫切地想来实地参观，也没有事先联系和约定，请他谅解。

从正大庄大楼出来，再往西南方向走200米左右，就是湄南河的东岸边。湄南河是曼谷的母亲河，在现代交通发展起来之前是曼谷重要的人员和物资的通海通道，华人从中国来到曼谷也都是首先在这里登岸的。

谢崇民（中）、Kitti（左）与我在正大庄大楼一楼大厅合影（照片由薛增一提供）

谢崇民先生和Kitti先生要留我午餐，我说我下午的航班回北京，中午要返回酒店结账，然后去机场。作为不速之客，已经够打扰他们的了，不好意思再留下午餐，就执意没有留下，但Kitti先生一定坚持要送我走到地铁站。大家在大厅合影留念，我就在Kitti先生的陪伴下离开了正大庄大楼。谢谢谢崇民先生、Kitti先生，谢谢公司的领导和同事们热情地接待了我，再见了！

遗憾的是，那天我只顾得与谢崇民先生和Kitti先生谈话，忘记把正大庄大楼对面的正大庄老种籽店的铺面拍照留存了。下次我去泰国的时候一定再访曼谷唐人街，为正大庄老铺子多拍摄几张照片啊。

追寻着正大集团百年文化历史的发展足迹前进

薛增一

故事036

遵照谢毅集团资深副董事长的指示，为集团百年庆典和集团博物馆筹备工作做准备，以及为更好地传承和弘扬以六条价值观为核心的集团历史文化，并调研了解正大集团助力汕头市经济建设和社会发展而投资的产业项目和捐资的慈善公益项目等，我们一行四人——薛增一、谢灯、张曙晖、李小锋，于2019年4月17日至18日在集团发祥地汕头参观访问。此项工作，按照谢毅集团资深副董事长的指示，我们事先报告了集团副总裁李闻海，得到了李闻海先生的热情支持和大力帮助，给予了我们精心细致的指导和安排，并亲自协调汕头市政府有关领导和部门为我们的参观访问提供帮助和支持，还专门安排同事李小锋加入我们的团队一起工作和帮助我们安排行程、车辆、礼仪、礼物等，使得我们的这次参观访问十分顺利和圆满，内容丰富多彩，资讯充实珍贵，收获远超我们的预期。在此对本次“汕头正大文化历史行”作一个初步的概述。

这次参观访问，我们一共实地走访了18个与集团文化历史相关的单位、场所，以及有关领导和人员。

一、在参观访问中分别出面接待我们的领导及有关人员

汕头市蓬中村党委书记谢伟忠、蓬中村谢氏宗祠联谊会谢振孝等八位理事、蓬中村村委会民政员谢丽莉等；

汕头市蓬中华侨学校校长谢彦洲等；

汕头市谢易初中学校长郭剑锋等；

汕头市正大体育馆馆长卢泽芬等；

汕头市农业农村局局长谢宋彪、汕头市统战部副调研员黄琥珀和科长许友文等；

汕头市白沙农场蔬菜研究所所长林奕韩、白沙农场畜禽研究所所长林祯平等；

汕头市澄海人民医院院长林秋强等；

澄海区政府处长陈泽标、澄海区委统战部副部长林振民、澄海区政府农业农村局副局长金卓荣等；

澄海区佛教协会副会长辛扬新、澄海区澄华街道主任王振中、澄海区东里镇镇长陈键、澄海区东里镇文化中心和樟林古港负责人吴庆连等；

汕头市第二中学校长谭飞鹏等；

谢国民先生的老师陈诗馥老师和黄忠义等五位同学；

汕头砚峰书院李琦等；

正大康地汕头有限公司总经理胡春流、汕头卜蜂莲花杨奕等。

二、走访的单位和场所（按参观访问的时间先后顺序）

1. 蓬中村谢氏宗祠。这是一处历史建筑，始建于明朝天启年间，迄今已400多年。谢国民先生及家族成员自1997年以来有记录的先后捐资就超过200万元了。村党委书记谢伟忠和谢振孝等八位谢氏宗祠联谊会的理事十分热情地接待了我们，为我们介绍了谢氏宗祠的历史，介绍了谢国民先生及家族成员捐资和前来祭拜的情况。其中谢振孝乡绅还十分有心地收藏了两大本有关谢国民先生家族成员的珍贵历史照片，我恳请他同意我带回北京彩色扫描后保存，随后我写了感谢信与照片集一并寄还给了他。还有一位乡绅，很抱歉我没有记住他的姓名，他热情地为我们手写了他所了解的谢国民先生及家族成员为谢氏宗祠捐资的情况。我们向各位乡绅一一表示衷心的感谢。在谢伟忠书记和各位乡绅的陪同下，我们参观了谢氏宗祠，并合影留念。

2. 蓬中村党委和村委会。在蓬中村党委书记谢伟忠的热情陪同下，我们参观了村党委和村委会办公楼。多年以来，正大集团每年都捐助22万～25万元，通过村党委和村委会对120多户蓬中村的当时的贫困村民给予生活补助。蓬中村是一个大村，现有村民1.4万多人。谢伟忠书记年富力强，谦和沉稳，领导有方，受人尊敬，给我们留下很深的印象。

3. 蓬中华侨学校。1986年，正大集团捐资345.63万元用于校舍建设，另捐资50万元设学校教育基金，学校在建筑墙体上镶嵌碑记，以作纪念。谢伟忠书记和校长谢彦洲十分热情地陪同我们参

观了校园和校史馆。令我们难忘的是，在校史馆，墙上高高地悬挂着谢易初、谢少飞老一辈侨领的大幅照片，谢正民、谢大民、谢中民、谢国民的大幅照片，还有其他捐资捐赠蓬中村学校的华侨华人的大幅照片，并开辟专栏，图文并茂地宣传和介绍他们爱国爱乡、捐资助学的事迹。校长谢彦洲带着我们来到当年谢正民先生、谢大民先生、谢国民先生等正大集团领导人前来参加学校落成典礼盛况的宣传专栏前，为我们介绍情况。我们高度赞扬学校的这种做法，这对从小培养孩子们学习前辈、爱国爱乡、助人为乐、奉献社会的美好品德该是多么有意义呀！在参观途中，一个班级的孩子们正在

1986 年，正大集团捐资 395.63 万元建设蓬中华侨学校。2019 年 4 月 17 日，蓬中村党委书记谢伟忠（右五）和华侨学校校长谢彦洲（左四），与薛增一（左三）、谢灯（右三）、张曙晖（右四）等在华侨学校院内合影留念（照片由薛增一提供）

上音乐课，他们那童真甜美的歌声，难道不是昭示着人类更加进步、文明、和谐、幸福的未来吗？

4. 蓬中村谢易初先生祖屋（距今约 180 年）。谢易初先生 1896 年 11 月 22 日出生于这里。1921 年，谢易初先生在泰国曼谷创办了正大庄种籽行，是正大集团的创始人。中华人民共和国成立后，1950 年，澄海县召开首届各界人民代表大会，特邀谢易初先生作为爱国华侨代表出席。从 1950 年初到 1966 年初，16 年间，谢易初先生先后应邀、当选或受命担任澄海县各界人民代表大会代表，澄海县人民代表大会代表，汕头市工商界第一届代表大会代表，澄海县国营农场、国营示范农场和国营白沙农场副场长兼技术员，澄海县人民委员会委员，澄海县归国华侨联合会主席，广东省政协委员，广东省侨联委员，全国侨联委员等职。他从一名华侨资本家、华侨地主成了一名国家干部、科研专家，他爱国爱乡、无私奉献、勤奋敬业，为国家、为社会作出了突出贡献。1966 年初，谢易初离开内地赴香港治疗胃病，随后因“文化大革命”而未能返回内地，不久便去了新加坡，后在泰国定居。1983 年，谢易初先生在曼谷辞世。

5. 蓬中村敬老院。正大集团捐资。这是蓬中村党委和村委领导的，集会议、娱乐、文艺、体育于一体的一所老年人活动场所，为全体村民提供服务。

6. 汕头卜蜂莲花超市。同事李小锋详细为我们介绍了卜蜂莲花在汕头的投资和发展情况。目前正大集团在汕头等粤东地区投资了卜蜂莲花大型超市 14 家、泰友中小型超市 2 家、Mini 莲花超市 3 家、正大优鲜 1 家、卜蜂中心 Shopping Mall 1 家、配送中心 1

家，是正大集团在汕头等粤东地区投资规模最大的连锁企业。

7. 汕头市谢易初中学。此校于 1997 年建成，正大集团捐资 1800 万元，被汕头市人民政府命名为“谢易初中学”。在进入学校大门后的广场上矗立着一座谢易初先生铜像，他老人家端坐远眺，慈爱祥和。铜像的大理石基石上镌刻着时广东省委书记吴南生题写的铜像铭刻“谢易初先生纪念像　吴南生敬题”。铜像的背面镌刻着铜像碑文：“正大中国　谢易初先生（1896—1983）著名实业家、农艺家，吾邑外沙蓬中乡人，少年神羽俊秀，具奇伟之志。及长，业攻农艺。1922 年（笔者注：应为 1921 年）赴泰京谋生，创办正大庄菜籽店，历经艰苦勤业，生意日隆。新中国成立之初，先生返国，先后任澄海国营农场技术员、副场长，并荣膺县侨联主席、广东省政协委员、全国侨联委员等职。致力改良蔬菜、水稻及家禽品种，业绩卓著。1965 年秋，先生再度旅泰拓展正大实业。先生爱国爱乡，造福桑梓，亮节高风，国人共仰，乃有‘澄海骄子、炎黄之光’美誉。哲嗣正民、大民、中民、国民诸先生皆能秉承父志，克绍箕裘，兰桂腾芳，遂使正大公司发展为国际化公司，誉满五洲，贤昆仲热心家乡公益，今又捐巨资人民币一千八百万元，创办谢易初中学。总建筑面积一万七千五百平方米，校舍宽敞宏伟，溢彩流芳。为感先生盛德，特撰记勒珉，永传百代，垂徽万亿。一九九九年八月　澄海市外沙镇人民政府立。”碑文的标题“正大中国”四个字也为吴南生题写。在校长郭剑锋等人的陪同下，我们共同瞻仰了谢易初先生铜像，并在铜像前合影纪念。我们参观了校园，听取了郭校长对学校情况的介绍，向路遇的孩子们挥手致意，与郭校长等校领导和教师在校门口依依惜别。

1997 年，正大集团捐资 1800 万元在汕头市建设中学，被汕头市人民政府命名为“谢易初中学”。2019 年 4 月 17 日，汕头市谢易初中学校长郭剑锋（右六）等教师，与薛增一（右七）、谢灯（左六）、张曙晖（右五）等，共同瞻仰了坐落在谢易初中学院内的谢易初先生铜像，并在铜像前合影留念（照片由薛增一提供）

8. 汕头市正大体育馆。正大集团捐资 4530 万元，于 1999 年建成，是汕头市一处先进的现代化大型体育馆，被汕头市人民政府命名为“正大体育馆”。正大体育馆馆长卢泽芬等热情接待了我们。她详细介绍了正大体育馆的基本情况，表示十分感谢正大集团当年慷慨捐资帮助汕头市建设了这座大型的体育场馆。在陪同我们参观正大体育馆时，馆长引导我们来到镶嵌在体育馆大厅墙上的大理石碑刻前，此碑刻由澄海区人民政府于 1999 年 9 月在正大体育馆落成时设立，碑文铭记了正大集团捐资建馆的事迹，以作永远的纪念。碑文的最后是一首藏头诗，表达了家乡人民对正大集团领导人的敬爱和感谢，诗云：

正义承家训，
大业跨数洲。
中自怀仁爱，
国事记心头。
建设为桑梓，
体察也云稠。
育才身先健，
馆场上头筹。

其首字组成一句话："正大中国建体育馆"，包含着谢正民、谢大民、谢中民、谢国民四位正大集团领导人的名字，寓意对他们的褒奖和纪念。正大体育馆是2001年11月广州市举办的全国第九届运动会乒乓球比赛场馆。正大体育馆目前正筹备重新装饰，将成为2021年由汕头市主办的第三届亚洲青年运动会的主要体育场馆之一。

9. 汕头市白沙农场。1952年，谢易初先生受聘担任国营澄海农场副场长兼技术员，后来澄海农场与白沙农场合并，谢易初先生担任国营白沙农场副场长兼技术员，他也就从原国营澄海农场的场部搬到国营白沙农场场部。我们参观了白沙农场的狮头鹅原种场，这是当年谢易初先生主持和参与的地方畜禽良种保种育种的重点项目之一。在距离狮头鹅原种场不远处，白沙农场畜禽研究所所长林祯平指着一个停满小车的职工停车场为我们介绍说，当年谢易初先生居住的农场宿舍原址就是这个停车场。由于原来的农场职工宿舍简陋、老旧，年久失修，已经全部拆除了。汕头市农业农村局局长谢宋彪、汕头市统战部副调研员黄琥珀等领导陪同我们参观白沙农场，并为我们介绍了汕头市农业建设和发展的情况，以及与集团副总裁李闻海的团队正在商谈基地种植、基地采购等合作发展的情况。

10. 澄海区华侨医院。医院主楼由正大集团 1979 年捐资建成，此后又先后多次为医院捐资从国外购买先进的医疗设备累计达 2100 万元。医院主楼被医院命名为“谢易初大楼”。院长林秋强热情地陪同我们来到医院主楼“谢易初大楼”前参观，为我们介绍情

1979 年，正大集团捐建汕头市澄海人民医院主楼，被医院命名为“谢易初大楼”，包括从国外购买的先进医疗设备，合计捐资 2100 万元。2019 年 4 月 17 日，医院院长林秋强（右三）、汕头市统战部副调研员黄琥珀（左一）、澄海区政府处长陈泽标（左四）、澄海区委统战部副部长林振民（右四），与薛增一（右五）、谢灯（左五）、张曙晖（左三）、李小锋（右一）等合影留念（照片由薛增一提供）

况，并合影留念。

11. 陈诗馥老师家。陈诗馥老师今年高寿96岁，是谢国民先生于20世纪50年代初在父亲的安排下回国就读于汕头市联合小学时的班主任、语文老师。谢国民先生那时候是一名品学兼优的好学生，在班里当班长，他还加入了少先队，任少先队中队长。多年来谢国民先生不忘恩师，每次来汕头都来探望和慰问老师。当他看到老师原来的住房比较陈旧和狭小，就专门出资购买了一套大房子给老师居住，并给予老师经济上的帮助，还安排一位保姆专门照顾老师的生活起居。据同事李小锋介绍说，谢国民先生2019年2月13日至15日来汕头时，特别安排时间前来看望他的老师。车停在小区门口，从车上下来步行到老师家还有3～5分钟的路，谢国民先生一路向陪同他的卜蜂莲花在汕头工作的同事了解情况：老师的身体状况怎么样，生活照顾得怎么样，住房情况怎么样，等等。直到来到老师的家门口见到在门口迎候他的老师，师生相见，互致问候，相携而入。谢国民先生这种对老师的感恩之情、执礼之周，实在令人敬佩和动容！

12. 正大康地汕头有限公司。1984年，正大康地在汕头投资建设了汕头正大康地饲料厂，年产能15万吨；1995年又新建了汕头澄海饲料厂，年产能33万吨。我们一行在总经理胡春流的热情陪同下参观了汕头正大康地公司。

13. 汕头市第二中学。1996年，正大集团捐资300万元建造教学大楼，被学校命名为“谢易初楼”。这是谢国民先生20世纪50年代在汕头读初中的母校，他曾在这所中学读初中一年级和初中二年级上半学期，后转到广州继续读书。校长谭飞鹏非常珍视而自豪地为我们展示了学校至今完好保存着的谢国民先生在校就读时的部分学籍档案。学校的大门口内有一棵大榕树，根深叶茂，有一两百年的树龄。谭校长介绍说“先有树，后有校”。试想，当年的少年谢国民在校读书期间，一定和小伙伴们在这棵大树下读书和游戏。我们和谭校长等在大树下抚树追昔、合影纪念。

14. 儿童公园《恩》雕塑。该雕塑由李闻海设计并捐资建造。谢国民先生于2019年2月15日前来参观并献鲜花。在参观现场接受当地媒体采访时，谢国民先生深情地说：所有能成功的大企业家、大政治家，背后百分之九十几的功劳来自母亲，母亲对儿子的培养、无形的影响，比所有教育都要重要。母亲之后就是老师，尊贤尊师比一切都要重要。

15. 冠山石佛寺。此处是原澄海县国营农场场部所在地。谢易初先生任农场副场长兼技术员的时候，曾在此居住过。我们在这里见到了陪同我们参观的澄海区政协委员、澄海区佛教协会副会长兼秘书长、冠山石佛寺主持辛扬新。很有意义的是据辛扬新主持介绍说，他的父亲曾经任国营澄海农场所在地的乡长，与谢易初先生共过事，过去他常常听父亲说起谢易初先生爱国爱乡、乐于助人、培育良种、造福桑梓的故事，包括谢易初先生在农场工作的时候把自己的工资捐出来给农场职工做福利的感人往事。辛扬新主持带我们参观了当年谢易初先生在农场任副场长兼技术员时居住过的一间狭小简陋的禅房。尤其珍贵的是，为解决农场良种匮乏的困境，谢易初先生让夫人从泰国带到澄海的100棵柚木树苗栽种在农场场部周边。如今这些树苗长成的大树尚保存有28棵，已蔚然成林、葱郁翠秀。

1996年，正大集团捐资300万元建设汕头市第二中学教学大楼，被学校命名为“谢易初楼”。2019年4月18日，校长谭飞鹏（中）与薛增一（右二）、谢灯（左二）、张曙晖（右一）等在谢易初教学楼前合影留念（照片由薛增一提供）

16. 澄海区东里镇政府。因樟林古港坐落于东里镇，我们应邀访问了镇政府，很荣幸地与镇长陈键等镇领导会面。

17. 澄海区樟林古港大楼。为建设樟林古港大楼，正大集团捐资 150 万元。我们在澄海区委统战部副部长林振民的陪同下参观了由正大集团捐资建造的樟林古港大楼。大楼的一层设有樟林古港华侨纪念馆，里面展出和陈列着潮汕地区的先民当年乘坐红头船从这里出发漂洋过海下南洋的相关历史文物、图片和文字等。东里镇文化服务中心和樟林古港负责人、优秀共产党员吴庆连如数家珍地为我们作了详细的介绍，以及介绍了谢国民先生捐资建楼的情况，他向谢国民先生、向正大集团表示真诚的感谢。

三、参观访问的感想

“利国利民利企业”是正大集团六条价值观的第一条，是正大集团的经营哲学，是正大集团最核心、最根本的一个总原则。这个原则就是：首先要考虑到国家的利益，其次要考虑到社会民众和消费者的利益，而把正大集团自己的利益放在最后。这个文化的起源是谢易初先生。谢正民先生、谢大民先生、谢中民先生、谢国民先生传承了父亲的这种文化，并使之发扬光大，谢国民先生把这个文化的内涵概括总结为正大集团的“三利原则”。

谢易初先生在任职国营澄海农场和国营白沙农场副场长期间，其时他的家庭在汕头市内有很好的住房条件，但他却和农场职工一样住在农场简陋狭小的宿舍里，而且把自己的薪水全部捐献出来改善农场职工的生活。在农场开办初期资金十分困难的情况下，他研发培育出的早熟花椰菜为农场挣得了一笔可观的收入。为给农场汇集良种，他嘱咐夫人从泰国精心挑选蔬菜良种和树苗带来农场。他运用科学育种方法，对蔬菜、瓜果、畜禽、粮食四大类的大量品种进行改良，培育出许多享誉国内外的优质良种，为家乡的园艺科研事业和潮汕以至东南亚的农业良种化作出了不可磨灭的贡献。他培育出的“澄育一号”冬熟西瓜于 1958 年冬天送到北京，被周总理用来招待外国驻华使节，受到毛主席和周总理的称赞；他培育出的大萝卜为澄海农业生产起到了示范推动作用；他培育出的早熟花椰菜 6 号和 11 号被载入《中国蔬菜优良品种》，20 世纪五六十年代被推广到福建、浙江一带，后来被逐步推广到全国各地；甚至早在 20 世纪 40 年代中期，日本出版的《种子目录》就记载了以谢易初名字命名的菜种。谢易初先生这种无私奉献的精神和献身科研的故事至今被家乡人、被白沙人、被澄海人、被汕头人所纪念、所传颂，使得我等后辈访问者感怀至深。

我们再一次想到谢易初先生在曼谷经营正大庄种籽行时立下的一个规矩，而且他把这一条规矩印刷在自己出售的种子包装物上，就是：农民购买的这包种子，如果在家中存放过期了，可以拿到正大庄种籽行来，正大庄种籽行免费给农民更换新的种子。谢国民先生有一次接受央视采访，介绍到这个情节时说：我父亲说，农民勤俭又缺钱，种子过期了，他们舍不得丢掉，就拿去种菜，但是过期的种子会影响农民的收成，因此我父亲免费给农民换成新的种子，保证农民的利益。

所以“三利原则”和“品质第一”“正直诚信”是谢易初先生的本质，是正大集团文化的灵魂，是立企之本。

在汕头的调研，联想到谢国民先生一贯在处理工作和作决策中、在讲话和谈话中，常常阐述、反复强调，要求自己也要求职员要遵守的集团六条价值观，让我们的脑海构建起一幅真实而生动的画卷，那就是：以六条价值观为核心的正大集团的文化是正大集团创始人有血有肉的历史写就的，它发源于谢易初先生、继承传承于“正大中国”四兄弟，特别是发扬光大于谢国民先生，是正大集团企业内部本身固有、发自内心、说到做到、身体力行的文化精髓，不是生搬硬套、附加点缀的外来物，不是写在纸上、挂在墙上，仅仅为了向外人炫耀和给别人看的。这一点尤其难能可贵！在 2019 年 1 月 4 日、1 月 14 日、3 月 13 日集团召开的不同会议上，谢国民先生多次联系集团的发展和当前的工作对集团六条价值观进行了深刻详细的解读，北京总部董事长办公室和总部宣传中心根据录音分别进行了整理，集中刊载在集团《领导力学习与探索》2019 年春季刊，以供集团各级干部和员工认真学习、贯彻落实。

正大集团有着光荣的爱国爱乡传统，这也是发源于谢易初先生。自从 1921 年他在曼谷创立正大庄以来，他身在海外，但始终不忘祖国，不忘爱国。他在曼谷的商号叫“正大庄种籽行”，他在汕头的商号叫“光大庄种籽行”，寓意“正大光明”，他给四个儿子起名谢正民、谢大民、谢中民、谢国民，镶嵌着“正大中国”四个字，都表现出了他拳拳爱国报国的情怀。他在中华人民共和国成立后的第一时间就返回祖国，积极捐资捐产、公私合营，并受命担任国营农场副场长，把自己的薪水全部捐献出来，投身科研、发展经济，澄海县首届各界人民代表会议特邀他以爱国华侨代表的身份出席，并先后选举他担任县人委会委员、县侨联主席、广东省政协委员和全国侨联委员，这是新中国对他的肯定，是党和政府对他的肯定，是澄海人民对他的肯定，真是实至名归。1966 年初他 70 岁的时候，因为胃溃疡严重，谢大民先生接他去香港治疗。随后开始的“文化大革命”，导致他这一时期没能再返回他热爱的澄海家乡、白沙农场，但他还是时时牵挂着祖国的命运和前途。当 1978 年中共十一届三中全会发出的对内改革、对外开放的伟大决定传到海外，已经 82 岁的谢易初先生就迫不及待地对家人说：无论如何也要到中国去发展，正大在世界各地做得再好，若对祖国无贡献，我将死不瞑目。他还说：我们回去，一定要把事业搞成功，要多想想怎样对国家、对农民、对消费者都有好处，不要只想赚多少钱回来。1979 年，正大集团在深圳投资成立正大康地（深圳）有限公司，成为中国改革开放后第一家外商投资企业，取得的 0001 号外商投资企业批准证书已载入史册。1979 年到 1983 年，谢易初先生先后三次回到澄海家乡考察、访问，并邀请国营澄海农场和白沙农场的老同事到泰国做客、参观。他十分热心支持家乡的经济建设和社会发展，据澄海区委区政府初步统计，谢易初先生和正大集团在澄海的公益捐资近 2 亿元，先后捐建了小学、中学、医院、体育馆、纪念馆、敬老院等公益项目，还年年资助村里的贫困户，以及在家乡投资兴办实业，发展经济、安置就业。

谢易初先生特别喜爱和接受新鲜事物，不拘泥、不保守，爱探索、爱创新，活到老、学到老、教到老、做到老。1954 年，谢易初先生在任职国营农场副场长期间，以 58 岁的年龄还报名参加了广东省农业厅在广州举办的“米丘林遗传育种训练班”。谢国民先生有一次回忆他父亲的时候说：“我很自豪自己继承了父亲对新鲜事物充满好奇的性格和科学观察事物的能力。”

1980 年，时任全国人大常委会副委员长邓颖超访问泰国。她一到曼谷就提出来要看望谢易初先生，对谢易初先生身在海外、情系祖国的事迹给予高度肯定和赞扬，这是一次难忘的会见。

1996 年，在谢易初先生诞辰一百周年之际，多位国家及省、市领导题词纪念。

这次我们一行对正大集团创始人故乡的参观访问，让我们对正大集团的创始人、正大集团的发展历史、正大集团核心文化的渊源有了更加具体而深刻的认识。作为一家迎来百年华诞的著名跨国企业，毫无疑问，正大文化是贯穿其发展之路的基石和灵魂。让我们坚守正大文化、践行正大文化、弘扬正大文化，在迎接正大集团未来发展的征途中，再次拥抱属于我们的更加美好的光明前景，并以此来报效国家、报效社会、报效人类吧！

最后，让我们再次温习正大集团六条价值观：利国利民利企业，快速优质，化繁为简，接受变革，不断创新，正直诚信。

谢易初先生故居

故事 037

薛增一

汕头市，在中国的南海之滨，与中国台湾岛隔海相望，连同潮州市、揭阳市、汕尾市一起组成了华南独具特色的潮汕文化区，境内韩江（凤凰洲以下分成东溪和西溪，两江分别出海）、榕江、练江三江四水出南海，是中国大陆唯一拥有内海湾的城市。据资料介绍，人类在潮汕这片土地上已有上万年的生活历史。

“汕”，《辞海》里给出的释义是“捕鱼的用具”。

明朝嘉靖年间，在韩江与南海的汇合处，因江流和海潮的作用，沙丘隆起，沙脊向海里伸延，渔民便在沙脊之间设置栅栏捕鱼，捕鱼的栅栏当地就叫作“汕”，因利用和借助伸延到海里的沙脊做“汕”，因此人们就把这里叫作“沙汕”，又因沙脊隆起、突出，人们也把这里叫作“沙汕头”。到了清朝雍正年间，“沙汕头”这一称呼逐渐简化演变成“汕头”了。

汕头，由于得天独厚的濒海优势，自古以来就通衢海外，商业发达。

潮汕人移居海外的活动，史书中最早的记载可能是《隋书》。《汕头市志》上说唐代时期已经有潮汕人抵达暹罗（即今日的泰国）。清朝以来至民国年间，潮汕人下南洋更是高潮迭起，因此造就了汕头成为近代中国最著名的侨乡之一。

在如今汕头市城区的西南部，濒临榕江，有一片汕头市老城区，被统称为汕头市小公园开埠区。小公园开埠区，是1860年汕头开埠，成为全国第三个设海关的口岸以后，逐渐开发建成的汕头市最繁华的商业文化城区，是汕头市的历史文化标志。它以中山纪念亭为中心，呈伞状放射般地分布着以鳞次栉比的骑楼为特色的众多的街巷。据资料介绍，这是当今国内保存最为完整、规模最大的民国时期的骑楼建筑群。其中包括海外华侨出资建造的2000多幢骑楼，占整个老城区各式骑楼的三分之二，是汕头市华侨历史的文化记载，十分珍贵。目前汕头市已经对其立法保护。

在小公园开埠区内、中山纪念亭的西北方向，不远处，有一条东西走向的街巷叫五福路，五福路上有一幢坐北朝南的三层钢筋混凝土骑楼建筑物，现门牌号为五福路3号，这就是谢易初先生在汕头市的故居。

这幢临街的骑楼共有三层，面积228平方米，后面有一个天井和小内院，三楼之上还有一个天台，种了很多花草，是谢易初先生在20世纪30年代购买的，并从乡下把他的母亲接到此处安度晚年。

1951年，谢国民先生被父亲谢易初先生接回中国家乡汕头读书，学习中文和中国文化，就住在这里。

我收藏到一张与五福路谢易初先生故居有关的珍贵老照片，是谢国民先生于1955年在汕头市第二中学读初中期间的某一天，与三哥、三嫂、姑姑、姐姐、堂哥等家中亲戚簇拥着坐在中间的祖母，在五福路家门口的合影留念。

1955 年，**谢国民**（后排左二）**在汕头市第二中学读初中时期与祖母**（坐在中间的长者）、**姑姑谢妙清**（坐在长者右边，是谢易初的小妹妹，卢达民的嗣母）、**三哥谢中民**（后排右二）、**三嫂**（后排右一，谢中民的夫人）、**三姐谢细美**（后排右三）、**七姐谢映雪**（后排左一，张曙晖的母亲）、**堂哥谢新民**（后排左三，谢少白的小儿子、谢灯的叔叔）**等亲戚在五福路家门口合影留念**（照片由正大集团北京总部宣传中心提供）

2021 年 4 月 23 日，汕头地区风和日丽、景致怡人，小公园开埠区更是气象万千、人头攒动，大批游客、市民，携老扶幼，在此游玩、休闲，参观、购物。在陈如民陈老的带领下，我和谢灯先生、张曙晖先生、陈晓群先生，一同来到谢易初先生故居瞻仰，一边听着陈老为我们介绍故居的历史和故事，一边参观、拍照，流连徘徊，久久不愿离去。

2021 年 4 月 23 日，我们一行瞻仰位于汕头市五福路 3 号的谢易初故居，从左到右为谢灯、薛增一、陈如民、张曙晖、陈晓群（照片由薛增一提供）

张曙晖先生是谢易初先生的外孙。在参观五福路谢易初先生故居的过程中，他动情地说，他 1959 年就出生在这幢楼里，直到 1967 年他 8 岁的时候才随家人去广州读书和生活，1973 年又跟家人一起移居香港。这次回来是他 54 年后再一次来到谢易初先生的故居。张曙晖先生心怀感恩地说，1979 年他赴加拿大留学几年就是外祖父谢易初和舅舅谢中民资助的。

谢灯先生是谢易初先生的侄孙，出生于 1963 年。他的祖父谢少白先生是谢易初先生的二弟。谢灯先生介绍说：伯祖父谢易初先生对曾祖母非常孝顺，对家人非常照顾。当年祖父谢少白先生一家也住在五福路的一处房子里。在他两三岁的时候，祖父谢少白先生一家人口渐多，原有的房子小住不下了，曾祖母就让伯祖父谢易初先生给祖父谢少白先生一家另买一套房子。伯祖父谢易初先生遵曾祖母的话，为祖父谢少白先生一家买下了五福路附近的潮安街 53 号楼的 3 楼。谢灯先生回忆说，这套房相当大，有四个大房间、一个大客厅、一个大厨房、一个很长的阳台，中间还有一个天井。他记得 1969 年夏天汕头市区发大水，附近的亲戚街邻大约百人临时居住在他家楼上避水灾，三天后洪水才退下去。很可惜的是，前些年这套老旧的房子因为旧城改造被拆除了，给谢灯先生家补偿了三套楼房。回忆起这段往事，谢灯先生说他至今还十分感怀伯祖父的恩惠！

在谢易初先生的老家，汕头市澄海县外砂乡蓬中村，现汕头市龙湖区外砂街道蓬中村，还保存有一处谢氏祖屋，谢易初先生就出生在这里，并在这里生活直至他 1919 年去泰国发展。依据蓬中村党委书记谢伟忠和谢氏家族谢振孝介绍的情况推算下来，这处谢氏祖屋应该是谢易初的祖父谢宠高这一代先辈建造的，距今有 180 年左右的历史了。

谢易初先生遗著发现记

故事038

薛增一

一、发现谢易初先生遗著的线索

2021年5月，我读陈如民先生赠送的一本书《谢易初先生诞辰一百周年纪念特辑》，从书中得到一个线索，即20世纪50年代汕头市澄海县白沙农场出版过一套《谢易初论果蔬栽培》（上、下），真是喜出望外，我急切地想为我们正在筹备中的正大集团博物馆收藏到这套书。

2021年是正大集团成立一百周年，如果我们能在正大集团百年华诞之际，收藏到正大集团创始人谢易初先生的这套珍贵的论果蔬栽培的科研成果遗著，作为正大集团博物馆的馆藏珍品，那该多么有意义呀！

于是，我首先尝试着在网上搜索、寻找，但很遗憾没有找到。接着，我想到请澄海区委统战部帮忙看在澄海当地能否找到。我在网上查阅到现任汕头市澄海区委统战部部长为林典发先生，并查阅到澄海区委统战部的通信地址，便冒昧地给素昧平生的林部长写了一封求助信，于 6 月 4 日发出了，并报告了我的直接领导谢毅先生，得到他的赞同。

二、大喜过望地接到一个好消息

7 月 9 日傍晚，我接到一个陌生的电话，显示是从汕头打来的。我接听后得知，对方是林典发部长。他首先告知了一个令我大喜过望的好消息——谢易初先生的遗著找到了，而且收藏人就是谢易初先生 20 世纪五六十年代担任澄海白沙农场副场长时场部的一位青年技术人员陈之佳女士。如今陈老师已经 81 周岁了，她听说正大博物馆想收藏这套书，十分高兴地表示愿意无偿捐赠给正大集团博物馆。

接着，林部长说他之所以收到我的信后一个多月才给我回电话，是因为他认为这件事很有意义，便安排了统战部的同志们多方打听和寻找谢易初先生的这套遗著，终于在近日找到。而且林部长给我打电话的当日上午还亲自登门拜访了收藏人，确认了谢易初先生的这套遗著以及收藏人陈之佳女士愿意无偿捐赠的事实无误后，才打电话给我。林部长务实认真的工作态度和朴实真切的亲民作风，着实令我十分感动。

挂了电话后，我难掩激动的心情，立即打电话给谢毅先生报告了这个喜讯，谢总亦十分高兴。

随后几天，我一方面向李闻海先生报告这个喜讯，一方面与林部长联系，商量接下来有关捐赠活动的相关安排。捐赠仪式的筹备工作在澄海区委统战部和正大集团北京总部董事长办公室同时推进着。我执笔起草，请同事殷儒设计、李栩源制作，三人合作为陈之佳女士准备了一个十分精美的“捐赠证书”，同时我还分别起草了致陈之佳女士和澄海区委统战部的感谢信，并将三份文件均呈请谢毅先生和李闻海先生审阅同意。

捐赠证书

DONATION CERTIFICATE

尊敬的陈之佳女士：

惠赠佳籍谢易初先生遗著资料《早花椰菜栽培浅说》（蔬菜刊物第一号，1955年6月15日初版）；《椰菜栽培浅说》（蔬菜刊物第二号，1955年6月22日初版）；《早萝卜栽培浅说》（蔬菜刊物第四号，1955年6月22日初版）；《晚萝卜栽培浅说》（蔬菜刊物第五号，1955年6月22日初版）；《澄海农场花椰菜栽培介绍》（蔬菜资料一，1958年6月4日）；《澄海农场椰菜栽培介绍》（蔬菜资料二，1958年6月4日）；《澄海农场萝卜栽培介绍》（蔬菜资料三，1958年6月4日）；《澄海农场包心芥菜栽培介绍》（蔬菜资料四，1958年6月4日）；《冬熟西瓜栽培经验介绍》（草稿2本）已为正大博物馆珍藏。您的襄赞是正大博物馆最珍贵的馆藏资源，是对爱国爱乡的著名澄海籍侨领和正大集团创始人谢易初先生最好的纪念，泽被观者、惠及后人。对您的悉心收藏和捐赠善举，我们表示衷心的感谢！

特发此证，以志纪念。

正大集团北京总部董事长办公室

二〇二一年七月十二日

我们为陈之佳准备的“捐赠证书”（待盖章版）（照片由正大集团北京总部董事长办公室提供）

三、捐赠仪式

7 月 28 日 9 时，我们一行由正大集团副总裁李闻海带队，如约来到澄海区党政大楼十一楼会议厅，出席了此次十分有意义的捐赠活动。

出席捐赠仪式、见证捐赠的澄海区委、区政府领导有：澄海区委副书记佘辉滨，澄海区委常委、统战部部长林典发，澄海区委统战部副部长、区工商联党组书记陈派光，澄海区委统战部副部长、侨务局局长杜式韩，澄海区委农办常务副主任、乡村振兴局常务副局长陈沛秋，澄海区侨联副主席王小坚等。

佘辉滨副书记在致辞。左起：陈之佳、佘辉滨、林典发、陈派光（照片由薛增一提供）

出席捐赠仪式的正大集团方有：正大集团副总裁、正大集团卜蜂莲花执行董事长李闻海，正大集团农牧食品企业中国区副董事长薛增一，正大集团海外首席资金营运官、谢易初先生的侄孙谢灯，正大集团北京总部市场部资深总裁、谢易初先生的外孙张曙晖，正大集团华南区办公室秘书李小锋，正大集团北京总部董事长办公室外事经理李栩源。

李闻海副总裁在致辞。左起：李小锋、谢灯、李闻海、薛增一（照片由薛增一提供）

捐赠仪式由林典发部长主持。81 周岁的陈之佳女士亲自来到捐赠仪式现场，将她悉心收藏的十本谢易初先生的遗著（极有可能是仅存的孤本），在澄海区委、区政府相关领导的见证下，无偿而郑重地捐赠给了我们。李闻海先生代表正大集团接收了陈之佳女士的捐赠，并向陈之佳女士颁授“捐赠证书”。我宣读了致陈之佳女士和澄海区委统战部的感谢信。

陈之佳女士和澄海区委副书记佘辉滨、正大集团副总裁李闻海分别致辞。之后，出席仪式的全体人员进行了座谈交流。

陈之佳手持捐赠证书，与佘辉滨（左一）、李闻海（左二）、林典发（右一）、薛增一（右二）合影留念（照片由澄海区委统战部陈镇锋拍摄）

陈之佳致辞（照片由薛增一提供）

四、捐赠背后的感人故事

首先是陈之佳女士悉心收藏谢易初先生遗著的故事。

陈之佳，1940年出生于汕头市区，1960年从华南农业大学园艺专业毕业后，由国家统一分配来到澄海国营白沙农场，跟随场长林派捷、副场长谢易初从事蔬菜的选种育种技术工作。

1963年，白沙农场按照国家农业部的安排，接收了一批来自古巴的留学生在农场学习蔬菜种植技术，由陈之佳等技术干部为他们上课。当时没有培训教材，开会讨论的时候，林派捷场长就把1955年和1958年分别出版的谢易初的这套著作《谢易初论果蔬栽

林派捷（前排右三）、陈之佳（前排左一）1963年与古巴留学生在白沙农场合影留念（照片由林戈、林戟提供）

培》共十个单行本交给了陈之佳，让她以此作为培训教材，或在此基础上再增补培训教材。从此这十本书就一直保存在陈之佳处。陈之佳说，这十本论果蔬栽培的著作，是当年谢易初口述、研究员王浩真执笔整理的，古巴学生在白沙农场一共学习了 25 种蔬菜品种的种植技术，其中有 10 种蔬菜品种是谢易初培育的，由他们带回古巴栽培、推广。

王浩真，1903 年出生于澄海县，1984 年辞世，泰国归国华侨。他 1933 年毕业于南京金陵大学园艺系，是国内著名的柑桔专家。1957 年任广东省农业科学院柑桔研究所副所长、副研究员，曾在澄海白沙农场驻点工作，指导农场的农业科研工作。

林派捷先生、谢易初先生、王浩真先生是当时潮汕地区农科战线的三位领军人物，他们既是行业领导、农业专家，又是同乡，也同为归国华侨。三人经常一起工作，情深义厚，探讨科研，成绩斐然，为潮汕地区农业经济发展和农业科研工作取得的成就，均作出了不可磨灭的贡献。为了总结、记录和推广谢易初先生果蔬育种和栽培的科研成果，林派捷场长组织了由谢易初副场长口述、王浩真研究员执笔整理的《谢易初论果蔬栽培》系列单行本的编写和出版工作，为后人留下了极其珍贵的文献资料。

“文化大革命”开始的时候，陈之佳女士和同在白沙农场工作的丈夫、高级畜牧师唐述尧先生（亦为归国华侨）受到冲击，陈之佳女士将她的毕业证书连同谢易初先生的著作等重要资料包裹好交给了家在汕头市区的父母亲保管，谢易初先生的珍贵遗著才因此得以保留了下来。

右起：《谢易初论果蔬栽培》的组织者林派捷、口述者谢易初、整理者王浩真。此照片为三人在白沙农场林派捷、谢易初宿舍前观赏和探讨“秋菊夏开”品种时合影。画面中右侧的平房是当时白沙农场的场部办公室；左侧的平房是林派捷和谢易初的宿舍，一共三小间，两人各住一间，中间为堂屋，白沙农场人俗称“三间仔”；中间及后面带走廊的平房是当年接待古巴留学生的宿舍、餐厅和教室。由于当年创办农场时条件艰苦，房屋建造得比较简陋，年久失修，“三间仔”已于2006年拆除，原址现为“汕头市白沙蔬菜原种研究所”小型停车场；场部办公室也拆除了，在原址上新建了“汕头市白沙蔬菜原种研究所”的办公和科研大楼；只有接待古巴留学生的房屋保留了下来。本张照片大约拍摄于1964年，这一年，谢易初68岁，林派捷50岁，王浩真61岁（照片由林戈、林戟提供）

令人感怀的是，据澄海文史资料第十五辑介绍，在1988年澄海县纪念谢易初先生诞辰92周年的时候，他的生前挚友林派捷曾想方设法到处寻找谢易初的这套遗作，打算开一个纪念谢易初的学术研讨会，以对谢易初的科技思想、学术观念、理论框架和科学方法等有一个比较全面的认识，让后人从中获得教益，促进农业生产。然而他始终没有找寻到，这也成为林派捷生前的一个遗憾。

在座谈的时候，当我把林派捷先生的这个遗憾告知陈之佳女士的时候，她感叹地说："林场长没有告诉我啊，他没有想起来我这里有，（当年）我的工作（为古巴学生准备培训教材）是他安排的。"

然而，正如古诗"山重水复疑无路，柳暗花明又一村"所云，在1996年谢易初先生诞辰100周年之际，政协澄海市委员会发起了纪念谢易初先生的活动。在征集相关文史资料的时候，陈之佳女士获悉，便主动打电话给澄海市政协文史委员会副主任陈训先，把她所珍藏的谢易初先生的这套十分珍贵的遗著，交由澄海市政协，作为重要的文史资料，以《谢易初论果蔬栽培》为标题收录在由政协广东省澄海市委员会编、广东人民出版社出版的《谢易初先生诞辰一百周年纪念特辑》中，重新展现在热爱谢易初先生的读者眼前。这部书稿的重刊，对研究谢易初先生的生平及其贡献，无疑具有十分重要而珍贵的意义。

其次是这次林典发部长帮助我们找寻这套谢易初先生遗著的故事。

林典发，1978年出生于汕头市金平区，毕业于韩山师范学

陈之佳悉心收藏的谢易初先生遗著（第一类，共四个单行本，1955年6月15日和22日出版）（照片由薛增一拍摄）

《澄海农场花椰菜栽培介绍》(蔬菜资料一，1958 年 6 月 4 日)，收录了“澄海农场早花椰菜”“中生花椰菜”两篇。

《澄海农场椰菜栽培介绍》(蔬菜资料二，1958 年 6 月 4 日)，收录了“澄海农场早椰菜”“澄海农场中生椰菜”两篇。

《澄海农场萝卜栽培介绍》(蔬菜资料三，1958 年 6 月 4 日)，收录了“澄海农场早萝卜”“澄海农场晚萝卜”两篇。

《澄海农场包心芥菜栽培介绍》(蔬菜资料四，1958 年 6 月 4 日)，收录了“澄海农场鸡心大菜”(早生包心芥菜)、“澄海农场赤叶哥莉大菜”(晚生包心芥菜)两篇。

第三类，是两册相同的单行本，书中收录了谢易初先生的果蔬科研成果一篇，即“冬熟西瓜栽培经验介绍(草稿)”。这篇由谢易初先生口述、王浩真研究员执笔整理的《冬熟西瓜栽培经验介绍》，全文还以“西瓜冬熟栽培经验介绍”为题，刊载在 1959 年 6 月 16 日出版的农业部主办的《中国果树》杂志 1959 年第 3 期上。这本珍贵的杂志是我于 2021 年 7 月请同事张丁辰在网上淘买到的。文中说：“广东汕头市郊澄海白沙农场冬熟西瓜，品质优良。1958 年冬，曾得到国家领导的好评，引起各地生产部门的重视。在同一时期内，有十二个省份向该场要求供应种子，大大提高了今后冬熟西瓜的生产意义和经济作用。特介绍其栽培经验，以供参考。澄海白沙农场冬熟西瓜，是由谢易初先生用授粉杂交培育得来的优良品种。”

陈之佳悉心收藏的谢易初先生遗著（第二类，共四个单行本，1958 年 6 月 4 日出版）（照片由薛增一拍摄）

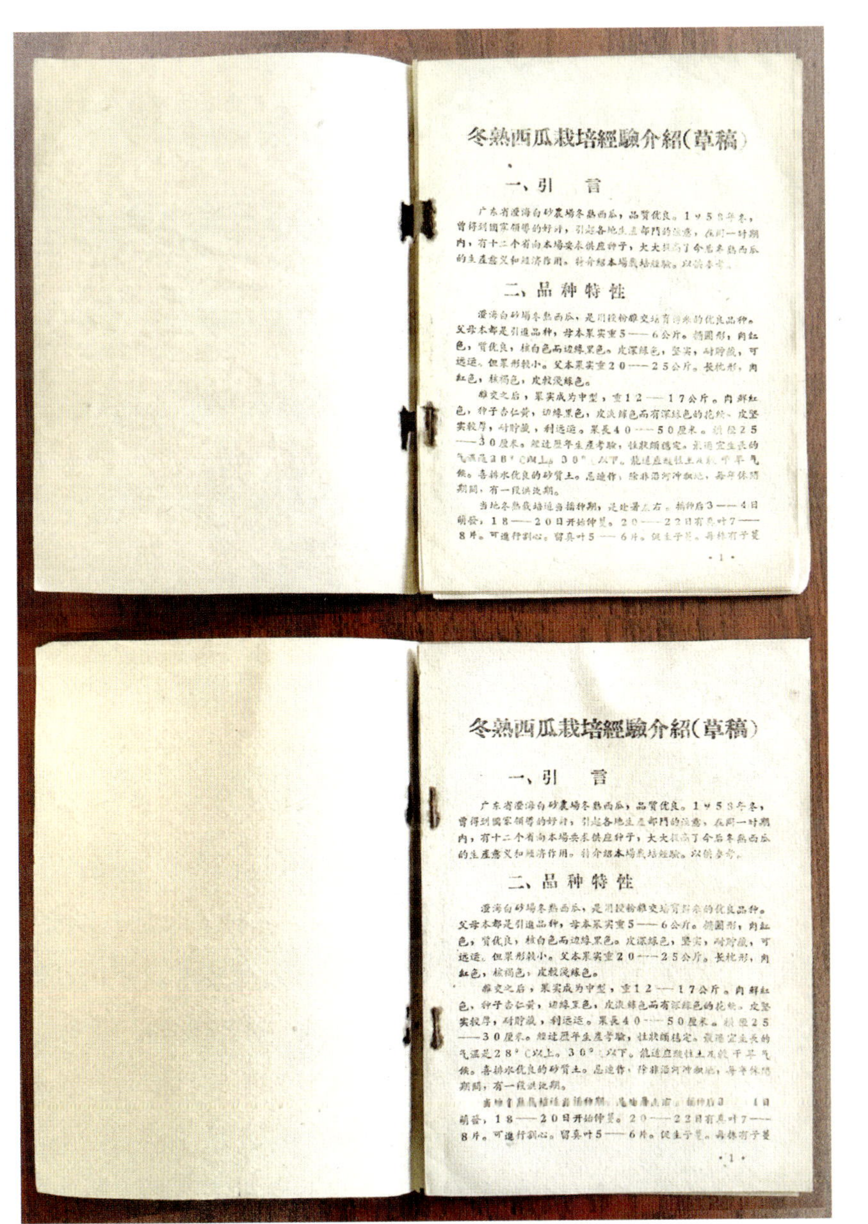

冬熟西瓜栽培經驗介紹(草稿)

一、引　言

广东省澄海白砂農場冬熟西瓜，品質优良。1953年冬，曾得到國家領導的好評，引起各地生產部門的注意，在同一时期內，有十二个省向本場要求供应种子，大大提高了今后冬熟西瓜的生產意义和經济作用。特介紹本場栽培經驗，以供參考。

二、品 种 特 性

澄海白砂場冬熟西瓜，是用授粉雜交培育出来的优良品种。父母本都是引進品种，母本果实重5——6公斤。橢圓形，肉紅色，質优良，核白色而边缘黑色。皮深綠色，堅实，耐貯藏，可远运。但果形較小。父本果实重20——25公斤。長枕形，肉紅色，核褐色，皮較淺綠色。

雜交之后，果实成为中型，重12——17公斤。肉鮮紅色，种子杏仁黄，边缘黑色，皮淡綠色而有深綠色的花紋。皮堅实較厚，耐貯藏，利远运。果長40——50厘米。横徑25——30厘米。經过歷年生產考驗，性狀頗穩定。最適宜生長的气溫是28°C以上。30°C以下。能適應酸性土及較干旱气候。喜排水优良的砂質土。忌連作，除非沿河冲积地，每年休閑期間，有一段洪泛期。

当地冬熟栽培适当播种期，是处暑左右。播种后3——4日萌芽，18——20日开始伸蔓。20——22日有真叶7——8片。可進行割心。留真叶5——6片。促生子蔓。再株有子蔓

·1·

冬熟西瓜栽培經驗介紹(草稿)

一、引　言

广东省澄海白砂農場冬熟西瓜，品質优良。1953年冬，曾得到國家領導的好評，引起各地生產部門的注意，在同一时期內，有十二个省向本場要求供应种子，大大提高了今后冬熟西瓜的生產意义和經济作用。特介紹本場栽培經驗，以供參考。

二、品 种 特 性

澄海白砂場冬熟西瓜，是用授粉雜交培育出来的优良品种。父母本都是引進品种，母本果实重5——6公斤。橢圓形，肉紅色，質优良，核白色而边缘黑色。皮深綠色，堅实，耐貯藏，可远运。但果形較小。父本果实重20——25公斤。長枕形，肉紅色，核褐色，皮較淺綠色。

雜交之后，果实成为中型，重12——17公斤。肉鮮紅色，种子杏仁黄，边缘黑色，皮淡綠色而有深綠色的花紋。皮堅实較厚，耐貯藏，利远运。果長40——50厘米。横徑25——30厘米。經过歷年生產考驗，性狀頗穩定。最適宜生長的气溫是28°C以上。30°C以下。能適應酸性土及較干旱气候。喜排水优良的砂質土。忌連作，除非沿河冲积地，每年休閑期間，有一段洪泛期。

当地冬熟栽培适当播种期，是处暑左右。播种后3——4日萌芽，18——20日开始伸蔓。20——22日有真叶7——8片。可進行割心。留真叶5——6片。促生子蔓。再株有子蔓

·1·

陈之佳悉心收藏的谢易初先生遗著（第三类，共两个相同的单行本，未标注出版日期，估计在1958年或1959年）（照片由薛增一拍摄）

·30· 中国果树

西瓜冬熟栽培經驗介紹

华南农业科学研究所 王浩真

一、引言

广东汕头市郊澄海白砂农场冬熟西瓜，品质优良。1958年冬，曾得到国家领导的好评，引起各地生产部门的注意。在同一时期内，有12个省份向该场要求供应种子，大大提高了今后冬熟西瓜的生产意义和经济作用。特介绍其栽培经验，以供参考。

二、品种特性

澄海白砂农场冬熟西瓜，是由谢易初先生用授粉杂交培育得来的优良品种。父母本都是引进品种，母本重5—6公斤，皮深绿色、坚实，贮藏运输力强，但果形较小，肉红色，质优良，核白色而边缘黑色。父本果实重20—25公斤，长椭形，种子酱黑色。杂交之后，果实成为中型，重12—17公斤，皮淡绿色而有深绿色花纹，肉鲜红色，种子杏仁黄，边缘黑色。皮层实较厚，耐贮藏，利运输。果长40至50厘米，横径25—30厘米，经过历年生产考验，性状固定。最适宜生长的气温是25°C以上，30°C以下。能适应酸性土及较干旱气候，喜排水优良的砂质土。忌连作，除非沿河冲积地，每年休闲期间有一段洪泛期。

三、栽培技术

1.园地选择及整理

澄海白砂农场，是韩江支流入海附近的海滨冲积地。成片数千亩都是砂质土及砂质壤土。土层深厚，未见有咸格。质地疏松，渗透性强，含气量大，有利于西瓜根系的发育生长，加强了根系的吸收能量，充分供应了蔓叶果实所需要的养分和水分。同样品种，在这里栽培的西瓜，其品质较粘性壤土园地所产的更为优良，特点是清甜爽脆，多汁无渣。

2.种子处理及播种

刊载于《中国果树》杂志1959年第3期，由林派捷组织、谢易初口述、王浩真整理的《西瓜冬熟栽培经验介绍》一文中特别说明“澄海白沙农场冬熟西瓜，是由谢易初先生用授粉杂交培育得来的优良品种”（照片由薛增一拍摄）

在谢易初先生的这十本著述中，对不同品种的果蔬，从概况、品种来历、特性形状、播种期、栽培季节、栽培技术、栽培过程与经验、园地选择及整理、种子措理及播种、苗期管理、施肥、灌溉、中耕、留果、留种、病虫害防治、收获等不同方面进行了科学的论述，对成功经验进行了科学的总结和介绍，是谢易初先生重要的园艺研究科技成果，也是谢易初先生多年从事蔬菜种子事业科研的心血结晶。

《谢易初先生诞辰一百周年纪念特辑》的编者按说：“《谢易初

论果蔬栽培》(上、下)，是谢易初先生50年代的重要科研成果。当年由谢易初先生口述，广东省农科院王浩真教授执笔整理，并以澄海县示范农场编印的名义于1955年6月15日出版，汕头新华印刷厂承印。它对普及提高潮汕各县农科部门的科研水平及帮助农民提高耕作水平，有着重要的作用。《谢易初论果蔬栽培》印行后，历经‘文革’洗劫，几成孤本。现重新刊印的是由县农场高级畜牧师唐述尧夫人陈之佳女士所珍藏，经陈训先同志校订。我们从书中可以看出谢易初先生的科研水平及其实现绿色革命的超前意识。本书稿的重刊，对研究谢易初先生的生平及其贡献，具有深邃的意义。”

十分有意义的是，在正大集团百年华诞之际，经过澄海区委统战部的鼎力帮助，由于陈之佳女士的悉心收藏和无私捐赠，正大集团创始人谢易初先生的这十册珍贵的蔬果育种栽培科研成果遗著，终归正大博物馆所收藏，成为百年正大一份珍贵的信史礼物，成为正大集团博物馆的“镇馆之宝”，这是何等的幸事啊！我们正大集团博物馆工作团队中的泰国主要执行人K.Jane，K.Chin，K.Corm和中国主要执行人Mr.James，Mr.Garry等获悉这一消息后，都无比振奋和高兴。衷心感谢陈之佳女士！衷心感谢林典发部长和澄海区委统战部的各位领导及同志们！

附文：

1. 薛增一先生《致汕头市澄海区委常委、统战部部长林典发先生的信》

2. 正大集团致陈之佳女士的“捐赠证书”

3. 正大集团《致陈之佳女士的感谢信》

4. 正大集团《致汕头市澄海区委统战部的感谢信》

5. 陈之佳女士文《谢易初先生育成的名优蔬菜在社会中的效益》

附文 1 薛增一先生《致汕头市澄海区委常委、统战部部长林典发先生的信》

尊敬的林典发部长：

您好。我是正大集团北京总部的薛增一，现任正大集团农牧食品企业中国区副董事长。

2019 年 4 月我们曾去澄海访问，得到区委区政府的热情接待，至今令我难忘而心存感激。希望林部长及各位领导来北京的时候不忘联系我，真诚地邀请林部长和各位领导来正大集团北京总部做客。

最近我读到一本书，是政协广东省澄海市委员会 1996 年编的《谢易初先生诞辰一百周年纪念特辑》，很是珍贵。这本书的最后一部分收录了《谢易初论果蔬栽培》(上、下)。编者按说：

“《谢易初论果蔬栽培》(上、下)，是谢易初先生 50 年代的重要科研成果。当年由谢易初先生口述，广东省农科院王浩真教授执笔整理，并以澄海县示范农场编印的名义于 1955 年 6 月 15 日出版，汕头新华印刷厂承印。它对普及提高潮汕各县农科部门的科研水平及帮助农民提高耕作水平，有着重要的作用。《谢易初论果蔬栽培》印行后，历经‘文革’洗劫，几成孤本。现重新刊印的是由县农场高级畜牧师唐述尧夫人陈之佳女士所珍藏，经陈训先同志校订。我们从书中可以看出谢易初先生的科研水平及其实现绿色革命的超前意识。本书稿的重刊，对研究谢易初先生的生平及其贡献，具有深邃的意义。”

今来信有一事向您汇报，目前正大集团北京总部正在筹备建立正大博物馆，以收集和展示正大集团的发展史和企业文化等。因此，特向您请求，能否请您帮忙找寻到1955年出版的这本书的原书，我们可以收购。谢易初先生是正大集团的创始人，是爱国爱乡的澄海籍著名侨领，新中国成立后十余年在澄海任县侨联主席、澄海白沙农场副场长兼技术员等，为国家做出了突出贡献。这本书如能作为正大博物馆收藏的珍贵历史资料，来纪念谢易初先生，我们将倍感荣幸。

不情之请，还望您海涵。

敬致

安康，顺利！

正大集团北京总部薛增一

2021年6月4日星期五

附文2 正大集团致陈之佳女士的“捐赠证书”

尊敬的陈之佳女士：

惠赠佳籍谢易初先生遗著资料《早花椰菜栽培浅说》（蔬菜刊物第一号，1955年6月15日初版）；《椰菜栽培浅说》（蔬菜刊物第二号，1955年6月22日初版）；《早萝卜栽培浅说》（蔬菜刊物第四号，1955年6月22日初版）；《晚萝卜栽培浅说》（蔬菜刊物第五号，1955年6月22日初版）；《澄海农场花椰菜栽培介绍》（蔬菜资料一，1958年6月4日）；《澄海农场椰菜栽培介绍》（蔬菜资料二，1958年6月4日）；《澄海农场萝卜栽培介绍》（蔬菜资料三，1958年6月4日）；《澄海农场包心芥菜栽培介绍》（蔬菜资料四，1958年6月4日）；《冬熟西瓜栽培经验介绍》（草稿2本）已为正大博物馆珍藏。您的襄赞是正大博物馆最珍贵的馆藏资源，是对爱国爱乡的著名澄海籍侨领和正大集团创始人谢易初先生最好的纪念，泽被观者、惠及后人。对您的悉心收藏和捐赠善举，我们表示衷心的感谢！

特发此证，以志纪念。

正大集团北京总部董事长办公室

二〇二一年七月十二日

（附文2系薛增一所拟）

附文3　正大集团《致陈之佳女士的感谢信》

尊敬的陈之佳女士：

您好。

我们欣悉您曾经在澄海白沙农场与谢易初先生是同事，并悉心收藏了谢易初先生的部分遗著。

目前正大集团北京总部正在筹备建立正大博物馆，以收集和展示正大集团的发展史和企业文化等。谢易初先生是正大集团的创始人，是爱国爱乡的澄海籍著名侨领，新中国成立后十余年在澄海任县侨联主席、澄海白沙农场副场长兼技术员等，为国家做出了突出贡献。

您收藏的谢易初先生的部分遗著，是十分珍贵的历史资料，我们通过汕头市澄海区委统战部得知您愿意无偿捐赠给正大博物馆，作为馆藏品永久珍藏，我们感到十分荣幸，这是对谢易初先生最好的纪念。

为此，我们专门为您制作了《捐赠证书》，并致此感谢信，对您悉心收藏和无私捐赠谢易初先生部分遗著表示最诚挚的敬意和感谢！

我们衷心地祝愿您身体健康，万事如意，福如东海，寿比南山！

敬致

吉祥，安康！

正大集团北京总部董事长办公室

二〇二一年七月十二日

（附文3系薛增一所拟）

附文 4　正大集团《致汕头市澄海区委统战部的感谢信》

汕头市澄海区委统战部：

尊敬的林典发部长及各位领导、各位同志，你们好。

我们通过政协广东省澄海市委员会 1996 年编的《谢易初先生诞辰一百周年纪念特辑》，获悉澄海籍著名爱国侨领、正大集团创始人谢易初先生 50 年代任国营澄海示范农场副场长时的著作《谢易初论果蔬栽培》的信息。目前正大集团北京总部正在筹备正大博物馆，以收集和展示正大集团的发展史和企业文化等。因此，6 月 4 日我们致函林典发部长，希望得到澄海区委统战部的大力帮助，寻找到这些珍贵的谢易初先生遗著，作为正大博物馆的馆藏珍品。

7 月 9 日，我们十分高兴地接到了林部长的电话，说经过统战部各位领导和同志们多方、悉心地寻找，终于找到了这些著作，令人振奋！而且收藏人陈之佳女士愿意将她悉心收藏了多年的谢易初先生遗著无偿捐赠给正大集团，愈令我们由衷的敬佩！

今来信，特向汕头市澄海区委统战部，向林典发部长，向各位领导和同志们，表示最诚挚的敬意和感谢！祝愿大家吉祥安康、工作顺利、阖家幸福、万事如意！

又，致陈之佳女士的感谢信和捐赠证书我们将在区委统战部的安排下专程送达，亦请知悉。

敬致

政安！

正大集团北京总部董事长办公室

二〇二一年七月二十日

（附文 4 系薛增一所拟）

附文5 陈之佳女士文《谢易初先生育成的名优蔬菜在社会中的效益》

谢易初先生育成的名优蔬菜在社会中的效益

一、谢易初先生是当年的白沙农场副场长、技术员，他先后培育16个名优蔬菜品种，在我国南北各地大面积种植，为我国蔬菜生产、选育种作出了重大贡献。他育成的品种总共16个。

1. 萝卜7个品种（火车早萝卜1号、火车早萝卜2号、马耳早萝卜、交配早萝卜、慢春晚萝卜、南畔洲晚萝卜、梅花春晚萝卜）。

2. 芥菜2个品种（鸡心早芥菜、赤叶哥莉晚芥菜）。

3. 花椰菜3个品种（早花椰菜6号、早花椰菜11号、中花椰菜）。

4. 椰菜2个品种（早椰菜、中生椰菜）。

5. 西瓜2个品种（澄育西瓜、澄选西瓜即CHARLESTON GRAY）。

这些品种，经多地区种植、推广、确认，已成为蔬菜业中的重要品种，为蔬菜业的发展，作出了贡献。

二、谢易初先生16个名优蔬菜的社会效益。

1. 萝卜类中的火车早萝卜、马耳萝卜、慢春晚萝卜三个品种，在我国推广面积，达半个中国之广，时间约半个世纪，今天仍在生产之中，为社会创造了无法计算的效益。

2. 晚芥菜在我国南方，仍有大面积种植。

3. 花椰菜、椰菜，多个品种20世纪50—90年代，是同类品种中的重要品种。

4. 澄选西瓜（CHARLESTON GRAY）由于其品质特优，折光含糖量11%，为西瓜之最。因此是选配代种一代西瓜的重要亲本之一。

三、为培育下一代农业科技人员作出贡献。

1. 华南农业大学1953届、1954届学生，在老师带领下来白沙农场（前身冠山农场）实习，由谢易初先生亲自讲课，并指导田间选育工作。

2. 20世纪70年代后期，华南农业大学的学生，先后三次再来白沙农场实习，学习蔬菜选育种工作，以及有关理论课，每次学习时间约一月之久，在所学品种之中，约有一半为谢易初先生所培育的名优品种。

四、为培训古巴农业科技人员作出贡献。

1963年，白沙农场受中央农业部委托，培训一批古巴农业实习生。经多方面调查，白沙农场由于气候条件与古巴相同，同时又具备蔬菜选种技术和相关科技人员。

具体要求：

1. 学习名优蔬菜栽培、选育种、留种技术和有关的理论课。

2. 学习时间8个月，从4月至11月。

3. 任教老师必具有理论和实践经验，要求本科以上学历。

4. 入选品种共25个，其中10个为谢易初先生所培育，占40%，而且都是重点品种。

虽然谢易初先生没有直接上讲台讲课，但40%品种为他育成，因此立了不朽功勋。

任务完成之后，由林派捷场长护送这批学生到北京向中央农业部汇报，受到当年农业部部长的接见和表扬，然后返回古巴，将所学到的名优蔬菜，带到古巴开花结果，为古巴蔬菜业作出了直接和间接的贡献。

陈之佳

2021年8月6日

（本文刊于《汕头日报》）

谢国民名字的来历

故事 039

薛增一

谢国民先生的中文名字，源自他父亲的爱国情怀。

1939 年，谢国民先生出生于泰国，他的父亲谢易初先生为他起了谢国民这个中文名字。

谢易初先生身居海外，心怀祖国，他为出生在泰国的四个儿子按照“正大中国”的顺序起名，分别叫谢正民、谢大民、谢中民、谢国民，深切地寄托着他的悠悠赤子情、拳拳报国心。

“正大中国”四兄弟长大后，继承和发展壮大了父亲谢易初先生开创的事业，使正大集团从一家“正大庄种籽行”成长为世界知名的跨国企业集团，享誉全球。

更重要的是，“正大中国”四兄弟传承和发扬光大了父亲谢易初先生爱国爱乡的光荣传统。1979 年，在中国改革开放的第一时间，正大集团就来到深圳，创办了改革开放后的第一家外商投资企业——正大康地（深圳）有限公司。40 多年来，正大集团为中国的改革开放和经济社会发展作出了历史性贡献，被国人称颂。正大集团在中国大陆家喻户晓、妇孺皆知。目前（2020 年），正大集团在中国有 600 多家公司、9 万名员工，年营业额达到 1500 亿元。

谢国民先生传承和总结了源自父亲谢易初先生的“利国利民利企业”的三利原则，把它作为正大集团的经营哲学和企业宗旨。谢国民先生信念坚定、始终如一地把国家的利益、人民的利益放在企业利益的前面，这是谢国民先生的博大智慧和高尚情操，体现了作为一名世界级商业领袖的社会责任和使命担当。我作为正大集团资深副董事长谢毅先生的主要助手之一，常常随同谢毅先生参加谢国民先生主持或出席的会议、活动，每每见证当遇到某一项目或事务，在企业利益与国家利益、民众利益不那么相一致的时候，谢国民先生都毫不犹豫地指示把国家利益、民众利益放在第一位。他表里如一、言行一致的风范，很是令我感动和钦佩。

谢国民，为国为民，真是名副其实。

谢国民先生的泰文名字，源自一位泰国移民局官员的美好祝愿。

谢国民先生出生的时候，他父亲给他起了中文名字，并没有起泰语姓名。

中华人民共和国成立初期，由于当时的泰国政府受美国影响，泰国对华关系趋紧，一是限制中国民众移民泰国，二是要求在泰国出生的华人后代必须起一个泰语姓名，护照上不能再用中文姓名。

1950 年，谢国民先生在父亲谢易初先生的安排下从泰国回到中国，先后在汕头、广州、香港读书。1957 年，他 18 岁的时候在香港高中毕业后返回泰国。由于他的泰国护照上只有中文姓名，没有泰语姓名，在入境泰国海关办理入关手续时，一位泰国移民局的官员见他的护照上还是中文姓名，就当即给他起了 Dhanin（音似：他宁）这个泰语名。

谢国民先生当时并不确切地了解这个词的含义，但听起来觉得这个词不错，后来就一直用这个名字。

他的泰语姓是 Chearavanont（音似：佳拉瓦农）。跟谢国民先生一样，这是他的三哥谢中民先生从中国返回泰国在海关办理入境手续时，临机起的泰语的家族姓。他就随着三哥用了这个泰语的家族姓。

所以他的泰语姓名就是：Dhanin Chearavanont（音似：他宁·佳拉瓦农）。

我请教了泰国同事李晖先生和李栩源先生，他们查阅了泰文词典后告诉我，谢国民先生的泰语名字 Dhanin 的含义是财富的意思，而家族姓氏 Chearavanont 的泰语含义是欢乐喜悦的谢氏家族。

可见谢国民先生的泰语姓名是非常吉祥的。正大集团的成功，见证了谢国民先生泰语姓名的含义早已变成了事实。

谢国民先生的泰语姓名 Dhanin Chearavanont，即“拥有财富并欢乐喜悦的谢氏家族”，真是实至名归。

少年谢国民

故事 040

黄忠义

1953年2月初，汕头市联合小学三年级甲班几十位天真活泼的小朋友，在他们终生难忘的恩师陈诗馥老师的带领下，迎来了他们永以为荣的新同学——谢国民。

可能是宗亲感情的原因，谢国民的父亲谢易初先生舍近求远，给他转学到谢厝祠——当时的一所私立学校汕头市联合小学读书。

陈诗馥老师是一位有口皆碑的优秀教师。

优秀的教师培养了一批优秀的学生，谢国民就是其中的佼佼者。少年谢国民刚踏进教室，就受到老师和同学们的热烈欢迎。面对一点也不熟悉的师友，谢国民感到陌生，有点腼腆。但他毕竟出身书香门第，交际能力和亲和力都很强，没有几天，就和周围几个小同学成了好朋友。在老师的鼓励下，他还走上讲台为同学们讲泰国的民间故事，生动的故事配上恰当的动作，把同学们逗得哈哈大笑。由于谢国民上学后的良好表现，不到一个月，他就加入了少先队，不久又被推选为中队长。

俗话说，学生是一张白纸，老师可以在上面画上美丽的图案。而多少年后，世界涌现出一位知名企业家——谢国民，他的成长，离不开陈老师的精心培养，离不开联合小学良好的基础教育。

勤奋读书 勇于探索

开学以后，谢国民在学习上遇到了很大的困难。他中文基础差，连很基础的汉字也不懂。面对这样的困难，谢国民没有气馁，他想，父亲送我回国读书，就是要我学习中华民族的传统文化。“我是中国人，更要学好中文”，谢国民在老师的指导下，买来潮汕字典，借来小学一、二年级的语文课本，废寝忘食地学习，终于在一学期内，中文基础赶上了全班同学的水平。

小学阶段的小朋友，大多数不会克制自己，学习时经常受到外界影响，三心二意，巴不得立即到外面活动。谢国民与众不同，他上课专心听讲，课余时间动静得当，活动时尽情玩乐，学习时专心致志，绝不受外界影响，这就能够达到事半功倍的效果。

为了培养同学们相互帮助的集体主义精神，陈老师把全班同学分成几个学习小组，到住房比较宽敞并且有电灯的同学家里学习，谢国民家里也被安排了一个小组。每晚学习，谢国民作为组长，他把各科的题目分发给组员，让大家事先准备，然后由同学轮流将自己已经准备好的题目进行分析、讲解、背诵，其他同学边听边记。同学们觉得用这样的方法很容易记忆，学习的兴趣也进一步提高。

每天早晨，谢国民叫醒同睡的伙伴，开始早读。他告诉小伙

伴，我要起床读书，你们可以不读吗？他反复强调，早晨精神最好，是读书最佳时刻。于是，在五福路 1 号的天台上，常常响起琅琅的读书声。

蔡景真是全班成绩最好的同学。从四年级起，谢国民就把蔡景真作为自己学习竞赛的目标。试卷一发下，谢国民若发现自己的成绩比景真差，就会难受得睡不着觉，并反复查对自己答错的题目，研究原因，吸取教训。为了攻克学习上的难点，谢国民经常学习至深夜，对不理解的题目查阅资料，反复研究，不断探索，直至弄清弄懂才上床睡觉。由于谢国民对自己严格要求，在学习上精益求精，四年级以后他的学习成绩都是全班数一数二的。

小学毕业时，谢国民以优异的成绩考入汕头市第二中学。虽然在二中只读了一年，但谢国民不忘师恩，40 年后为第二中学捐款建了一幢教学大楼——谢易初楼。

尊敬师长　传承美德

尊敬师长，这是中华民族的传统美德。

少年谢国民对长辈非常尊敬，听父母的话，按父母的教导做事，这是谢国民从小养成的习惯。他经常提醒在家里一起学习的伙伴，走路时脚步要尽量放轻，不要喧哗，以免影响父母工作或休息。长辈刻苦耐劳、勤俭发家、乐善好施的优秀品质，对孩提时代的谢国民有深刻的影响。直至 50 年后与儿时的伙伴交谈时，他还深情地怀念起当时父母如何孝敬祖父母、尽心培养孩儿辈的事例；也回忆起他的祖母经常坐在家门口，对前来乞讨的穷人送钱给米。他勉励同学的子女，一定要孝敬父母，培育爱心。谢国民这种博爱的胸怀，正是传承了父母尊老爱幼的优秀品质。

谢国民到汕头读书后，担任班主任的陈老师对他一生有莫大的影响。陈老师爱生如子，没有半点私心杂念，夜以继日地为全班同学操劳，任教四年从来没有请过假。谢国民最感动的是：有一次他生病住院一个月，陈老师多次到医院探望。暑假以后，陈老师放弃与家人团聚的机会，利用暑假时间帮谢国民补习功课。谢国民按照陈老师编定的功课表，准时到学校上课。陈老师这种只讲奉献、不求索取的精神，使谢国民深受感动。他尊敬老师，用优异的成绩报答老师的培养，并主动协助老师做好班级工作。

由于历史的原因，20 世纪 50 年代以后的 20 多年里，陈老师生活极其清贫，住房尤为困难。陈老师一家三口跻身楼梯转角处一间只有六七平方米的小房间。谢国民离开汕头以后，通过多种途径一直与老师保持联系。20 世纪 80 年代初期，谢国民回到汕头，看到老师生活得这么清苦，心里很不是滋味。他立即征求长辈意见，把自己的房子借给陈老师居住，这一住就是十年。20 世纪 90 年代初期，谢国民又购买了一套 100 多平方米的房子赠送给老师，并先后两次邀请陈老师到泰国参观、旅游。几十年来，谢国民一回到汕头，不管工作多忙，一定要安排时间拜访陈老师。陈老师有什么困难，谢国民都主动给予解决。

感恩是中华民族的美德，也是做人的基本品德。谢国民感激父母，感激师长，是传承中华民族感恩这一美德的典范。

兴趣广泛　聪明淘气

少年时代的谢国民是一个全面发展的学生，他既聪明，又不失少儿的淘气好玩。他兴趣广泛，特别喜欢种植、饲养。

他带领班级同学，从郊区运回适合种植的泥土，堆在学校天台一角，围上竹篱，建成一个植物园。他从家里带来向日葵籽，在他和同学们的精心栽培下，向日葵长势良好，整天绕着太阳转，向着太阳笑。在谢国民的带领下，他们还栽种了鲜花、蔬菜。

谢国民喜欢养鸡、养鱼、养鸽。

他在自家的天台上，钉了一个鸡笼，从父亲的农场运回良种鸡苗，并由学习组的同学轮流上楼喂养，鸡蛋分给同学们拿回家。当伙伴们拿着大大的鸡蛋时，高兴得不知道怎么说才好。要知道，20世纪50年代，要攒钱买一个鸡蛋可不是一件容易的事。谢国民养的公鸡特别凶猛，争强好胜的他抱着公鸡与邻里的公鸡角斗，没有一只公鸡是谢国民养的公鸡的对手。有一次，谢国民和他的小伙伴抱着公鸡，到几百米远的小巷里，看到一个鸡圈里养了一只大公鸡，天真淘气的他们悄悄地放出鸡圈里的公鸡，与自己带来的公鸡角斗，结果，自家的公鸡大获全胜，对方的公鸡被啄得鸡冠出血、鸡毛脱落。直至主人出来，他们才抱起自己的公鸡偷偷溜走。

谢国民家里养了很多金鱼、沙鳗（学名“斗鱼”，长六七厘米），他经常带领小伙伴到郊区捞孑孓和水草带回家里养鱼。有一次，谢国民和小伙伴发现附近一间理发店的理发员养了一条沙鳗，角斗起来异常凶猛，所向无敌。谢国民永不服输，他到外砂亲戚家的古井里捞了一尾大沙鳗，在家调养了几天，才和小伙伴拿到理发店与他们的沙鳗角斗，结果把对手咬得体无完肤。从此，谢国民的沙鳗在五福路一带再也没有找到对手。

谢国民从小就喜欢养鸽子，他家晒台上有一个大鸟笼，养了几十只白鸽。谢国民准时喂养鸽子，并进行放飞训练。有时还把白鸽带到郊区放飞。这些鸽子会按时回归鸟笼，有时还会把别人的鸽子引进自己的鸟笼。有一次，谢国民发现自己的鸽子走失了几只，经过跟踪，他发现附近有一个少年养鸽的技术很好，之后谢国民经常找他切磋养鸽技艺。几十年后，谢国民回到汕头，还多次派人寻找这位少年时期的养鸽能手。

放风筝也是谢国民喜爱的活动之一，他自己买竹枝，糊风筝，画上美丽的图案，把风筝放得很高很高，但是经常被别人的风筝线割断。后来，他发现别人的风筝线都是玻璃线，争强好胜的他和小伙伴商量以后，决定自己制作玻璃线。他们把碎玻璃研磨成粉末，再按比例搅拌在加热溶解的骨胶溶液中，拿白布把拌有玻璃粉末的胶水均匀粘到纱线上。在制作过程中，谢国民双手被玻璃线划得鲜血直流，但鼓足劲的谢国民和小伙伴们咬紧牙关坚持工作，终于制成了几百米的玻璃线。从此，谢国民放的风筝再也不受人“欺负”了。

谢国民对艺术也有执着的追求。他喜欢唱歌，还担任由全班同学组成的合唱队的指挥。毕业前夕，由谢国民担任指挥，余维欣、邱湘云担任领唱的“向日葵”节目，由于同学们亲手种过向日葵，所以唱这首歌时特别有感情，最终获得全市文艺汇演的优秀奖。时至今日，“布谷鸟咕咕咕咕叫，她说道春天来到了，小朋友啊，你们种了很多圆圆的向日葵”亲切的歌词和悠扬的旋律还在同学们的耳边回响。他喜欢越剧，20 世纪 50 年代，福建省泉州市越剧团（原劳动越剧团）定期到汕头演出，谢国民经常到大光明戏院观看演出，还经常购买戏票送给师友观看。在欣赏艺术，学习历史知识、人文知识的同时，谢国民随着剧情起伏，有时乐在心里，有时为剧中的悲情人物流下眼泪。

他喜欢画画，他的美术作品经常在学校陈列。

兴趣是最好的老师，谢国民从小兴趣广泛，涉猎全面，使他增强了知识面，提高了公关能力，对今后人生的发展产生了不可估量的作用。

热爱集体　勇争第一

谢国民热爱集体，积极参加创建优秀班集体的各项活动。作为班长，他的组织能力很强，在带领同学们开展各项活动中显示了自己的魄力、魅力和才干。

为了给同学们提供展示才华的舞台，使大家在活动中接受潜移默化的教育，陈老师每学期都要在班级举行 1 ～ 2 次主题晚会。大家既是观众又是演员。同学们自编自导的节目，一演就是一两个小时。节目形式多种多样，余维欣、邱湘云的独唱，林少玉、黄似楚的相声，吴伟玲、陈霖青、蔡景真的舞蹈，黄静音的潮曲清唱，林通成的故事讲演，都是深受同学们欢迎的节目。谢国民既是整台节目的主持人，又是一些节目的编导兼演员，看：舞台上谢国民扮演解放军，戴宗海扮演特务，好人抓坏人，他们表演得惟妙惟肖。有一次，普宁一个学校的少先队干部专程观摩他们的晚会，看完节目后向陈老师索要剧本。但是，要拿到剧本是不可能的，因为这些话剧、活报剧都是由同学们课余时间三言两语逐渐凑成的，然后由一位同学进行简单记录，反复排练而成，并没有正规剧本，这正显示了谢国民和他的伙伴们的聪明才智。

谢国民喜欢体育活动，在学校里积极参加体育锻炼，在家里经常打沙包，练习泰式拳击，他身体健康，体魄健美，按现代名词，堪称“帅哥”！

谢国民是班级篮球队的队长。有一次，学校举行篮球比赛，为了观察对方队员实力，谢国民暂时离场，对方乘虚投下两三个球。在这紧急关头，谢国民披甲上阵，场外掌声雷动，大大鼓舞了篮球队员斗志。谢国民和他的队友连续投篮成功，最终夺得全校篮球比赛第一名。

拔河比赛是学校每年必搞的体育比赛之一，谢国民多次带领队员练习，从站立姿势到握绳手法都反复推敲，达成共识。尽管该班拔河队员比其他班矮小，但因为比赛时人人胸怀必胜之心，拔河时则刚劲有力，场外啦啦队口号铿锵，比赛结果又是全校第一。

为了活跃学生身心，增强同学体能，培养班干部组织能力，加强班集体凝聚力，陈老师经常带领同学们到郊外活动。

20 世纪 50 年代的旅行很有趣，每人交几分钱、几两米，经济好些的同学带来一点点豆油，早晨集合后步行几十里路到鮀浦、庵埠、礐石、潮阳等地，参观名胜古迹，中午就在山上野炊，垒起炉灶，捡来柴草，用带来的锅鼎炒包菜饭、菜脯饭，大家吃得津津有味。谢国民协助老师组织活动，帮助有困难的同学交钱缴米，协助女同学炊事，尽管被熏得眼泪直流，但没有半点娇气；有时也作为先遣队员，在乡村小道上画路标、埋“地雷”，增加活动的“惊险性”，活动结束，大家都感到回味无穷。

每隔一两周，陈老师还带领同学们到中山公园龟山做抢军旗的军事游戏。全班同学分为甲、乙两方，老师作为裁判员，在九

曲桥中间对双方相互追逐以后抓获的“战士”进行裁决，“官职”小的进入俘虏营，不能继续参加活动。双方都按照总、军、师等建制发给标志牌，谢国民、蔡景真分别作为甲、乙双方的总指挥，他（她）必须运筹帷幄，分析战地情况，估计各人“官”职，派战士出奇制胜，比如，用排长与炸弹、地雷同归于尽最为合算。比赛结果，双方各有胜负，败方不愿意认输，于是又要求老师进行第二场比赛。

炸地雷也是他们喜爱的活动之一。参加活动的同学分为甲、乙两方，老师为裁判员，甲方派出一人向裁判下战书（小声说出对方某一个同学的名字），如果甲方刚好派这位同学出战，老师发出“轰”的一声，这个同学就必须下战场，哪一方人马全部“牺牲”，就宣布失败。同样，谢国民、蔡景真各是一方的总指挥，必须冷静地考虑如何保持实力、“消灭”对方。

同学情谊　终生牢记

《我们这一班》是谢国民与伙伴们最喜欢的一首歌。它的歌词正是全班同学的写照——“大家和和气气，相亲相爱，就像亲兄弟”。在老师的辛勤培养下，这个班成为尊师守纪、勤奋读书、团结互助、奋发向上的优秀集体。各种奖旗、奖杯、奖状、奖牌挂满教室墙壁，同学们一进教室就产生了荣誉感，并萌发了继续为集体争光的感情。这个班的学生朴实、纯真，从来没有吵过嘴，更没有打过架及互相欺侮。谢国民与全班同学一起勤奋读书，为了争取优良成绩而相互比赛激励。课余时间与同学们一起游戏玩耍，做“二不成三”“掠领袖”“掷手巾”“我的火车就要开”等游戏，跳集体舞（20 世纪 50 年代跳集体舞在小学很流行，他们班还提倡男同学请女同学，女同学请男同学），踢毽子，跳绳，弹玻璃球，班里也经常举行各种小型比赛，在这样一个优秀集体的熏陶下，谢国民与小伙伴们健康成长。

1953 年 9 月，又有几位新同学编入谢国民所在的四（甲）班，经过了解，陈老师知道这几位同学家庭有一定困难，学习基础较差，缺乏信心，但有一定潜力。陈老师召开班干部会，征求谢国民、蔡景真、杨德明、陈霖青等班干部意见，要大家讨论怎样帮助这些同学进步，使班级能够成为"红领巾班"。谢国民自告奋勇，表示要想尽办法帮助这些同学进步。他邀请这几位同学到家里学习，并征得家长同意，每晚留这几位同学在四楼住宿。从此以后，这几位同学与谢国民一起睡觉、一起早读，早餐后一起到学校。在谢国民的帮助下，戴宗海、林通成、郑学义等同学进步很快，一两个月后，他们就融入班集体，加入少先队，班级也成为"红领巾班"。戴宗海还被陈老师安排进墙报出版小组，并与墙报委员郑允鸾一起出版墙报。由于郑允鸾钢笔字工整、漂亮，戴宗海插画、版头设计别具一格，在评比中该班的墙报总是获得全校第一名。

谢国民与全班同学亲如兄弟，同学们遇到什么困难也总是喜欢找他商量，寻求解决办法。谢国民也经常为生活困难的同学交学费、购书簿。全班 40 多位同学，虽然性格各异，爱好不同，但大家友好相处，正是这种同学情谊，在相处四年中不断发展、创新、积累，以至于终生难忘。

小学毕业后，同学们难舍难分，全班学友先后几次到谢国民、蔡景真同学家里开月光晚会、游戏、玩耍。他们永远也忘不了同学的情谊。

照片拍摄于1953年6月1日，从左至右第一排：蔡景真、陈老师、陈霖青；第二排：谢国民、邱惜娟、黄丽贤、杨德明；第三排：郑友顺、李廷娟、楚琪、欧阳芬（照片由黄忠义提供）

谢国民经常说，同学之间的友谊是最真挚、最纯真、最深厚的，是一辈子难以忘怀的。改革开放以后，谢国民回汕投资，他不忘同学情，一到汕头，就召集全班同学在当时汕头最高级的汕头大厦团聚，并逐一说出每一位同学的名字，兴高采烈地回忆起小学时代的生活。大家又回到无忧无虑、天真活泼的少年时代。20世纪90年代前，每次与同学聚会，谢国民都会送一二百元给同学的子女作为购买课业用品之用。他还带着自己的儿子到老师和同学家里看看，要儿子不忘父辈的老师、同学。对同学的子女也很关心，先后安排十多位学友的子女到正大集团下属企业工作，送他们去泰国培训。现在有些同学的子女已成为正大集团的骨干。几十年来，同学们无论是因为购置房子、送子女读大学，还是出现其他困难，谢国民都会主动予以协助。直至现在，谢国民还要老师经常了解哪位同学有困难，以便及时给予帮助！

同学友谊，情深似海。谢国民现在已经成为“世界知名企业家”“农牧巨子”“饲料大王”，但谢国民与他少年时代的同窗学友的深厚情谊还在继续发扬光大！

文艺青年谢国民

薛增一

故事 041

谢国民是一位企业家，商界领袖。

可是，您知道吗？他曾经是一位热爱文艺的青年才俊，他小时候的理想是长大以后去当电影导演呢，而且他还是一位“戏剧迷”。

他最喜爱的戏剧是潮剧、越剧。

1950 年，11 岁的谢国民被父亲谢易初从泰国曼谷接回中国故乡汕头读小学、中学。

有一次，泉州的越剧团来汕头演出。第一天演出《梁山伯与祝英台》，少年谢国民深深为剧中人物的真挚感情而感动，戏中人物在台上哭，他在台下哭。第二天演出《红楼梦》，谢国民看戏前暗下决心，这回不哭了，结果当戏演到“黛玉葬花”这一节时，他已经哭湿了两条手绢。

改革开放后，谢国民率领正大集团从泰国来到中国大陆投资发展，积极参与和支持中国的改革开放事业。百忙之中的他，还念念不忘少年时期看越剧的情景，就委托当年也是从泰国归来的他的少年同学，一起看越剧、同为戏剧迷的李克辉，寻找他们两个人少年时代就热烈崇拜的越剧演员。

李克辉通过泉州文化局打听消息，听说厦门大学一位教授的夫人曾经是当时泉州越剧团的演员，李克辉前去拜访，巧的是这位夫人正是当年泉州越剧团的“祝英台”。

“祝英台”见到前来拜访她的泰国来宾李克辉很是吃惊，说：“你是谁呢？我在泰国没有亲戚朋友啊！”

李克辉说：“我是你的戏迷，我还代表另一个戏迷来看望你啊！（20世纪）50年代，你们到汕头演出，有两个跑到台上给你们照相被赶下台的中学生就是我们呀，我们就在台下拼命地给你们照相，想起来了吗？”

“祝英台”似乎想起来了，说：“哦，是的，好像有这样两位小弟。”

“再想想，你们上妆、卸妆，我们都跟在后面团团转啦！”李克辉进一步提醒。

“祝英台”终于确认地想起来了，她说：“是的，是的，我们卸了妆，那两位小弟还要请我们吃粥呢！”李克辉接着说：“你们没有去，我们好伤心、好伤心呀！”

两人热情地聊了起来，并得知当年演“梁山伯”的女演员现在上海。而且两位女演员在泉州越剧团多年前解散后，也已经好多年没有见过面、演过戏了。

李克辉将了解到的消息告诉谢国民，谢国民十分高兴，盛情邀请这两位他和李克辉30多年前崇拜的“祝英台”“梁山伯”，也是“林黛玉”“贾宝玉”在合适的时机见面。经过李克辉从中相约，终于有一天他们四个人在厦门相见了。谢国民热情地接待了她们。当她们用沙哑的声音唱起《梁祝》来感谢两位少年时代就痴迷戏剧、崇拜她们的热情观众时，她们哭了，谢国民也感动得流下眼泪，那动人的场景令人难忘。

谢国民上小学的时候，就很喜爱文艺活动，梦想长大了当电影导演。他特别痴迷香港的电影，尤其爱看艺术片和动作片，还曾经尝试着模仿电影剧本自己学写剧本，并在学校的舞台上为老师和同学们上演他自己编排的剧目。

小时候他也很喜欢照相，经常带着父亲的照相机给老师和同学们拍照，有时候还使用自拍按钮拍照，而且学会了在自己家里冲洗照片，然后把照片分送给大家。

17岁这一年，为了学习英语，谢国民从广州转到香港读书。课余时间他最喜欢看香港的电影。正巧有一位香港朋友的哥哥是电影明星，正值十八九岁，与谢国民年纪相仿，因为有这一层关系，谢国民得以经常跟着这位电影明星进出摄影棚，仔细观察拍电影的奥秘，并一心想以后成为一名电影导演。谢国民后来回忆说：“做梦也没想过长大后会当企业家。”

然而，长大后真做了企业家的他，也还是不忘用文艺来回报社会。在中国最著名的央视栏目之一——《正大综艺》，就是谢国民在改革开放后为中国观众奉献的一份厚礼。1979年，当改革开放的春风刚刚吹拂中国的时候，谢国民就率先领导正大集团，从泰国来到中国投资发展。他想要做一个为中国观众打开世界之窗的电视综艺节目，来丰富观众的文化和娱乐生活，寓教于乐，助力改革开放。由此，经过他的努力，诞生了《正大综艺》这个红遍了中国、持续了30多年的著名电视综艺栏目。有关创办《正大综艺》的细节，会在《最美好的礼物——记正大综艺初创时期的珍闻》这一篇故事具体讲述。

谢国民，这位青少年时期痴迷文艺的青年才俊，长大后成了一位企业家、商界领袖。这就是他的生活，多姿多彩的生活！

邓小平会见谢国民

薛增一

故事 042

1990 年 4 月 7 日，对正大人而言是一个光荣而难忘的日子。这一天，中国改革开放的“总设计师”邓小平同志在人民大会堂亲切会见了泰国正大集团董事长谢国民及由他率领的正大集团高层一行——时任正大集团总裁谢中民，以及正大集团的高级干部李绍祝、蚁民、黄正刚、谢炳等。

2004 年 8 月 21 日，新华社新华网发表了驻泰国记者李国田采访谢国民的文章，题为《泰国正大集团董事长谢国民忆邓小平》，文中说：

“邓小平是我最敬佩的一位伟人。我见过很多国家元首和商界领袖，与邓小平的会面令我终生难忘。”泰国正大集团董事长谢国民日前在接受新华社记者专访时，深情地回忆起受到邓小平接见时的情景。

谢国民说，1978年中国开始实行改革开放后，他到中国投资，在深圳经济特区建立了企业。“后来，我目睹了中国发生的翻天覆地的变化，更加敬佩邓小平，越来越想当面聆听这位政坛风云人物的真知灼见。”“1990年的春天，这个愿望终于实现了。”

谢国民说：“能够当面领略伟人的风采，大家内心都很激动。邓小平步入会客厅后，就热情地和大家打招呼，边握手边对我说，你们弟兄几个的名字起得很好，连起来就是正大中国，这说明你们很爱国啊。落座后，我汇报了正大集团的发展和在华投资的情况，邓小平始终微笑着，还不时询问正大集团发展农牧业和公司带动农户的具体做法，态度慈祥和蔼，让人倍感温暖和亲切。”

谢国民说：“邓小平听完汇报后，对我们的做法给予了肯定和赞赏。他说，正大集团到中国投资，而且投资额很大，主要集中在农牧业，难能可贵，希望能成为外商投资的典范。邓小平还高度赞扬了华人企业家为改革开放作出的贡献，提出‘我们还有几千万爱国同胞在海外，他们希望中国兴旺发达，这在世界上是独一无二的’。这番话在海外华人中间引起了很大反响。”

谢国民说：“正是因为我们坚信邓小平的英明决策，看到中国基本政策不动摇，才搭上了中国这班经济快车，使在中国的事业得到了不断发展。”

邓小平同志会见谢国民的谈话的主要部分以《振兴中华民族》为标题收录在《邓小平文选》第三卷，载入史册。

357

振兴中华民族*

（一九九〇年四月七日）

中华人民共和国成立四十年来，已经打下了一个好的基础。党的十一届三中全会以后，我们集中力量搞四个现代化，着眼于振兴中华民族。没有四个现代化，中国在世界上就没有应有的地位。我们搞的四个现代化，是社会主义的四个现代化。只有社会主义，才能有凝聚力，才能解决大家的困难，才能避免两极分化，逐步实现共同富裕。

去年发生动乱[109]，当时我们控制了局势，这是完全必要的。我曾经请人转告布什总统，中国如果不稳定就是个国际问题，后果难以想象。只有稳定，才能有发展。只有共产党的领导，才能有一个稳定的社会主义中国。

西方一些国家对中国的制裁是不管用的。中华人民共和国是打了二十二年仗才建立起来的，是在被封锁、制裁、孤立中成长起来的。经过四十年的发展，特别是经过最近十年的发展，我们的实力增强了，中国是垮不了的，而且还要更加发展起来。这是民族的要求，人民的要求，时代的要求。

我是一个中国人，懂得外国侵略中国的历史。当我听到西

* 这是邓小平同志会见泰国正大集团董事长谢国民等谈话的一部分。

358　　邓小平文选　第三卷

方七国首脑会议[125]决定要制裁中国，马上就联想到一九〇〇年八国联军[153]侵略中国的历史。七国中除加拿大外，其他六国再加上沙俄和奥地利就是当年组织联军的八个国家。要懂得些中国历史，这是中国发展的一个精神动力。

现在世界上有人在讲“亚洲太平洋世纪”。亚洲有三十亿人口，中国大陆就占十一亿多。所谓“亚洲太平洋世纪”，没有中国的发展是形不成的；当然没有印度的发展也形不成。中国的形象如何还是要看大陆，中国的发展趋势和前途也在大陆。台湾跟大陆争正统，不自量力。大家都应该想开点。我们已经想开了，提出“一国两制”。我们相信，最终将靠“一国两制”把我们国家统一起来。中华人民共和国在不长的时间内将会成为一个经济大国，现在已经是一个政治大国了。联合国的席位是中华人民共和国的。我们大陆虽然人均收入水平低，但并不是样样都落后。比如钢铁，年产量已经达到六千万吨，还有太空领域和其他领域高科技的发展，中国发射卫星的成功率很高。中国人是很聪明的，虽然科学家研究条件差，生活待遇不高，但他们还是取得了很大成绩。中国人分散开来力量不大，集合起来力量就大了。

中国人要振作起来。大陆已经有相当的基础。我们还有几千万爱国同胞在海外，他们希望中国兴旺发达，这在世界上是独一无二的。我们要利用机遇，把中国发展起来，少管别人的事，也不怕制裁。中国反对霸权主义，自己也永远不称霸。下个世纪中国是很有希望的。

《邓小平文选》第三卷第 357 页、第 358 页《振兴中华民族》（照片由薛增一拍摄）

《振兴中华民族》的这篇谈话，收录在这本书的第 357 页和第 358 页。在第 357 页的下方，有一个题解说：“这是邓小平同志会见泰国正大集团董事长谢国民等谈话的一部分。”

1979 年是中国宣布对内改革、对外开放的第一年。这一年的金秋时节，正大集团在谢国民的带领下来到深圳，创办了中国改革开放后第一家进入大陆的外资企业，取得的 0001 号外商投资企业批准证书，成为一份珍贵的历史文物。谢国民先生果断决策和快速行动，使正大集团成为改革开放后进入中国大陆的第一家外资企业，历史贡献，彪炳千秋！

随后的十年，正大集团以“三利原则”为宗旨在中国大力投资发展，得到了从中央到地方各级领导和合作者的广泛赞誉和支持，与广东、上海、北京、吉林、四川、重庆、山东、黑龙江、河南、安徽、江苏、浙江等众多省市通过独资、合资、合作等多种形式展开丰富多彩的多元化投资事业，积极和大力支持中国的改革开放事业。

这次难忘的会见，体现了中国党和政府对正大集团坚定支持和积极参与中国改革开放伟大事业、第一时间来大陆投资发展的充分肯定，这是一个褒奖的肯定，这是一个光辉的总结，当然这也是正大集团的一份沉甸甸的责任和使命。

谢国民与博鳌亚洲论坛

谢毅

故事043

谢国民是博鳌亚洲论坛发起人之一。

博鳌亚洲论坛发起成立之初，谢国民积极响应，决定作为发起会员加入博鳌亚洲论坛。按照博鳌亚洲论坛发起会员的招募约定，每个发起国可以拥有发起会员最多2个名额，谢国民是泰国唯一发起会员，十分珍贵。

博鳌亚洲论坛，最初是由澳大利亚前总理霍克、日本前首相细川护熙和菲律宾前总统拉莫斯于1998年9月倡议，总部设在中国海南省琼海市博鳌镇的非官方、非营利性、定期、定址的一个国际组织，由29个成员国共同发起，于2001年2月正式宣布成立。论坛成立的初衷，是促进亚洲经济一体化。论坛当今的使命，是“为亚洲和世界发展凝聚正能量”。

2001年2月26日至27日，经过两年多的筹备，博鳌亚洲论坛成立大会在中国海南博鳌举行，大会宣布博鳌亚洲论坛正式成立，通过了《博鳌亚洲论坛宣言》《博鳌亚洲论坛章程指导原则》等纲领性文件。正大集团董事长谢吉人先生参加了成立大会。

2002年4月11日至13日，博鳌亚洲论坛首届年会开幕，会议云集了来自中国、日本、韩国、泰国等48个国家和地区的政府官员、专家学者和企业界人士等近2000人。泰国总理他信率领了一个由100多位政府官员和企业家组成的庞大代表团参加了论坛，谢吉人先生和泰中促进投资贸易商会主席李绍祝参加了代表团。那时，我刚刚加入集团，受集团委派帮助安排泰国企业家的食宿及参会证件等工作。当时的博鳌还只是一个小渔村，酒店只有一个，餐厅只有酒店里有，过了饭点儿就没的吃了，会场也非常小，而且只有帆布顶篷，没有四面墙和空调，非常热。论坛的主办方也是由多个部门临时组成，政出多门，协调难度极大。为保证泰国企业家能够顺利参会，我不得不参加了抢房、抢餐、抢证件的“大战”中，好在顺利地完成了任务。博鳌亚洲论坛成立之初是想要构建一个类似于达沃斯世界经济论坛的平台组织来推进亚洲一体化。在随后的时间里，博鳌亚洲论坛亦不断改进、完善。

时间到了2011年，博鳌亚洲论坛的影响力越来越大，国务院侨务办公室和博鳌亚洲论坛秘书处商议，决定在每年的博鳌亚洲论坛年会期间，举办“博鳌亚洲论坛·华商领袖与华人智库圆桌会议”。这是在博鳌亚洲论坛框架下举办的华商领袖高端会议，是华商领袖凝聚共识、参与亚洲及世界经济治理的一个有效平台，也是华商之间增进友谊、开展合作的桥梁。

2011年4月14日下午，首届博鳌亚洲论坛“华商圆桌会议”在博鳌亚洲论坛2011年年会召开之际如期举行，国务院侨务办公室主任李海峰亲临圆桌会议，谢国民作为博鳌亚洲论坛发起人之一和中国侨商投资企业协会会长主持了圆桌会议。这次“华商圆桌会议”，是博鳌亚洲论坛成立以来首次举行的华商专题会议。来自中国内地、港澳以及泰国、马来西亚、印度尼西亚、新加坡等东南亚近 10 个国家和地区的 30 余名华商在圆桌会上畅谈，共商华商在中国和东盟新一轮经济发展中加强合作，再创辉煌。会上，谢国民发表讲话。他说，中国民营企业目前遇到发展瓶颈，希望政府对民营企业的发展提供更多资金和政策上的支持，他建议政府进一步放开行业的准入限制。说到正大集团对中国的投资，谢国民表示，正大集团从很早以前就开始关注中国的发展，“从我父亲时代开始，我们就一直想在中国投资”，因此正大集团在 1979 年来到中国大陆投资是经过深思熟虑的，未来还将继续加大投资力度。

正大集团谢吉人、杨小平和我也都随同谢国民参加了会议。

2012 年 4 月 3 日，“华商圆桌会议”在博鳌亚洲论坛 2012 年年会期间举行，来自泰国、马来西亚、美国、澳大利亚等国家以及中国内地、港澳地区的 30 名华商，共同研讨“可持续发展与华商贡献”。国务院侨务办公室主任李海峰出席“华商圆桌会议”，谢国民先生主持并发表讲话。

最令我难忘的是，习近平主席三次在博鳌亚洲论坛年会期间召开的“中外企业家代表座谈会”。

第一次是 2013 年 4 月 8 日，习近平主席同出席博鳌亚洲论坛 2013 年年会的中外企业家代表座谈，32 位中外企业负责人参加了座谈会。习近平主席首先对大家说，企业家是创造就业和财富的重要力量，是促进发展和合作的生力军，也是参与论坛活动的主体。

你们如何作为将对亚洲和世界经济发展产生重要影响。借此机会，我愿听取各位意见，同你们进行交流。最后，习近平主席感谢各国企业家长期以来为中国发展、为促进中国同亚洲以及世界的合作所做的有益工作，表示中国坚持改革开放的决心坚定不移，政策将更加完善。我们将不断提高服务能力和水平，为各国企业家在中国投资兴业提供更好的环境和条件。希望各国企业家更好把握中国机遇，实现企业更大发展。

在座谈会上，泰国正大集团董事长谢国民等6位中外企业家代表先后发言。谢国民先生在发言中建议中国进一步扩大内需，带动农业、服务业繁荣，扶持民营企业特别是中小企业发展，让更多企业进入三农领域。他说习主席最近提出的"中国梦"非常精辟，一听就懂，把复杂变简单，使全世界华侨华人感到无比振奋，说出了几代人多少年来的心里话。中华民族的伟大复兴和祖国的繁荣富强也是几千万海外华侨华人共同的"中国梦"，每个人都会为"中国梦"的实现尽绵薄之力。

第二次是2015年3月29日，习近平主席于博鳌亚洲论坛2015年年会期间同谢国民等40位中外企业家代表座谈。习近平主席强调，随着中国经济发展步入新常态，中外经济合作也在同步提升，意味着给世界各国及各国企业提供新的合作契机。中国将越来越开放，中国利用外资的政策不会变，对外商投资企业合法权益的保障不会变，为各国企业在华投资兴业提供更好服务的方向不会变。

在座谈会上，泰国正大集团董事长谢国民等7位中外企业家代表先后发言。谢国民在发言中表示，"一带一路"倡议以及亚洲基础设施投资银行和丝路基金等配套措施的实施，充分展现了中国国家领导人的远大构想和英明决策，彰显了大国外交风范。“一带一路”倡议不仅为中国经济提供了新的增长动力，同时也将极大地带动周边国家和地区的经济发展。正大集团作为泰籍华商企业，将积极投入“一带一路”建设。正大集团将同中国企业在技术、融资、建设方面进行合作，投资泰国高铁建设，使其成为“一带一路”建设的组成部分，并作为合作典范在其他国家和地区推广。

第三次是 2018 年 4 月 11 日，习近平主席同出席博鳌亚洲论坛 2018 年年会的中外企业家代表座谈。习近平主席强调，中国现在的大方向就是实现“两个一百年”奋斗目标。我们走的道路是中国特色社会主义道路，是坚持改革开放的道路……我们要坚定不移发展开放型世界经济，为亚洲和世界发展作出中国贡献，欢迎搭乘中国经济快车，分享中国改革、开放、发展的成果。中国将为国内外企业家投资创业营造更加宽松有序的环境。希望各国企业家在中国改革开放新征程中施展更大作为，得到更大发展。

在座谈会上，泰国正大集团董事长谢国民等 9 位中外企业家代表先后发言。大家高度评价中国改革开放取得的伟大成就，赞赏中国为推动世界经济增长作出的突出贡献。代表们表示，习近平主席在论坛年会开幕式上宣布的中国扩大开放的一系列新的重大举措令人鼓舞振奋，对世界发出了有利于推进全球化进程的积极信息。中国的改革开放力度前所未有，中国的发展为外资提供着持续不断的良好的发展前景。他们愿把握机遇，积极参与中国的改革开放进程，共建“一带一路”，实现企业更大发展，共同推动亚洲和世界经济走向繁荣。

CCTV 里记录的谢国民

故事 044

薛增一

我收藏了中国中央电视台为谢国民先生制作的五个专题节目。

十分荣幸的是，其中有两次专题节目的采访和录制我都参加了，都在现场，其间的情景令人难忘。

谢国民先生继承了父亲谢易初先生爱国爱乡的光荣传统，传承和总结了源自父亲谢易初先生的“利国利民利企业”的三利原则，1979 年领导正大集团来到中国投资发展，在深圳创办了改革开放后进入中国大陆的第一家外商投资企业，40 多年来，为中国的改革开放伟大事业，为中国的经济建设和社会发展作出了历史性贡献，得到了党和政府的肯定，赢得了社会各界和广大消费者的尊敬和爱戴，被誉为新时代的华商领袖之一。

中央电视台和相关省市电视台多年来对谢国民先生有过多次的专题采访和新闻报道，在社会上产生了广泛的影响。其中我收藏的这五个专题节目，就是这些众多专题采访和新闻报道的历史缩影和典型代表。

一

我收藏的第一个专题节目是央视《对话》中的一期，题目是《方圆之间》。

这一期节目是央视在 2003 年 11 月 23 日播出的。由央视著名主持人陈伟鸿先生主持，访谈主宾是谢国民先生，时任正大集团董事长。

《对话》栏目是在中央电视台财经频道（CCTV-2）播出的一档谈话节目，通过主持人与主宾及嘉宾之间的对话，充分展示对话

2003 年 11 月 23 日，《对话》中的谢国民与陈伟鸿（图片由正大集团北京总部宣传中心提供）

者的个人魅力和鲜为人知的一面，以及对话者之间思想的交锋与智慧的碰撞。正如《对话》节目的开场金句“给思想一片飞翔的天空”所说的那样，很是精彩。

这个节目的录像我看过好几遍。在这次对话过程中，谢国民先生谈了自己的特点。他说，“我是一位事业迷”，“我做完一件大事从来不庆祝，只高兴一天，因为我感觉这个路程还很长”；他谈到了事业，他说“守业的最好办法是发展，不断发展”，“把鸡蛋放在好几个篮子里面”；他谈到了正大方圆商标，他说“做什么事情呢，就是原则不能改，原则就是这个方。圆呢，可以比较，可以灵活，在这个范围里面你去灵活”；他谈到人才，他说“一个有本领的人，他需要什么？第一他需要权力，第二他需要名气，第三他需要地位，第四他需要钱”，做一名领导者“要大公无私”，他说向一个成功的人学习“你不要想他错的方面，一定要去想他对的方面，他绝对是对 80%，错 20%。他就是错，你也要听他的，照样去做。因为一个好的学生要得到好的老师的教育，你就要做一个乖孩子，100% 照做，以后你在这里面再去加减乘除”，等等。

谢国民先生在对话中用了好几个中文成语，都恰到好处，诸如：一败涂地、发扬光大、骑虎难下、加减乘除、两全其美、大公无私。作为一名出生和生活在泰国的华人，能如此驾轻就熟地运用成语，我真是钦佩不已。

在与陈伟鸿先生的对话中，谢国民先生谈到一个很有意义的细节。这一段对话如下：

谢国民：我最佩服一个人，也是我心中的伟人，他就是邓小平。他那一句话我印象很深，不管黑猫或者是白猫能够捉老鼠就是好猫。

陈伟鸿：所以您刚才也引用了一下。

谢国民：印象特别深，没有一个国家从村长就会谈经济，村书记都能够谈经济，没有，全世界绝对没有。

陈伟鸿：说明大家都在关心着我们的改革进程。

在这一段对话里，谢国民先生从最佩服邓小平同志说起，敏锐地捕捉到了中国农村的村长、村书记都会谈经济这个世界上独一无二的社会政治和经济现象，折射出他对中国经济发展潜力和远景的赞誉与肯定。

十分遗憾的是，这期节目录制的时候，我忘记什么原因错过了，没能到节目录制现场。

二

我收藏的第二个央视专题节目是《华人世界》。

《华人世界》是中央电视台中文国际频道（CCTV-4）主办的一个以介绍海外华人生活为主题的节目。

2007 年，央视《华人世界》栏目组走进正大集团北京总部，对从泰国来访中国的谢国民先生进行了专题采访。以这次采访的内容为主，央视制作了专题片《正大舵手谢国民》，分上、下两期，分别于 2007 年 7 月 17 日和 18 日在 CCTV-4《华人世界》栏目播出。那一次的央视采访，在现场的有杨小平先生、谢毅先生、何银友小姐、韩忠先生、李海峰先生、满静小姐、崔杨小姐，还有我。

谢国民在讲述（图片由正大集团北京总部宣传中心提供）

谢国民在为CCTV记者介绍情况（图片由正大集团北京总部宣传中心提供）

这期的专题节目中，有两个小故事令我印象很深。

一个小故事，是谢国民先生回忆说他母亲对他的影响很大。他说："我母亲做人很有原则。她虽然学问不高，没有什么学问，但她有一个原则，她做得特别好的就是不会轻穷重富。她说：'我的钱、我的时间是用来照顾这些比较差的亲戚、比较差的朋友、比较差的儿女。'这是她的原则。还有，对穷人她特别特别照顾。对用人，我对她很感动，她坐下来吃饭的时候，有时候我跟她一起吃饭，她筷子一拿，就对所有的用人说：'我肚子饿了，你们也饿了，你们去吃饭，这里没有你们的事情。'她处处都不仅对上想得很周到，对下面也照顾得很好。"

很多名人受到母亲的影响。2001 年 2 月 19 日，袁隆平先生和吴文俊先生双双荣获"首届中国国家最高科学技术奖"。袁隆平先生在接受记者采访时说："做人方面我母亲对我的影响很大，她教我做一个诚实的人，做一个有道德的人。在思想方法上，毛主席的《矛盾论》和《实践论》对我影响最大。"

还有一个小故事，就是谢国民先生面对记者直言自己有时候也会发脾气。他说："有时候压力太大的时候，比较会容易发脾气。每一次发了脾气，都会自己检讨、后悔，发了脾气对自己身体只有害处，血压就会高了，对我们的同事也过意不去，本来不应该（发脾气），好好讲就好了，为什么这样大声呢？我还有一个特点，就是我今天（有没有）做什么错事，我尽量会找我做错的事情，做对的事情不要去找它。"

谢国民先生是世界级的商业领袖，像他这样一位大智大勇、叱咤风云的大人物，面对记者的镜头，竟然坦诚而平静地解剖自我，说自己每天都会检讨今天做错了什么。他还经常说他对取得的成绩只“满意一天”，真是难能可贵得很。或许这就是他能够把一大批世界级的人才团结在他的身边，成就正大集团这样一个著名跨国企业的独特气质之一吧。

三

我收藏的第三个央视专题节目，也是央视《对话》节目的一期，这一期的题目叫《华商领袖谢国民》。

主持人陈伟鸿先生，访谈主宾谢国民先生。特邀嘉宾有谢国民先生的长子、正大集团董事长谢吉人先生，以及谢炳先生、杨小平先生、谢毅先生、翁倩玉女士等。

2011 年 8 月 26 日，《对话》中的谢国民与陈伟鸿。前排嘉宾从左到右分别是谢毅、谢吉人、谢炳、杨小平、翁倩玉（图片由正大集团北京总部宣传中心提供）

谢吉人在《对话》节目中发言（图片由正大集团北京总部宣传中心提供）

2011年8月26日，这一期《对话》节目在央视财经频道播出。

这期节目开场词是这样介绍谢国民先生的："他缔造了一个又一个商业传奇。1987年他带领企业跻身世界500强，1988年他被权威财经杂志《亚洲金融》评为亚洲最杰出的企业家，2003年他被《财富》杂志评为全球最具影响力的50位商界领袖之一，2010年他以净资产70亿美元成为泰国首富，他就是祖籍中国广东省汕头市杰出的企业家，泰国籍华人首富——谢国民。"

访谈从家喻户晓的《正大综艺》开始。为了给谢国民先生一个惊喜，在谢国民先生事先不知情的情况下，编导组特邀《正大综艺》的主题歌《爱的奉献》的原唱者翁倩玉女士闪亮出场，并在现场演唱了这首优美而广为流传的歌曲，由此引发了谢国民先生从《正大综艺》谈到与翁倩玉的父亲翁炳荣先生的友谊。

陈伟鸿先生和谢国民先生的对话，从1979年改革开放，谈到正大集团成为第一家来中国投资的外商集团；从父亲谢易初先生开办正大庄的创业故事，谈到正大集团正直诚信、品质第一的价值观；从1968年谢国民先生领导进行家族企业改革，谈到对几位哥哥的深情厚谊；从父亲谢易初先生叮嘱的“利国利民利企业”的三利原则，谈到正大集团如何帮助农民生产致富；从含饴弄孙，谈到对后辈的培育和关爱；从亚洲金融危机，谈到企业如何应对和处理经济危机；从喜爱看越剧《红楼梦》，有时候还会跟着剧情流泪，谈到爱好赛鸽的品性；等等。

对话高潮迭起、精彩纷呈，给我很多人生智慧和感悟的启迪。

这次节目是在2011年6月18日录制的，这一次我参加了，坐在观众席上。可能我那天的形象比较上镜，导播给了我好几次镜头，甚为知己们羡慕。

很有意思的是，编导组事先了解到谢国民先生从小喜爱斗鸡和鸽子，在节目录制的现场，他们不知道从哪里真的找来了一只雄赳赳的红冠斗鸡，引发录制现场的一个小高潮。当然，这只是拍摄现场的花絮。

陈伟鸿先生是我崇尚的一位央视著名主持人，他1968年出生于福建晋江，童年和少年时期随父母在西安市生活，初中时又随父母回到厦门，先后毕业于福建师范大学外语系、厦门大学新闻系，2000年到中央电视台工作，曾获得多项荣誉。说起陈伟鸿先生，我跟他因为工作的原因有过几次交往，第一次就是缘于这次《对话》节目的录制，我们算是认识了，只是他不记得我，我记得他。后来就真的认识了，那是 2018 年和 2019 年在上海举办的中国国际进口博览会上，陈伟鸿先生都在进博会现场直播或录播有关进博会的新闻，我因为担任进博会正大展馆的馆长，很荣幸有两次机会接待了陈伟鸿先生，一方面配合他录播节目，另一方面代表正大集团接受了他的采访。他给我的印象是工作严细认真，为人低调平和。我读过一本他写的自传性质的书《惊鸿一瞥》，其中记述了他的成长经历、人生感悟，以及许多有关《对话》栏目的幕后故事，给读者呈现了丰富多彩的斑斓人生，很有意义。

四

我收藏的第四个央视专题节目，是 2012 年 12 月 11 日 CCTV《华人世界》栏目播出的采访谢国民先生的专题节目《华人故事——泰国首富的平凡生活》。

主持人叶迎春女士在节目里向观众介绍了正大集团第二代掌门人谢国民先生的平凡生活，特别讲述了在谢国民的人生旅程中对他影响最大的人，以及作为世界著名的华商领袖如何平衡事业与家庭生活的关系。

节目从谢国民与央视合作创办的著名栏目《正大综艺》开场，介绍说："1979 年谢国民选择了当时仅有 1.2 万人口的南方边陲小镇深圳去投资，那时刚辟为经济特区的深圳，还是一片荒凉的小渔村，谢国民取得了深圳市 0001 号外资企业批准证书，还拉来了世界著名的农牧企业美国大陆谷物公司合资成立了正大康地（深圳）

有限公司，谢国民领导的正大集团也因此成为中国改革开放后第一家在华投资的外商集团，把现代化的饲料业带到中国来。”

节目中谢国民说：“也许自己从父亲身上学到了很多经商的办法，但是做人并不仅仅是看事业上的成功，对他人生影响最大的还是他的母亲。”谢国民满怀深情、含泪回忆了母亲质朴平实的博爱人生。她处处为他人着想、关心照顾好每一位亲戚，关爱尊重每一位身边工作的用人的情操和品德，言传身教，爱心传家。谢国民说他受母亲的影响很大，“我为母亲骄傲”。

节目中还有一段说道：“都说成功的男人背后，都会有一位默默支持的女性，谢国民也不例外。”节目介绍了谢国民先生与夫人李慧侬女士从相识、相恋到结婚的恩爱故事，等等。

五

我收藏的第五个央视专题节目，是2021年10月30日CCTV《华人世界》栏目播出的《华人故事——百年赤子心》节目。

这期节目主要介绍了谢易初先生自1950年初回国至1966年的16年间，爱国爱乡，投身新中国建设，对祖国蔬菜、瓜果种子科研的贡献；讲述了谢国民先生1979年积极参加中国改革开放伟大事业，创办第一家外资企业，为中国改革开放作出了贡献的故事。节目记录了正大集团第一代核心领导谢易初先生、第二代核心领导谢国民先生，为中国经济建设和社会发展作出的重要贡献。

这个节目是由中国侨联与中央电视台共同策划出品，为庆祝中国共产党百年华诞制作的系列节目之一。

杂志里记载的谢国民

薛增一

故事 045

我收集了几本著名的杂志，上面记载了与谢国民先生相关的重要历史信息。

让我们来回顾一下这些杂志里记载的谢国民先生。

一

《财富》（*Fortune Magazine*）是一本美国财经类杂志，创办于 1930 年，现隶属时代华纳集团旗下的时代公司。《财富》杂志自 1954 年推出全球 500 强排行榜，历来都成为经济界关注的焦点，影响巨大。《财富》杂志的宗旨是“办成一本对经理人的指导手册”。

2003 年 10 月中旬，我协助谢毅先生陪同正大集团中国区部分合资合作公司的中方董事长赴泰国参观访问。这期间，在我们的代表团成员中传阅着一本刚刚刊发的新杂志，这就是美国《财富》杂志中文版 2003 年 9 月第 57 期。

这期杂志的封面标题是《全球最具影响力的 50 位商界领袖》。

杂志从第 40 页开始，先刊出的是“美国 25 位最具影响力的商界领袖”，接着是“美国以外最具影响力的 25 位商界领袖”。在美国以外的 25 位商界领袖中，来自亚洲的有 10 位，其中中国 2 位（内地和香港各 1 位）、日本 3 位、泰国 1 位、韩国 1 位，等等。泰国的 1 位即谢国民先生。

代表团成员对谢国民先生入选“全球最具影响力的 50 位商界领袖”都赞不绝口。

在杂志第 60 页刊出了谢国民先生的简介：

谢国民 正大集团 泰国：从 1921 年曼谷的一家小种子店起家，一家巨型企业成长起来了。私人的正大集团声称拥有 250 家公司，10 万名雇员，年销售额 130 亿美元。农业仍然是正大的核心产业。作为世界上最大的动物饲料公司之一，正大集团还出产不计其数的鸡、鸡蛋、鸭和猪。谢国民是正大集团一位创始人的儿子，目前担任集团董事长兼 CEO。他率领公司又向前迈进了一步：实现业务纵向一体化，使公司能够从食物链的每一个环节赚钱。他还开始多元化，向水产业进军——正大集团现在是世界上最大的虾生产商之一，同时还涉足便利店、快餐、汽车零部件、保险以及电信业。尽管在 1997—1998 年亚洲金融危机中遭受打击，正大集团的胃口依然很大。

17 年后的今天，2020 年，正大集团的业务已经遍及全球 100 多个国家和地区，员工 35 万人，比 2003 年增长了 3.5 倍；2019 年全球营业额 680 亿美元，比 2003 年增长了 5.3 倍。

24. 谢国民
DHANIN CHEARAVANONT
正大集团 / 泰国

从 1921 年曼谷的一家小种子店起家，一家巨型企业成长起来了。私人的正大集团声称拥有 250 家公司，10 万名雇员，年销售额 130 亿美元。农业依然是正大的核心产业。作为世界上最大的动物饲料公司之一，正大集团还出产不计其数的鸡、鸡蛋、鸭和猪。谢国民是正大集团一位创始人的儿子，目前担任集团董事长兼 CEO。他率领公司又向前迈进了一步：实现业务纵向一体化，使公司能够从食物链的每一个环节赚钱。他还开始多元化，向水产业进军——正大集团现在是世界上最大的虾生产商之一，同时还涉足便利店、快餐、汽车零部件、保险以及电信业。尽管在 1997－1998 年亚洲金融危机中遭受打击，正大集团的胃口依然很大。

60　财富（中文版）FORTUNE China 2003 年 9 月

《财富》杂志 2003 年 9 月（照片由正大集团北京总部宣传中心提供）

二

真是好事成双。

时隔一年，《财富》杂志中文版 2004 年 11 月第 71 期，又刊出了《亚洲最具影响力的 25 位商界领袖》，谢国民先生名列其中。

在第 94 页，刊出了介绍谢国民先生的文字：

谢国民　正大集团　泰国：今年，亚洲没完没了的禽流感重创了谢国民，泰国的国内生产总值减少了一个百分点，谢国民的旗舰公司正大食品（CP Foods，世界最大的食品公司之一）的市值也减少了近三分之一。这家公司占正大集团130亿美元营业收入的大约15%。联合国最终宣布泰国的疫情结束，但这并不意味着对于这位65岁、极为活跃的华人富豪就此隐退。他掌握着集团250家公司、10万名员工，业务包括中国的房地产、摩托车制造和印度尼西亚的石油化工。他在曼谷新设了一个移动电话和有线电视业务部，与泰国的另一位巨头、总理他信的企业展开竞争。谢国民要干的事非常多，每天工作15小时仍然不够。

11 谢国民

DHANIN CHEARAVANONT

正大集团（Charoen Pokphand）

泰国

今年，亚洲没完没了的禽流感重创了谢国民，泰国的国内生产总值减少了一个百分点，谢国民的旗舰公司正大食品（CP Foods，世界最大的食品公司之一）的市值也减少了近三分之一。这家公司占正大集团130亿美元营业收入的大约15%。联合国最终宣布泰国的疫情结束，但这并不意味着对于这位65岁、极为活跃的华人富豪就此引退。他掌握着集团250家公司、10万名员工，业务包括中国的房地产、摩托车制造和印度尼西亚的石油化工。他在曼谷新设了一个移动电话和有线电视业务部，与泰国的另一个巨头、总理他信的企业展开竞争。谢国民要干的事非常多，每天工作15小时仍然不够。

《财富》杂志2004年11月（照片由正大集团北京总部宣传中心提供）

三

《福布斯》(*Forbes*)是一本美国商业杂志，隶属于福布斯公司，创办于 1917 年。这本杂志因其提供的列表和排名而为人所熟知，比如“最富有美国人列表”(福布斯 400)和“世界顶级公司排名”(福布斯全球 2000)。

2018 年 12 月，世界品牌实验室发布《2018 世界品牌 500 强》榜单，福布斯排名第 412 位。

《福布斯》亚洲版 2011 年 12 月英文刊，发布了·项重要消息：谢国民先生当选为“2011 年福布斯年度商业人物”。封面选登了一张谢国民先生微笑、慈爱、手捧 3 只活泼可爱的小鸡苗的满幅照片；大标题“BUSINESSMAN OF THE YEAR，DHANIN'S YIELD”(年度商业人物，谢国民的领域)；副标题“CHIEF OF THAILAND'S CP GROUP HATCHES BOLD EXPANSION TO FEED A HUNGRY CHINA”(泰国正大集团的掌舵人，筹谋更大的发展战略，以适应渴望经济发展的中国市场)。整个封面的图文和色彩，设计得相得益彰，很有感染力。

在杂志的第 42、43、44 页，图文并茂地刊发了报道谢国民的文章。标题“From Farm To Fork”(从农场到餐桌)，副标题“Dhanin Chearavanont turned Thailand's CP Group into a global food powerhouse that's raising rural incomes. Now he's building China's biggest megafarms.”(谢国民先生领导正大集团成为一家全球化的强大的食品集团，并带动农民增收。目前，他正在把集团建设成为一家中国最大的巨型农场)。

FORBES ASIA

BUSINESSMAN OF THE YEAR

From Farm **To Fork**

Dhanin Chearavanont turned Thailand's CP Group into a global food powerhouse that's raising rural incomes. Now he's building China's biggest megafarms.

BY BRIAN MERTENS

To get rich is glorious. So is helping poor farmers. One man who has done both is Dhanin Chearavanont.

As chairman of Charoen Pokphand, Thailand's largest nonstate conglomerate, Dhanin leads a group that is the world's top maker of animal feed, the world's biggest shrimp farmer and one of the world's largest poultry producers. Modern farming, along with retailing and telecommunications, has made him the richest person in Thailand, with a fortune that FORBES ASIA puts at $7.4 billion.

During the past five years Dhanin has transformed CP from a disjointed collection of local commodity businesses into a branded, high-margin, global food company complete with its own supply chains and distribution channels. It profits from every step of bringing food to consumers' tables: with interests in hybrid seeds, livestock, animal nutrients, antibiotics and vaccines, poultry and pork, frozen cooked meals, retailing. It operates in 17 countries, including Taiwan, Vietnam, India, Sri Lanka, Russia and Turkey, and exports to some 40. "We want to be the kitchen of the world," says the 72-year-old Dhanin, who took over the business from his father in 1969.

This strategy—"from farm to fork," says Dhanin—has helped double the group's annual revenue to $30 billion in the last four years. CP expects revenue to reach $33 billion to $34 billion this year, and profits to exceed last year's $2 billion. And it has produced a golden egg for investors: Shares of the Thailand-listed core firm, CP Foods, were trading last month at ten times their price in November 2008.

It is in China, however, where Dhanin is leaving his most lasting mark. Now in the midst of spending $10 billion—including government funds—on building out food production in the world's hungriest market, CP's chief is changing Chinese lives and raising the bar for his own companies. In recognition, he is FORBES ASIA's 2011 Businessman of the Year.

Selling what is produced remains a vital part of the story. More than one-fifth of the business is its fast-growing stores. In Thailand CP operates the world's second-largest chain of 7-Eleven shops, more than 6,000, listed as CP ALL, as well as some 500 CP Mart fresh food stores. CP ALL broke into FORBES ASIA's list of the 50 best big companies in Asia this year. In China CP owns the 76 Lotus stores (including 45 listed in Hong Kong as CTEI), which are deluxe hypermarkets with many of the upscale features of department stores. Among recent additions to the stable: Shanghai's high-end Bazaar supermarket.

Synergies cut across borders and operations. The group's Thai telecom operator, True Corp., led by the youngest of Dhanin's three sons, Supachai, serves the food business: Talent recruited from True's cable TV channel appear on China's top-rated reality show, where they become CP brand ambassadors.

Dhanin entered China right at the beginning. To build a feed mill and poultry farm, he won "Foreign Investor Certificate No. 001" in 1979—just after Deng Xiaoping launched his economic reforms. Dozens more followed, and for decades CP ranked as China's biggest foreign investor. Today half of CP's sales are generated in China, and Dhanin is better known among Chinese than all but a few of China's own businessmen. A poll published in 2009 by *Chinese Economic Weekly* ranked Dhanin as China's fourth most important business leader and top among foreigners. In 2008 he was elected the

42 | FORBES ASIA DECEMBER 2011

《福布斯》杂志 2011 年 12 月（照片由正大集团北京总部宣传中心提供）

四

《福布斯》亚洲版2017年9月的英文刊，从第111页到第227页，首次发布了一个重要榜单，即“百位最伟大在世商业思想家”。榜单的题目是“LESSONS AND IDEAS BY THE 100 GREATEST LIVING BUSINESS MINDS”（经验和理念，来自100位最伟大的在世商业思想家）。谢国民先生荣登榜单。

在榜单的最前面，有一段编辑Randall Lame写的类似前言的部分。他介绍了这个前所未有的榜单的产生过程。他特别强调说，这个榜单聚集了100位最伟大的商业思想家，他们是企业家、远见者、先知者，他们极具创新性、跨越性，他们对世界有着持续的影响力，他们在这里积极地分享了他们的经验、智慧和理念。

在杂志中的第226页，谢国民先生分享了他关于“青年一代”的精彩而深刻的论述，英文如下：

Each industrial age is different. We are now in an era when the younger generation is redefining the market with startups, technology and innovation. In this new world, everything happens and changes very quickly. Successful people today are both innovators and disruptors—they create something that was not there before. Most importantly, we need to appreciate that the success we have today can be taken away tomorrow and that there are more capable people with better technology that we need to keep up with. If we are complacent and not open to change, we will soon lose our place. The best way to stay ahead is to learn from the younger generation. The knowledge and thought processes among people who grew up in Industry 3.0, when computers were new concepts, compared to Industry 4.0, when robots and AI revolutionizing production processes, are very different. The new generation will always lead us to new innovations and ways of doing things we could never have imagined before.

我翻译成中文如下：

每一个工业时代都不同。我们当前处在一个年轻一代重新定义市场与创业、技术与创新的新时代。在这个新的世界里，每一件事情的发生和变化都非常快。今天的成功人士，既是创新者，也是颠覆者，他们创造着一些我们过去从来没有的新事物。更重要的是，我们要意识到，今天的成功，明天就会被超越，被那些更有能力、拥有更好技术的人超越，我们要向他们学习。如果我们满足于当前，胸怀小、不创新，我们将很快失去自己的市场和地位。保持领先地位的最好的办法，就是去向年轻一代学习。知识和思维的过程，对于成长于工业3.0时代的人们与成长于工业4.0时代的人们来说，是非常不同的。在3.0时代，计算机是新概念；而进入4.0时代，机器人、人工智能彻底改变了生产过程。新的一代总是会引领我们去做新的创新，去做那些我们过去从来没有想过的事情。

Contents // SEPTEMBER 2017

VOLUME 13 NUMBER 9

Forbes Asia

ON THE COVER

FORBES 100TH ANNIVERSARY ISSUE

COVER PHOTOGRAPH BY MARTIN SCHOELLER FOR FORBES

WISDOM BY

Ted Turner

MAVERICK; CABLE TELEVISION PIONEER; FOUNDER, CNN; HOLLYWOOD STUDIO DABBLER; U.N. SAVIOR

Growing up, my father hired a man named Jimmy Brown to work for our family, and he became one of my dearest friends. Jimmy taught me things my own father couldn't teach me, like how to sail. We were living in Savannah during segregation and Jimmy and I couldn't have been a more unlikely pair—a privileged white kid and a grown black man. But **Jimmy provided more wisdom and understanding than anyone else ever did.** I don't think I would be the person I am today if it weren't for him.

YOUTH BY

Dhanin Chearavanont

AMALGAMATOR; SENIOR CHAIRMAN, CP GROUP

Each industrial age is different. We are now in an era when the younger generation is redefining the market with startups, technology and innovation. In this new world, everything happens and changes very quickly. Successful people today are both innovators and disruptors—they create something that was not there before. Most importantly, we need to appreciate that the success we have today can be taken away tomorrow and that there are more capable people with better technology that we need to keep up with. If we are complacent and not open to change, we will soon lose our place. **The best way to stay ahead is to learn from the younger generation.** The knowledge and thought processes among people who grew up in Industry 3.0, when computers were new concepts, compared to Industry 4.0, when robots and AI are revolutionizing production processes, are very different. The new generation will always lead us to new innovations and ways of doing things we could never have imagined before.

《福布斯》杂志 2017 年 9 月（照片由正大集团北京总部宣传中心提供）

五

2020年《福布斯》3—4月合刊中文版，推出了2020年全球亿万富豪榜，上榜富豪一共2095位，谢国民以个人拥有135亿美元排名第81位。

2020年《福布斯》5—6月合刊中文版，又推出了2020年50位泰国富豪榜，谢氏兄弟（谢正民、谢大民、谢中民、谢国民）以273亿美元再次荣登榜首。据《福布斯》发布的2010—2020年度泰国富豪榜单显示，正大集团谢氏兄弟除2014年居于第二位以外，其余年份均稳居榜首，其中2015年至今已连续6年蝉联泰国富豪榜榜首。

六

我还收藏了一本十分珍贵的杂志，即《中国外资》杂志1997年1月出版的《正大特刊》。

这本杂志由中华人民共和国原对外经济贸易合作部主管，中国外商投资企业协会主办。

杂志的封面是谢国民先生的大幅照片。扉页则刊印了时任全国人大常委会副委员长陈慕华为《正大特刊》的题词“百尺竿头，更进一步”，和中国国际商会会长郑鸿业为《正大特刊》的题词“协力发展互惠互利的国际经济合作”。

编者为杂志写了前言，全文如下：

泰国正大集团是世界著名的跨国公司，拥有数百亿美元的资产，投资于世界二十多个国家和地区。正大集团几位领导人，对中国有特殊的感情，立志要为中国的经济繁荣尽一份心力。早于1979年我国刚实行改革开放，正大集团投资一千万美元（注：应为3000万美元，泰国正大集团1500万美元，美国康地集团1500万美元）在深圳兴办了现代化饲料、养鸡公司，取得了当地001号中外合资企业营业执照（注：应为0001号外商投资企业批准证书）。接着又在汕头、广州、上海、北京、吉林等地，除西藏、青海以外的28个省市（区）投资兴办了120多家合资企业。17年来，正大集团来华投资项目取得了巨大的成就，中国经济学界曾有中肯的评价：正大集团是到中国投资最早、项目最多、效益最好的外资企业。中国中央电视台播放的《正大综艺》节目，亿万观众由此认识了“正大”，但到目前为止，正大集团的成功、规模、经营方针的具体内容，还不为大多数中国人了解。有鉴于此，中国外资杂志社与正大集团共同商定，由本社隆重推出“正大”形象、编辑出版《正大特刊》向海内外进行宣传报道，让更多的中国人了解《正大》，为《正大》下一步来华投资、拓展业务创造一个理想的软环境。《正大特刊》意愿对《正大》的投资业绩作一总结，对《正大》的未来作一次形象地展示，但由于编者对正大集团了解有限，内容难免有不足之处，谨请指教。

编者

1997年1月

《正大特刊》里刊载了罗建琳、全灵、张一、林泉等记者对正大集团的采访报道，清华大学林功实、姜波、张树光等学者对正大集团的调研报告，以及党和国家领导人接见谢国民先生等人的珍贵历史照片，还有正大集团在华投资的部分公司和项目的简况，等等。

在记者的采访报道中留下了谢国民先生一些动情的谈话。

谢国民先生说："正大集团的成功不是我个人的成功，我希望不要忘记我的兄长、同事对我的支持，还有那些默默无闻而对集团有功的同事。我一个人怎样有本领也是不行的，不应该突出我个人，一枝独秀不好，独木不能成林。""我们正大的文化首先是团结，是团队精神。正大由一个普普通通的种子公司发展成今天的状况，有我父亲谢易初和叔父谢少飞的艰苦创业，有我三位兄长和同辈伙伴的发奋开拓，还有现在在不同岗位的 8 万多员工的同心协力运作，是整整两代人共同奋斗的结果。"

他还说："没有父母就没有自己，父母的养育之恩要报答；泰国的社会稳定，使正大集团有顺利发展的环境，泰国政府和人民的恩情要报答；正大进入印度尼西亚、进入中国以后，得到更大的市场、更多的原料和人力资源，事业更发达了，印度尼西亚、中国和其他有恩于正大的国家，正大都要报答。我不能想象，一个人不爱自己的父母、兄弟、同事、朋友，怎么会爱大众百姓和生养他的父母？！没有爱心，怎么会想到为富民强国做有益的事情？！"

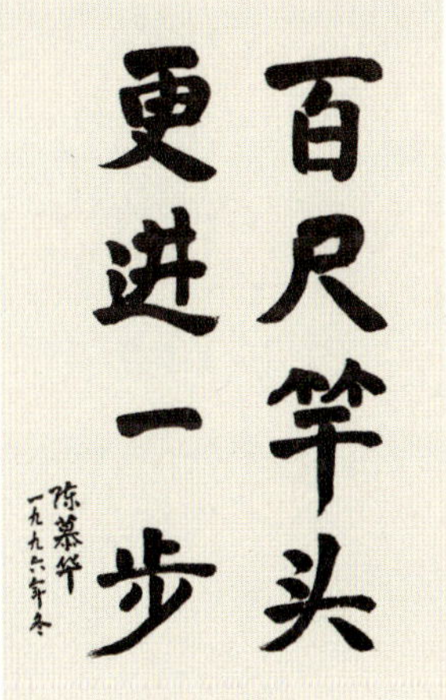

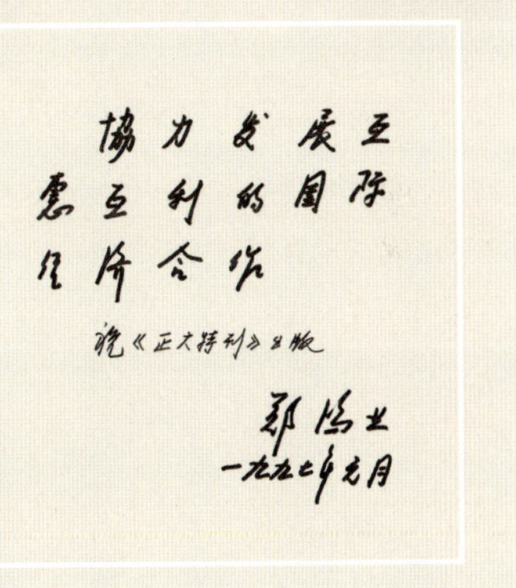

《中国外资》杂志 1997 年 1 月（照片由正大集团北京总部宣传中心提供）

这次采访报道虽然已经过去 25 年了，但谢国民先生的这些谈话，至今读来仍然感人至深。

这就是我收藏的几本记载着谢国民先生珍贵历史信息的杂志。

我也准备将这些杂志捐赠给正在筹备中的正大集团博物馆，以作永远的纪念。

回顾谢国民先生人才观的成功实践

谢毅

故事 046

一、“世界的人才是正大的人才”

谢国民先生是一位世界级的商业领袖，在他的领导下，正大集团遵循“利国利民利企业”三利原则的经营宗旨，从起步于泰国的一家小型的家族企业，到发展壮大为一家世界著名的跨国企业集团，拥有员工 45 万人，这其中成功的因素很多，但谢国民先生的“人才观”是其中极其重大和关键的环节之一，这是毫无疑问的。

正大集团是 1979 年第一家进入中国大陆的外商投资企业。那个时候中国刚刚改革开放，经营管理干部以海外委派为主，实行的是人才国际化。可以说，熟悉市场、国际商务运作的经营管理人才在当时的中国大陆还极其缺乏。所以正大集团刚一开始进入中国大陆的时候，几乎每一家在中国的公司，其高管，包括总经理、财务、采购、生产、品管、销售等职位的负责人，都是来自泰国、美国、新加坡、印度尼西亚和中国港澳台等地区。

那个时候，正大集团的人才国际化，既符合当时大陆缺乏熟悉市场经济、国际商务运作的经营管理人才的实际情况，也符合谢国民先生的人才观。谢国民先生具有世界级的战略胸怀和眼界，他说“世界的人才是正大的人才”，要不拘一格降人才。

海外来的经营管理人员，一开始在客观上起到了老师、榜样的引领和示范作用。此后一批批入职正大集团各公司的职员，在正大集团这所大学校里不断学习、锻炼、成长起来了。他们中的很多人，后来成为正大集团的高管；也有很多人，一开始入职正大，或与正大合作，经过学习得到经验后，自己创业，成了业内的大老板、大企业家。因此，正大集团在改革开放之初，被业界美誉为中国农牧行业的“黄埔军校”。

二、“人才本土化、人才本地化”

正大集团搭上了中国改革开放后经济发展的快车，在进入中国之后，事业发展得很快，各地邀请正大集团前往投资、合资、合作的项目很多。与此同时，对各类人才的需求，特别是对经营管理人才的需求，比较突出。为此，谢国民先生开始强调并推行集团的经营管理干部“人才本土化、人才本地化”，不能主要依靠海外委派经营管理干部。

当时主要有两个渠道，来推进“人才本土化、人才本地化”。

第一个渠道，从 1992 年起，正大集团开始在中国各地招聘在政府部门和国有大中型企业内工作的领导干部、管理干部、专业和技术干部，以此加速在中国经营管理人才的本土化、本地化。

这一类干部，从 1992 年到 2000 年，共招聘了 16 批，总计 203 人。经过集团集中培训后，依据个人专业、专长和能力，先后充实到集团各公司担任总经理、副总经理、总经理助理，以及担任销售、财务、生产、采购、技术、人力等专项业务方面的负责人，为集团推行经营管理干部本土化、本地化打下了坚实的基础，获得了成功。

第二个渠道，就是吸纳了一些优秀的、符合条件的、中方股东同意的中方股东代表。正大集团进入中国大陆以后，有一些与当地政府或政府主管部门、国有大中型企业合资、合作的公司。这一类合资、合作的公司，通常做法是公司的董事长和法人代表请中方股东的主管领导担任，正大集团方则委派总经理负责公司的经营管理，同时中方股东委派一名副总经理作为中方股东的代表，协助总经理工作。

这一类干部的人数不多，有数十名，他们一般是政府或政府主管部门、国有大中型企业的领导干部或部门主管，有一定的工作能力和经验。他们加入正大集团以后，都发挥了很好的作用，有的发挥了重要作用。

三、“以人为本，事在人为，人才是无价之宝”

我是 2002 年由谢国民先生亲自面谈从国家政府部门入职正大集团的。入职后谢国民先生分配给我的任务之一，就是负责集团中国区的人力资源工作，直接向他报告。

回顾 20 年来，在谢国民先生的直接领导下，根据他的人才观和部署，我们在人才选拔、培养、任用上，有几个重要行动，值得回顾和总结。

一是，2002年，我们从集团各地方子公司的总经理、副总经理中选拔了一批业绩优秀、表现突出的干部担任地区级领导职务。目前，这一批干部中的很多人仍然是集团农牧食品企业中国区的核心领导成员。

二是，从2002年开始，我们在我国著名高校中集中招聘MBA毕业生，首批学生由谢国民先生亲自面试，经过一个多月的集中培训后，全部分配到集团各地子公司任总经理助理级以上职务。此后几年，又陆续招聘了一些MBA。这些人大多在集团发挥了重要的作用，作出了贡献，其中很多人目前在集团担任副董事长、资深总裁、总裁等重要职务。

三是，从2004年开始，在各事业线、各地区的青年才俊中组织开展“经营业绩”赛马竞赛，诸如饲料销售赛马、猪事业养殖赛马、食品销售赛马等，从中选拔优秀的青年干部进入各级领导层。2005年，我们组织了首次2004年赛马优秀青年才俊获胜者20人赴泰国参观、交流、培训，谢国民先生在正大集团总部亲自主持会议，听取大家的汇报，与大家座谈，给大家培训、指导，并宴请大家。这项有意义、有实效的优秀干部选拔活动一直坚持到现在。通过赛马竞赛，一批批优秀的青年干部脱颖而出，陆续走上重要的领导岗位，为集团的经营发展作出了重要贡献。

四是，从2010年起，我们开始从部队成规模地招聘退役或自谋职业的团营级军官。截至2017年，前后招聘了9批，总数达到237人。退役军人总体上素质和能力都较强，他们中的有些人取得了优异业绩，走上了重要的领导岗位。

五是，进入新时代，谢国民先生提出集团要加大培养青年才俊。他说要大力从大学里招收共产党员、团支部书记、学生会干部等优秀的大学毕业生来集团工作，并且要给予他们高于一般大学生50%的待遇。他特别强调，在大学入党的学生，不用面试，不是优秀的学生也成不了共产党员。他要求要大胆启用优秀的年轻人，给他们提供舞台和机会，老的领导只能是支持者，不要束缚年轻人的头脑和手脚，让他们充分发挥。相信经过一段时间的历练和实践，将从他们当中产生一批优秀的领导干部，陆续走上各事业的重要岗位。

六是，从 2015 年开始，谢国民先生在泰国发起了一个“培养小老板”的人才培训项目。随后他安排把这个项目推广到了中国，即从中国的大学生中招聘优秀毕业生赴泰国正大领导力学院学习半年，回到中国后安排到一线新项目中担任主管，让他们在实际工作中锻炼成长。这个“培养小老板”的项目，截至 2022 年已经办了 12 批，总共培养了 720 位优秀青年干部，全部充实到生产经营的第一线，成长比较好的、业绩突出的、潜力较大的，都已经担任所在公司的总经理、副总经理等重要职务。

七是，为了更大范围地落实谢国民先生提出的“培养小老板”的人才培养计划，我们与团中央、教育部合作，在集团中国区推出了一个具有实战环节的大学生创新创业大赛的方案。2016 年首先在湖北长江大学试点，从此拉开了“双创”大赛的序幕，接着在两湖地区的 8 所大学全面展开，有 1500 多名大学生踊跃参加，初赛获奖的学生代表队再进行决赛。最终决出前三名：武汉轻工大学代表队、华中农业大学代表队、湖南农业大学代表队分获冠、亚、季军。获胜的三支代表队得到了正大集团的奖励，并免费组织他们游学泰国一周，谢国民先生亲自接待、宴请，并与他们谈话，他说："大众创业是中国政府很英明的决策，也是趋势所在。参加双创大赛的获胜团队都具有创业精神，正是我们集团需要的人才。一年级也可以来，二年级、三年级都可以来兼职学习，课余时间在小老板店里实习，积累经验。四年级的最好，因为一毕业就可以出来当'小老板'。"截至 2021 年，"双创"大赛已经连续成功举办了 6 期，有上百所大学参加和上万名大学生参赛，共有 2000 多名优秀大学生入职正大集团，成为正大集团的新生力量、后备军。

2021 年是正大集团成立一百周年，我们已经开启了第二个一百年的伟大历程。

谢国民先生重视人才、爱惜人才、尊重人才，人才是正大集团基业长青、茁壮茂盛的根基。

谢国民先生对人才百倍、千倍地重视，特别是对新人，他常常亲自选拔、亲自培养，言传身教；他谆谆教导大家"事在人为""以人为本""人才是无价之宝"。

回顾谢国民先生人才观在集团的实践，有着重要的现实意义和指导意义，也正如古话所云"十年树木，百年树人""得人才者得天下"。

谢国民是青年才俊的榜样

薛增一

故事 047

Roots & *Vision* 这本书收录了谢国民先生的自述。其中有一部分他讲到 1958 年至 1963 年即他 19 ~ 24 岁在泰国政府主管的国营禽业合作社工作的经历。这五年的经历，对胸怀大志的青年才俊谢国民先生来说，是一次重要的机会和历练，在这里他学会且显露出了作为一名领导者的特殊才能。他说："当时国营禽业合作社的领导是 K. Yuvaboon 博士。他对我说：'我看好你，你放手做吧。'那时候，我这样一位 20 岁的年轻人，就独当一面，全面负责整个泰国曼谷地区的鸡、鸭、鹅的加工和出口事业。在 K. Yuvaboon 博士的指导下，我学会了如何把大家动员起来、建立组织，如何领导人，如何把大家团结在一起，如何主持会议，他还让我直接向公司董事会报告工作，政府还特别给我配备了一名秘书来做我的助手。"

谢国民先生在 CCTV《华人世界》节目中也谈起过这一段经历，他说："因为我是很认真地工作，所以就变成了给政府提拔作为工商界的代表在管，跟政府公司合营。这样的年龄很少，这是一个机遇，可遇而不可求，泰国所有的鸡蛋都是我在主管，出口马来西亚、新加坡、中国香港，所以我代表政府跟代表企业家，主导这个事情。禽，就是两个脚的，鸡、鸭、鹅的屠宰都要经过现代化的工厂。因为年龄小，所接触都是厅级以上的，所接触的几十位老板，有的年龄还可以做我的父亲，怎么样去平衡政府的利益，还有那些老板的利益……”

我在阅读 *Roots & Vision* 的时候，特别注意到谢国民先生的一段讲述，他说：“I was never involved in even the slightest incidence of corruption, and I never had a run-in with the law. Despite my youth, the cooperative's members all came to respect me.”我试着把这一段英文翻译成中文：“我从来没有涉及哪怕是最轻微的贪污腐败，我从来没有做过任何违法违规的事情。尽管当时我还很年轻，但是禽业合作社的所有成员都很尊重我。”谢国民先生的这段谈话，反映了他正直诚信、严于律己的品格和作风，难能可贵，其谆谆教导对青年干部的健康成长十分有意义。谢国民先生是青年干部的楷模。

我读到谢国民先生的这一段讲述后，就请来和我一起工作的青年干部共同学习，并在我分管的总部有关部门的工作会议上和大家一起学习，号召大家，特别是集团的青年干部向谢国民先生学习。谢国民先生那时候如此年轻，就负责整个泰国的鸡、鸭、鹅的加工和出口事业，经手大量的钱款和货物，但是没有犯过任何贪污腐败的错误，没有做过任何违法违规的事情，是我们大家的榜样。青年人，大学毕业，刚刚步入社会，正是成长上升的重要时期，将来的路还很长，还有很多大事业等着他们去做，但是人在青年时期，或由于正确的世界观、人生观、价值观还不够稳固、坚定，或因为一时的疏忽、动摇、放任，容易受到一些不良社会风气的影响而犯下一些错误，有的错误甚至毁誉终身。

我在会上结合谢国民先生的谆谆教诲，讲述了自己亲身经历的两个拒绝贪污腐败的故事，分享给青年干部，供他们借鉴。

那是1990—1992年，我31～33岁，在石油工业部安徽石油勘探开发总公司采油厂任副厂长，基建工程是我分管的工作之一。在我任职期间，我们采油厂机关大院的住宅小区扩建，好几栋家属楼，以及幼儿园等工程同时开工。

这之前的1988—1990年，我在钻井工程处机关任经济管理科科长，安家在钻井工程处机关大院。1990年，我被提职调到采油厂任副厂长，只我自己去了，我妻子还在钻井工程处工作，住家也没有搬。钻井工程处机关距离采油厂机关大约20千米，我平时住在采油厂机关招待所，只有周末才回到钻井工程处机关大院的家中。

一个周末的晚上，一家基建工程承包商的两个负责人不知从哪里打听到我家的住址，敲门而来。我把他们迎入家门，很是诧异。原来他们是来送钱的。他们从包中取出面额50元钞票的一摞钱，具体多少金额我不知道，那时候还没有100元的钞票。我严词拒绝，请他们全部带回去。我说："我理解你们，知道你们也不容易，但是我们有制度，有基建科、财务科，会按照国家规定的流程和标准来规范操作，决算的时候不会少给你们，也不会多给你们。你们送来的钱如果不带走，我明天早上到厂里就交给纪委，我没有得到，你们既损失了钱，也得不到额外的好处，对你们下次投标还有负面影响，所以你们还是全部带回去。”两位负责人感谢再三，带着他们的钱走了。

还有一次，我在地方上一家正大公司任总经理。这期间，公司新建 3 个大型的圆筒仓，每个圆筒仓可以储存 1500 吨玉米。有一天，一家圆筒仓供应商来我办公室，取出一个牛皮纸的公文袋。他说里面装着现金送给我，边说边把公文袋放在了我的办公桌上。我严词拒绝了，用既严肃又调侃的话语跟他说：“您这里面装了多少钱，我不知道，如果您装了 1 万元，您也太小看我们正大集团的总经理了，我们的价值何止 1 万呢？如果您装了 10 万元，我可能会因为您这 10 万元去坐牢，因为如果您在施工中偷工减料，圆筒仓哪天塌了，造成我们的员工伤亡，事故调查、追究责任的时候，您可能会告诉检察官说，您之所以偷工减料是因为送了我 10 万元，我岂不是要为您这 10 万元坐牢吗？而我一生要挣多少个 10 万元呢，怎么能被您这 10 万元绊倒呢！所以，您送 1 万元给我不合适，送 10 万元给我也不合适，还是请您收回去吧。”

聆听谢国民先生的教诲，联想到我几十年职业生涯一直对自己严格要求，常常告诫自己要“常在河边走，就是不湿鞋”，从来没有沾染过贪污腐败，还是很欣慰的。

我很自豪，成为了一名遵行谢国民先生教导的人。

从谢国民一次性戒烟成功，看他的果断与毅力

薛增一

故事 048

在泰国曼谷市的东北方向，距离曼谷约 180 千米处的考雅市（Khao Yai City），正大集团选了一处群山环抱、风景秀美的地方，建了一所规模宏大的领导力学院（C.P. leadership Institute）。

建学院的目的，主要是着眼于集团的新事业和未来发展，为集团培养青年后备干部和未来领导者，把学院打造成为集团未来业务领袖的“人才加工厂”。

学院筹建于 2012 年，占地 346 亩，其中培训教室及会议室面积为 7 万多平方米，于 2016 年建成，总投资 3 亿美元。

正大集团泰国领导力学院主楼（照片由正大集团北京总部宣传中心提供）

从2016年开始，每年的1月，集团都集中两天时间，在位于考雅的领导力学院召开实现集团愿景的工作会议（REALIZING THE C.P. VISION）。集团分布在全球各地各事业线的主要高级干部及青年才俊代表，这两天都会集在领导力学院参加会议。正大集团中国区的事业是集团事业的重要组成部分，除泰国以外去的人最多。

2018年1月，在实现集团愿景工作会议期间的一天中午，谢国民先生请中国区参加会议的部分高级干部共进午餐，我也有幸参加。

席间，谢国民先生劝说少数几位吸烟的高级干部戒烟。他说，应该戒烟，吸烟对身体没有好处。他接着说，我年轻的时候也抽烟，而且抽得很厉害，最多的时候一天甚至要抽四包烟，后来我戒掉了。

在这个场合，谢国民先生并没有介绍他是怎么戒掉烟的。

然而，早在这之前，我就听李绍庆先生介绍过谢国民先生戒烟的经历。

有一次，李绍庆先生跟我们谈话时说到，谢国民先生对看准、认准的事情，意志强，决心大，追踪紧，处置果断。他举了谢国民先生戒烟的例子。

李绍庆先生说，早年在泰国，有一次，他跟谢国民先生等人一起乘坐火车出差，那时谢国民先生三十几岁，还抽烟呢，同行的人也大多抽烟。坐在火车的包厢里，大家聊天时谈论到戒烟的事，谢国民先生说，好，要戒就马上戒。他随即便从衣服的口袋里掏出香烟和打火机，要扔掉。正当谢国民先生从衣兜里掏出香烟和打火机要扔的时候，李绍庆先生连忙说："把打火机留给我做纪念。"可是，说时迟那时快，还没等李绍庆先生话音落地，谢国民先生已经把香烟和打火机从火车的车窗抛出去了。李绍庆先生说，太可惜了，因为谢国民先生的那个打火机是很高级的。

李绍庆先生，现任正大集团资深副董事长，泰籍华人，个子不高，身材矫健，1942 年出生于泰国宋卡府，是第二代华裔。1964 年，22 岁的李绍庆先生从曼谷 ASSUMPTION（音：阿桑灿）商业学院一毕业，就由谢国民先生亲自面试招聘到正大集团来工作，跟随谢国民先生开疆拓土、打天下。当年，卢岳胜先生任正大集团农牧食品企业董事长，李绍庆先生任正大集团农牧食品企业总裁，他们是谢国民先生身边的两员重要大将。我参加集团有关会议时听谢国民先生说过，谢国民先生常常派李绍庆先生做开路先锋，而派卢岳胜先生随后追踪检查，两位领导的配合可谓珠联璧合、相得益彰。1995 年，我们一批人，先经合肥市人事局选拔推荐，再由李绍庆先生到安徽合肥面试招聘，共 18 位同侪通过李绍庆先生的面试作为集团第 9 批储备干部入职正大集团工作。入职后他又领导主持了我们两个月的培训。他是我入职正大的导师，我对他十分尊敬和感恩。

我于 1995 年加入正大集团，1996 年 5 月，李绍庆先生安排我赴广东茂名，任茂名亚太石化有限公司总经理。那时李绍庆先生是正大集团农牧食品企业的总裁，更多的时间在中国，主管正大集团在中国区的农牧食品事业，同时谢国民先生还委派他分管正大集团在中国的其他一些事业，茂名的石化事业就是其中的一部分。

茂名亚太石化有限公司是泰国正大集团、泰国国家石油公司、中国茂名石化公司三方合资的企业，打算先从茂名、湛江开始，在广东发展加油站业务。当时公司在茂名、湛江等地陆续开办了几个实验性质的加油站，但因为中国政府当时不批准外资企业从事石油零售业，这家公司的业务没有做起来，1997 年底公司就停止了经营，清算、注销了。

因为加油站禁烟，我任总经理，当然要带头遵守，因此下决心戒烟，可是戒烟的过程前后持续了一个多月。一开始决心很大，戒了两三天之后看到其他人抽烟，馋得忍不住，就向别人要一支烟抽一抽，抽了过后又后悔，再次声明戒烟，可是过几天看见其他人抽烟又忍不住要一支烟来抽。如此反复了一个多月，再看到别人抽烟，就不想了、不馋了、不恋了。我彻底戒掉了，并一直坚持到今天，已经有 25 年。虽然也是戒烟成功，但耗时一个多月，比起谢国民先生一次性戒烟，时间成本还是蛮高的。

我的小弟薛增三同志，在安徽省黄山市任黄山松石旅行社董事长，业绩相当不错，他领导的旅行社多年来连续入选安徽省十大

旅行社之一。他也抽烟。我为了他的健康着想，劝解他戒烟，讲谢国民先生一次性戒烟成功的故事给他听，但他总是笑眯眯地借口说，做旅游业要跟各种人打交道，他戒不了。我又故意开玩笑地刺激他说：“三弟，你看，抽烟的一般都是小老板，大老板都不抽烟。”他也持旧不改，到现在也没有戒烟。

2008 年 5 月 18 日至 20 日，中国国际徽商大会在黄山举行，国务院侨办和安徽省人民政府特别邀请谢国民先生出席。会议期间，谢国民先生难得休息一天，在黄山参观游览。我很荣幸地随同谢毅先生参与接待谢国民先生和夫人。我邀请了二弟薛增三也荣幸地随行接待。这是我们兄弟俩陪同谢国民先生和夫人在黄山排云亭游览时的合影（照片由薛增一提供）

谢国民先生一次性戒烟成功，令人钦佩！我想，这个故事彰显的是他那般坚强的意志和毅力，以及雷厉风行、决计果断的处事风格。毫无疑问，这都是他成为世界级商业领袖的成功要素！

鸽子与斗鸡的寓意

薛增一

故事 049

鸽子是一种古老的飞禽，与人类友好相伴已有几千年的历史。

鸽子反应机敏、记忆力强，羽毛多色、漂亮，声音悦耳、和谐，习性洁净，性情温和，妇孺老幼没有不喜爱鸽子的。

据说，斗鸡游戏的发源地可能在亚洲。而在中国，斗鸡作为一种民间娱乐、玩赏活动也已经有几千年了，可谓历史悠久。

相对于一般品种的鸡而言，斗鸡一般体形高大魁梧，体躯长，体质壮硕，耐力无穷，爆发力惊人，智力超高，叫声刚猛，阳刚之气十足，从不服输。

谢国民先生，从小就喜欢鸽子和斗鸡这两种小动物。

我想，鸽子的特性是平和的、温顺的、善以待人的、人见人爱的，而斗鸡的特性是拼搏的、奋进的、不服输的、争拿冠军的。鸽子和斗鸡的这两种性格趋向，集于谢国民先生一身，可能造就了他的成功，或者寓意着他为什么能成功。

您看，鸽子，具有人见人爱的亲和力，就是说谢国民先生具有领袖的亲和力、魅力和威信，他能把世界的人才吸引、凝聚、团结在自己周围。1964 年，谢国民先生回到卜蜂公司接任二哥谢大民先生的职务出任卜蜂公司总经理的时候，当时公司只有职员 200 多人，到了 2019 年的时候正大集团在全球已经有 35 万名职员了。

而斗鸡，具有永不服输、拼搏奋进的精神，也就是说谢国民先生能够带领大家不断地开拓、发展、提高、创新，无论是平台、领域、成就，还是地位、荣誉、财富，抑或社会责任、社会贡献，等等，都能使得追随他的人，从一个成功走向新的成功、从一个胜利走向新的胜利。

谢国民先生是一个不满足的人，不服输的人。他常常说，对于取得的成绩“我只满意一天”。

当然，这是我个人的浅见。我的这个想法，没有请教过谢国民先生，也不知道他同意不同意我的观点。

记诗琳通公主为正大集团的三次珍贵题词

薛增一

故事 050

诗琳通公主，是中国人民对她的尊称，她的全名是：玛哈·扎克里·诗琳通，英文为 Maha Chakri Sirindhorn，是泰国前国王普密蓬·阿杜德的次女，1955 年 4 月 2 日出生于泰国曼谷，1977 年 12 月 5 日被封为女王储，封号“玛哈·扎克里公主”。诗琳通公主以其亲民爱民的风范和作风，深受泰国人民的爱戴和尊敬。

诗琳通公主是杰出的中泰友好使者。1981 年至今（2021 年），她先后 49 次访问中国，并出版她访问中国的书籍和图册，积极评价和传播她在中国的所见所闻、经历与感受，热情地向泰国人民介绍中国。她对中国古典文学有很深的造诣，曾将 100 多首唐宋诗词翻译成泰文，并翻译出版多种中国现代书籍，帮助泰国读者了解中国的现代政治和社会生活。诗琳通公主为促进中泰两国人民的相互了解和传统友谊，为推动中泰教育、文化、科技等领域的务实合作等，作出了积极、卓越且不可替代的重要贡献。

2019 年 9 月 29 日上午，为了庆祝中华人民共和国成立 70 周年，隆重表彰为新中国建设和发展作出杰出贡献的功勋模范人物，弘扬民族精神和时代精神，根据第十三届全国人民代表大会常务委员会第十三次会议的决定，中共中央总书记、国家主席、中委军委主席习近平在北京人民大会堂，向获得国家勋章、国家荣誉称号的人士颁授勋章，其中向诗琳通公主颁授了“友谊勋章”。

正大集团作为一家创办于泰国，并从泰国走向世界的著名跨国企业，它的成功深受泰国皇室、政府、人民的恩惠、支持和爱护，其中就有诗琳通公主多次为正大集团题词，给予正大集团热情的鼓励、肯定和褒奖。

一、《兴旺发达》

2007 年 3 月 30 日《人民日报》报道：“本报北京 3 月 28 日电（记者李宁），外交部发言人华春莹 28 日宣布：应中国政府邀请，泰王国玛哈・扎克里・诗琳通公主殿下将于 4 月 4 日至 11 日访华。”后来行程略有调整，诗琳通公主从 4 月 2 日就开始了此次的访华活动，并于 12 日上午抵达上海，上海也是她此次访华的最后一站。

诗琳通公主于 4 月 13 日来到了上海正大广场，出席了一场别开生面的摄影艺术展的开幕式，并参观展览。《国际在线》发出了记者方梅为此采写的题为“上海近日举办泰国公主诗琳通摄影展”的新闻稿：

一袭棕色正装，脖子上挂着钟爱的相机，13 日中午，泰国王室诗琳通公主第二十四次出现在中国。诗琳通公主不仅来了，还带来了她的摄影展，一场在正大广场开幕的《两段旅程，同一目标——泰王国诗琳通公主和央视主持人丽塔艺术摄影展》展示了这位泰国公主心目中的美丽中国。

据介绍，这次展出的作品包括了一百幅诗琳通公主摄于中国的照片，这是她从一九八一年初访问中国，到今天二十五年间二十四次踏上这片美丽的土地所拍摄的照片，其中有人文景色，也有自然风光；有钓鱼台、人民大会堂，也有中国农村的普通院落；有繁华的特区香港，也有神秘的边城新疆；有丝绸之路，有长江三峡，有敦煌莫高窟……作品画面生动多彩，不拘一格，足以见证这位泰国公主对中国文化的钟情和热爱。

作为泰国国王普密蓬的次女，诗琳通公主留给中国人民的印象是勤奋好学和多才多艺。尤其令人感到亲切的是，诗琳通公主崇尚中国文化，甚至会拉二胡，会写毛笔字，让很多人佩服不已。昨天现身上海的公主就讲着流利的汉语，令人丝毫感觉不到陌生。

在沪期间，她先后参观了上海交通大学、上海海洋水族馆等。昨天，诗琳通公主还被复旦大学授予“名誉教授”证书。诗琳通公主表示，复旦大学在历史、地理和生物等学科研究领域具有国际先进水平，希望泰国高等院校与复旦大学建立良好的合作关系。

这一天，谢国民先生偕夫人李慧侬女士在正大广场热情迎候和陪同诗琳通公主出席摄影展开幕式、参观展览，并陪同诗琳通公主在正大广场五楼廊亦舫餐厅用餐，其间诗琳通公主为正大集团题词“兴旺发达 诗琳通 二〇〇七.四.十三”，热情地鼓励和祝福正大集团的事业蒸蒸日上、兴旺发达。这幅珍贵的题词现珍藏并悬挂于上海正大广场九楼 VIP 会议室。

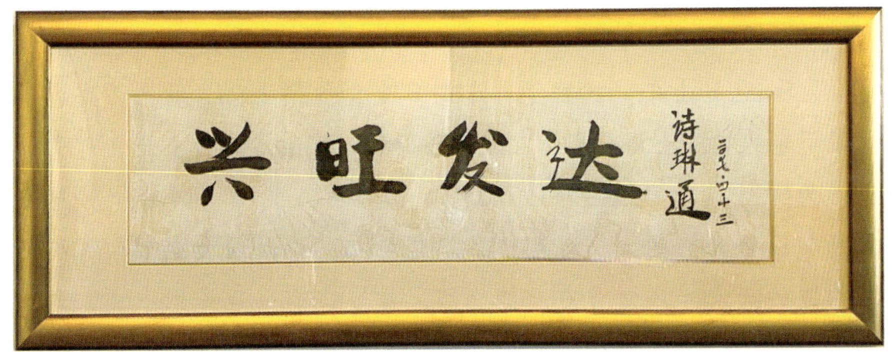

诗琳通公主在题词中。右三和右二为谢国民和夫人李慧侬（照片由薛增一提供）

二、《为国为民》

2009年7月24日国务院新闻办公室发布《诗琳通公主上海观日食　中文讲述泰版“天狗食日”》的新闻：

7月22日上午，数百年一遇的日全食如期上演。泰国诗琳通公主殿下专程来到上海金山，在城市沙滩第一观景台观赏日全食奇观。

为了让诗琳通公主更好地观赏日全食，泰国天文专家特意在现场架设了专门的天文观测设备。观看前，诗琳通公主听取了泰国和中国的天文专家对日全食的介绍。她还饶有兴趣地用中文，向中方陪同人员讲述了泰国佛教中关于“天狗食日”的传说。

相较于阴雨的上海市区，位于远郊的金山区天气情况比较理想。九点半左右，天色渐渐变黑之后，沙滩上许多“观日族”开始欢呼。诗琳通公主也被这种气氛所感染，高兴地拿出一个小木棒敲击不锈钢桶，表示庆祝。日全食结束后，她表示，金山城市沙滩很美，第一观景台这个观测点也很好。虽然受天气影响，日全食的过程时隐时现，但她觉得能看到日全食依然非常幸运。

观看日全食后，诗琳通公主即刻动身前往浙江海宁市盐官镇，准备观看著名的钱塘江大潮。离开之前，诗琳通公主拿出相机拍摄了金山城市沙滩的照片，并和来自泰国的天文爱好者在沙滩上合影留念。

据悉，早在今年3月9日，泰国驻沪总领事差利（Mr. Chalit Manityakul）便专程到上海金山城市沙滩现场察看，并确定了第一观景台作为公主观看此次日全食的地点。城市沙滩地处上海市金山区，被认为是长三角最具海派风格的城市海岸景观，同时也是国家4A级景区。在这里举办的系列盛事，如“世界沙滩排球”“风·夏音乐季”等，已成为上海的“城市名片”。

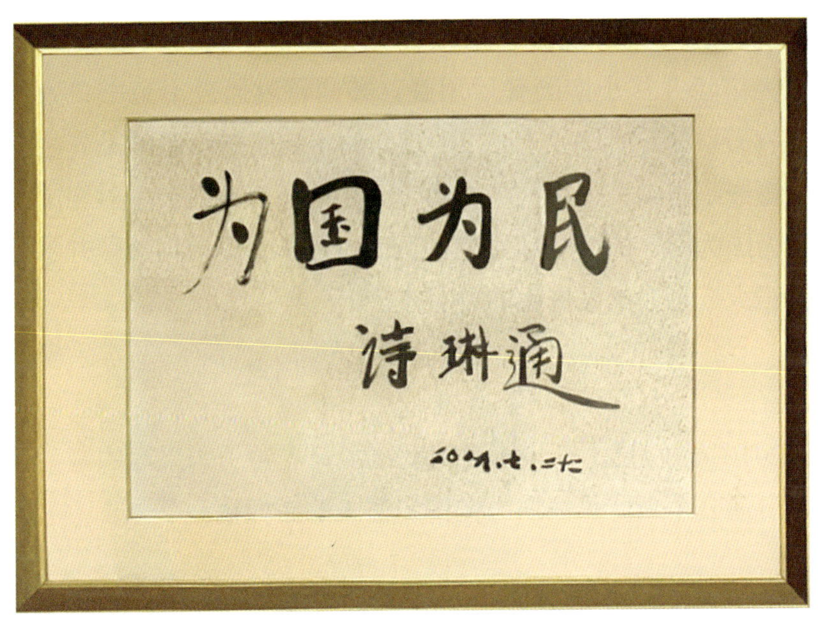

2009 年 7 月 22 日，诗琳通公主在上海正大广场为谢国民题词“为国为民”。上图中公主左侧为谢国民（照片由上海正大广场提供）

就在这一天的晚上，谢国民先生盛情邀请诗琳通公主到上海正大广场九楼小南国餐厅用餐，其间诗琳通公主亲书“为国为民　诗琳通　二〇〇九.七.二十二”的字幅赠送给谢国民先生，题词中镶嵌了谢国民先生的中文名字，表达了诗琳通公主对谢国民先生“为国为民”的赞誉和肯定。目前这幅珍贵的题词珍藏并悬挂于上海正大广场谢国民先生的办公室。

三、《正统大雅》

2010 年 7 月 21 日，新浪网发布了记者钟子娟采写的题为《泰国诗琳通公主观博热情堪比世博奶奶》的新闻稿：

昨天是中泰建交 35 周年纪念日，上海世博园迎来了一位尊贵的客人——泰国公主诗琳通。冒着 35℃的高温，这位中国人民的老朋友先后参观了日本、法国、挪威等场馆。今天下午，她将第三次入园参观浦西场馆。三天走遍 25 个世博场馆，诗琳通公主对世博的热情堪比“世博奶奶”。

手捧笔记本，胸前挂着照相机，还背着一只蓝色小包，诗琳通公主昨天一身朴素的打扮，让许多不知情的人以为她只是普通游客。据了解，昨天是诗琳通公主第二次进园，前天，她已参观了中国国家馆、主题馆和澳门馆。以聪颖好学著称的诗琳通公主每到一个场馆，不仅认真听现场讲解，还不时停下来在笔记本上做记录，令在场人士印象深刻。

昨天中午在正大美食馆品尝菜品之后，诗琳通公主欣然提笔用中文题词“正统大雅”，并写下自己的中文名字。公主漂亮的中文书法和深厚的汉语功底，引来一片赞叹。

随行人员告诉记者，诗琳通公主此次到访世博园是为了纪念中泰建交35周年。“公主上午参观了日本馆、韩国馆和沙特馆，下午要去C片区参观法、德、意、美、西以及挪威和丹麦馆。”这位随行人员在公主午餐时向记者透露，诗琳通公主特别提出，要与英国馆“蒲公英”合影。今天下午，公主将第三次入园，参观上海案例馆、伦敦案例馆、石油馆等浦西场馆。

正如新闻稿所说，7月20日诗琳通公主来访上海世博园，其间在谢国民先生、谢吉人先生等的陪同下，视察了由泰国正大集团在世博园内投资设置的“正大美食馆”。在视察过程中，诗琳通公主详

诗琳通公主在题词中，右一为谢国民（照片由中新社记者康玉湛摄）

细询问了食品原料来源、质量保证体系，并在正大美食馆用餐。当听说正大美食馆的主要原料均来自泰国原产地、主要肉食品来自正大集团在中国的一条龙企业时，诗琳通公主很高兴并强调说，做食品产业一定要讲道德、讲诚信，通过农牧食品产业的合作可以使中泰两国人民的友谊更加亲密。其间她欣然用中文题写了“正统大雅”的字幅，其中巧妙而富有寓意地镶嵌了“正大”两个字，这是诗琳通公主对正大集团的褒奖和勉励。

我们衷心地祝愿中泰友谊万古长青！

我们衷心地祝愿中泰一家亲牢不可破！

我们衷心地祝愿诗琳通公主健康长寿！

正大集团始终看好中国的发展，将坚持在中国继续加大投资，书写中泰友好的新篇章，感恩和回报诗琳通公主对正大集团的关怀、爱护和褒奖、鼓励。

附言：感谢上海正大广场赵霞小姐（泰籍）为本文提供新闻线索和有关照片资料。

华商领袖谢国民

——记谢国民先生与中国侨商投资企业协会和中国侨商联合会

谢毅

故事 051

一

中国侨商投资企业协会是经国务院同意，民政部批复成立的由华侨、外籍华人、香港澳门同胞境内投资企业和地方侨商组织、知名侨资企业家组成的全国性非营利社会团体。国务院侨办是协会的主管部门（2019 年中国侨联作为协会新的业务主管单位）。

2008 年 1 月 16 日，中国侨商投资企业协会在北京人民大会堂隆重举行成立大会。全国政协副主席罗豪才，全国人大华侨委员会主任委员陈光毅，全国政协港澳台侨委员会主任郭东坡，国务院侨办主任李海峰、副主任赵阳和任启亮，科技部部长万钢，中国侨联主席林军，商务部副部长马秀红，民政部副部长姜力，泰国正大集团董事长谢国民等出席成立大会，并由罗豪才、李海峰、郭东坡、姜力、谢国民共同为中国侨商投资企业协会揭牌。

此前一日，中国侨商投资企业协会首届会员代表大会在人民大会堂隆重召开，会议选举全国政协港澳台侨委员会主任郭东坡任中国侨商投资企业协会首届名誉会长，泰国正大集团董事长谢国民任首届会长，协会拥有各类会员 300 个。

改革开放以来，世界各地的华侨企业踊跃进入中国，到 20 世纪 90 年代，全国各地陆续成立了 31 个地方性侨商组织。随着各地侨商组织的建立和发展，成立全国性侨商组织成为各地侨商组织和众多侨商的一致呼声。

2004 年，北京、上海、深圳等地的 14 个侨商组织联名发出《关于成立全国华商总会的倡议书》，呈交国务院侨办。国务院侨办报国务院同意后，正式启动了成立“中国侨商投资企业协会”筹备工作，并于 2005 年 7 月向民政部提请批准成立了“中国侨商投资企业协会”。

为了组建好中国侨商投资企业协会首届班子，特别是在首届会长的人选问题上，国务院侨办在李海峰主任的领导下，广泛征求意见、充分酝酿协商，并报国务院同意，向中国侨商投资企业协会首届会员代表大会推荐了泰国正大集团谢国民先生，最终经大会选举，谢国民先生当选为中国侨商投资企业协会首届会长。

二

谢国民先生当选首届会长，可以说是实至名归。在中国改革开放初期，西方的跨国企业对一个具有极不确定性的、刚刚改革开放的新兴市场还抱着观望、怀疑态度的关键时刻，谢国民先生就带领正大集团来到深圳，投资创办了中国改革开放后进入大陆的第一家外商投资企业，领取了 0001 号外商投资企业批准证书。他是中国改革开放坚定的支持者、积极的参与者和贡献者，他的作为有力支持了中国的改革开放，发挥了极好的引领示范作用。跟随着正大集团的脚步，众多的海外企业相继进入中国，为中国改革开放后的经济建设带来了急需的国际上的资金、技术、管理、人才等，局面焕然一新。

然而，在首届会员代表大会筹备期间，当谢国民先生接到通知——国务院侨办将他作为中国侨商投资企业协会首届会长人选时，却十分谦虚，他说自己年纪大了，应该把这个珍贵的机会让给年轻一代的优秀海外华商精英。此外，他觉得自己除了每年来中国若干次之外，大部分时间常在泰国，也怕没有更多的时间和精力来为中国侨商投资企业协会服务、为广大会员服务而耽误协会工作。因此，在李海峰主任约他会见前，他就想好了，要向李海峰主任当面表达自己不能胜任的想法。

可是，见面以后，李海峰主任不同意谢国民先生的想法。她十分诚恳地说谢国民先生是当代华商领袖，作为中国侨商投资企业协会首届会长人选是众望所归，并且已经上报国务院同意，也已经提请民政部批准，希望谢国民先生担任会长后，能够继续、更好地发挥他在国际上和华商中的巨大影响力和带头作用，调动和团结海内外广大华商，为中国的经济建设和改革发展营造良好的国际环境，作出更大的贡献。听了李海峰主任一席站位高远的寄语，谢国民先生改变了初始的想法，当场表态欣然接受，并表示一定在国务院侨办的领导下，尽职尽责，做好工作，绝不辜负中央和广大会员的厚望。

2011 年，谢国民先生经会员代表大会选举连任第二届会长。

按照协会章程，会长任期最多连任两届。然而，到了 2014 年第三届换届时，在国务院侨务办公室裘援平主任的领导下，经反复斟酌，并经国务院侨办党组研究决定，继续推荐谢国民先生担任会长，最终经会员代表大会讨论，修改了协会章程，选举谢国民先生继续担任会长。此后又于 2017 年连任第四届会长。

2019 年 5 月 29 日，中国侨商投资企业协会转隶工作会议在北京召开，中国侨联党组书记、主席万立骏出席会议并讲话，副主席李卓彬、隋军、李波等出席会议，李卓彬副主席通报了侨商组织整合融入的总体情况，中国侨商投资企业协会会长谢国民，中国侨商联合会会长许荣茂，中国侨商投资企业协会常务副会长陈丽华、谢炳、赵涛、王学利、吴立春，以及副会长、副监事长、常务理事、理事、监事、会员、团体理事及会员代表共 240 余人出席会议。会议根据党和国家对侨务体制改革的总体安排，为服务国家侨务工作大局，决定中国侨商投资企业协会整体融入中国侨商联合会，两家合为一家。

2019 年 11 月 17 日，中国侨商联合会第五次会员代表大会在北京隆重召开。在中国侨联党组书记、主席万立骏的领导下，副主席李卓彬的具体指导下，经中国侨联推荐，会议选举谢国民、许荣茂为中国侨商联合会第五届联合会长。至此，中国侨商投资企业协会，在国务院侨办的领导下，胜利完成了自己的历史使命，整体融入中国侨商联合会。之后，在中国侨联的领导下，奏响了新时代的华章新篇。

三

中国侨商投资企业协会自 2008 年 1 月成立及后来整体融入中国侨商联合会以后，在国务院侨办和中国侨联的领导下，谢国民先生作为中国侨商投资企业协会会长和中国侨商联合会会长，主导和参与了大量载入史册的工作。简要例举如下。

（一）慈善公益，奉献社会

积极支援地震灾区的重建工作。2008 年 5 月 12 日，四川汶川发生了 8.0 级大地震，给当地人民造成极其重大的人员和财产损失，是中华人民共和国成立以来破坏性最强、波及范围最广、灾害损失最重、救灾难度最大的一次地震。7 月 4 日至 6 日，在国务院侨办李海峰主任率领下，出席“知名侨资企业家四川行”活动的中国侨商投资企业协会会长谢国民等 57 位知名侨商一行，先后到汶川地震的重灾区北川县、绵竹市和都江堰市等地考察灾情，慰问受灾群众。在这次抗震救灾、重建家园活动中，中国侨商投资企业协会的侨商企业家们积极为地震灾区捐款捐物，总额达 4.5 亿元，充分展示了广大侨商侨企情系灾区人民的爱心和情谊，其中谢国民领导正大集团为地震灾区捐赠款物达 3000 万元。2010 年 4 月 14 日，青海玉树地震发生后，谢国民领导正大集团再为地震灾区捐赠款物 377 万元。2013 年 4 月 20 日，四川省雅安市芦山县发生 7.0 级地震，消息传来，举国震动。一方有难八方支援，在国务院侨办裘援平主任倡议下，侨商企业家纷纷伸出援助之手，对灾区进行了各种形式的捐助、支持与帮助，谢国民领导正大集团为雅安地震灾区捐款 2000 万元，驰援灾区抗震救灾。

2020 年以来，面对新冠疫情，在谢国民的领导下，正大集团积极响应中国侨联的号召，持续开展驰援抗疫行动，截至 2022 年 12 月底，正大集团累计捐款捐物 8250 万元，为北京市等中国的 29 个省区市提供爱心援助，支持当地开展疫情防控工作。正大集团的抗疫行动得到了各级政府和社会各界的肯定和赞誉，共收到来自政府、疾控单位、受赠单位、慈善机构等各方的感谢信、感谢证书、感谢锦旗等 109 件；被中国侨联授予“全国侨联系统抗击新冠肺炎疫情先进集体”等荣誉；16 套抗疫相关物品被中国华侨历史博物馆收藏并展出。

积极支持 2022 年北京冬奥会。2019 年，中国侨联向全球华侨华人发出“捐建华侨冰雪博物馆”的倡议书，广大侨商侨企、海外侨胞、归侨侨眷和各级侨联组织积极响应、踊跃参与，共捐款 1.6 亿元人民币，充分展现了广大侨胞心系桑梓、爱国爱乡的深厚情怀与侨界助力国家大事的作为和风采。其中，中国侨商联合会在谢国民会长等侨企领导的带领下积极响应，正大集团、世茂集团、金光集团、益海嘉里集团、金鹰集团、玖龙集团、融侨集团七家侨企率先表态，以实际行动支持倡议，每家侨企捐款 2000 万元人民币，共计 1.4 亿元。

（二）产业扶贫，振兴乡村

积极响应北京市委、市政府号召。2009 年，正大集团携手平谷区政府、北京银行、西樊各庄农民专业合作社，以创新的“四位一体”模式，投资 7.2 亿元，兴建平谷 300 万只现代化蛋鸡产业项目，带动西樊各庄 852 户低收入农户和平谷区 756 户残疾户共同致富，开启和引领产业扶贫模式新格局、新风标，取得了很好的社会和经济效益，得到了各级领导的肯定和赞誉。

积极参与国务院侨办发起的“万侨助万村”活动。2010 年 4 月，全国“侨爱工程——万侨助万村活动”工作会议在浙江省宁波市召开，国务院侨办李海峰主任作了“发挥侨务优势，服务中心大局，倾力助推社会主义新农村建设”主题报告，农业部和浙江省、宁波市等有关领导出席了会议。谢国民先生应邀出席会议，并发表重要讲话。正大集团在大会上发布了合作开发宁波慈溪杭州湾现代农业生态园项目，以实际行动积极参与“万侨助万村”活动。截至目前，该项目荣获首批国家现代农业产业园、国家农业科技园区、国家农村产业融合发展示范园、全国新型职业农民培育示范基地等 100 余项国家级、省市级荣誉，累计投资超 40 亿元，园区入驻企业 32 家，带动农民就业 1.4 万余人。

正大集团积极参与和支持中国乡村建设，持续以产业扶贫助力脱贫攻坚，以产业扶贫推动乡村振兴。据不完全统计，截至 2021 年 12 月，正大集团各类产业扶贫项目总投资额已超过 100 亿元，项目遍及北京平谷、甘肃庆阳、四川凉山、四川梓潼、云南弥渡、湖北襄阳、广东湛江等地，拉动了当地经济社会发展，成为产业扶贫、乡村振兴的实践者和引领者。

（三）活动多样，影响广泛

积极参与国家重大高层论坛。十多年来，谢国民先生分别参加了北京“中国发展高层论坛”、北京“亚太经合组织（APEC）工商领导人峰会”、北京“世界华侨华人工商大会”、北京“‘一带一路’国际合作高峰论坛”、厦门“金砖国家工商论坛”、香港“中总世界华商高峰论坛”、北京“中华海外联谊会理事大会”等国家级重大高层论坛。

积极参加或举办各种华商会议或活动。多年来，谢国民先生积极参加国务院侨办和中国侨联举办的“华商领袖与华人智库圆桌会议”，以及在各地举办的多种类型的华商活动大会，诸如武汉“华创会”、天津“华博会”、山东“华商企业科技创新合作交流会”、云南“东盟华商会”、四川“‘一带一路’华商峰会”和“世界华商大会”、海南“华人华侨投资暨创新创业洽谈会”、北京“华侨华人社团联谊大会”、长沙“2018年全球华侨华人春节联欢晚会录制”等。

积极率先参加国务院侨办和中国侨联组织的侨商企业家参加国家级大型商务活动，诸如2010年5月在上海市举行的第41届“世界博览会”，和2018年开启的在上海举办的“中国国际进口博览会”，以及2021年以后分别在北京、海南开启的“中国国际服务贸易交易会”“中国国际消费品博览会”等，支持和拥护中国的高水平扩大开放和经济高质量发展。

特别是2020年新冠疫情发生以来，谢国民先生虽然身在泰国，但十分关心中国的疫情防控、经济发展和社会稳定，支持并称赞中国党和政府在疫情暴发后以人民为中心的抗击疫情和保民生、保供应、稳市场、稳经济的政策举措与取得的成果，并委派正大集团中国区有关领导代表他多次参加中国侨联组织的有关活动。

（四）民间外交，广交朋友

积极开展民间外交，促进国际间商务交流和中国与各个国家的友好关系。

2009 年 2 月，应菲律宾总统阿罗约的邀请，由 30 多位从事农牧业、房地产、教育、服装、餐饮、能源等领域的知名侨资企业家组成的“中国侨商投资企业协会高层代表团”，在谢国民会长的带领下赴菲律宾经贸考察及参观访问，受到了阿罗约总统的接见，中国侨商投资企业协会还与菲律宾主要华商团体菲华商联总会及菲华工商总会签订了友好合作协议。

2011 年 10 月，由新加坡中华总商会主办的第十一届世界华商大会在新加坡举行，谢国民先生应邀作为中国侨商投资企业协会会长率团出席，并在“成功企业家论坛”发表致辞。在闭幕式上，会议宣布 2013 年第十二届世界华商大会将由中国侨商投资企业协会主办，四川省成都市承办。谢国民会长和成都市副市长王忠林从新加坡中华总商会会长张松声手中接过世界华商大会会旗。谢国民先生表示，中国侨商投资企业协会将竭尽全力配合四川省成都市，努力将第十二届世界华商大会办成一届精彩、务实、共赢的全球盛会。

（五）华商大厦，侨商之家

2010 年 10 月 10—11 日，中国侨商投资企业协会一届三次常务理事会在天津召开，国务院侨务办公室主任李海峰，天津市有关领导，中国侨商投资企业协会会长谢国民先生和来自世界各地的 100 多位理事代表与会。

谢国民先生在会上发表讲话，其中特别介绍了在国务院侨务办公室的领导下，经正大集团与北京市有关方面反复商谈，拟在北京 CBD 核心区建造两栋办公大厦，其中一栋为“中国侨商大厦”

的构想。谢国民先生说："中国侨商大厦"将成为一座标志性的建筑，吸引世界各地的侨商，到大厦内设立中国总部、地区总部，以此来展示广大侨商热爱中国、投资中国、为中国发展作贡献的深厚感情，并将"中国侨商大厦"中的两层楼作为中国侨商投资企业协会总部的所在地。这就是今天矗立在北京 CBD、高达 238 米、总建筑面积 31 万平方米、总投资近 100 亿元的双子座——"正大中心"，其中一座冠名为"世界华商中心"。

（六）博鳌论坛，华商发声

在国务院侨务办公室和博鳌亚洲论坛秘书处的领导下，自 2011 年 4 月起，每年的博鳌亚洲论坛"华商圆桌会议"在博鳌亚洲论坛年会期间如期举行，谢国民先生作为博鳌亚洲论坛召集人之一和中国侨商投资企业协会会长主持了圆桌会议。来自中国内地、港澳地区以及世界各地的知名华商代表在圆桌会上畅谈，共商华商在世界经济发展中加强合作，再创辉煌。"华商圆桌会议"已经成为博鳌亚洲论坛年会的重要组成内容之一。

（七）使命光荣，责任重大

谢国民先生十分荣幸地受邀参加了纪念中国人民抗日战争暨世界反法西斯战争胜利 70 周年系列活动和庆祝中华人民共和国成立 70 周年系列活动。

2015 年 9 月 3 日，谢国民先生十分荣幸地与中国国家领导人、部分外国领导人和来宾、社会各界代表等一起登上了天安门城楼，参加中国人民抗日战争暨世界反法西斯战争胜利 70 周年纪念大会，并观礼了盛大的中国胜利大阅兵，还应邀参加了在北京人民大会堂隆重举行的招待会，观看纪念中国人民抗日战争暨世界反法西斯战争胜利70周年文艺晚会《胜利与和平》。

2019年9月28日至29日，谢国民先生和谢吉人先生连续出席了三场各部委举行的国庆招待会。9月30日晚，谢国民先生和谢吉人先生出席了在北京人民大会堂隆重举行的庆祝中华人民共和国成立70周年招待会，与党和国家领导人及4000余名中外人士欢聚一堂，共庆新中国七十华诞。10月1日上午，庆祝中华人民共和国成立70周年大会在北京天安门广场隆重举行，习近平总书记发表重要讲话，随后举行了盛大的阅兵式和群众游行，谢国民先生应邀参加庆祝大会，并在天安门城楼观礼阅兵；谢吉人先生应邀参加庆祝大会，并在天安门观礼台观礼阅兵。10月1日晚，谢国民先生再次登上天安门城楼参加了庆祝中华人民共和国成立70周年联欢活动。

四

1979年，谢国民先生乘着中国改革开放的强劲东风，率领正大集团从泰国来到中国，在深圳投资创办了第一家进入中国大陆的外商投资企业。四十多年来，谢国民先生为中国改革开放的伟大事业所作出的历史性贡献，得到了党和政府的高度肯定和褒奖，得到了社会各界的普遍认同和赞誉。从那时起，多年来，谢国民先生先后多次受到党和国家领导人的接见。这是党和国家领导人对广大海外华侨华人的重视和厚爱，对谢国民先生等广大侨商企业家的重视和厚爱！党和国家不会忘记广大海外华侨华人为实现中华民族伟大复兴的中国梦所作出的努力和贡献，不会忘记谢国民先生等广大侨商企业家对中国经济建设和社会发展作出的努力和贡献!

进入新时代，谢国民先生多次在重大国际会议上表示，他始终看好中国的发展前景，对中国党和政府充满信心，对中国的发展前途充满信心，正大集团将继续加大在中国的投资发展，为新时代的中国经济建设和社会发展、为实现中华民族伟大复兴的中国梦作出更多更大更新的贡献!

2022 年 10 月 16 日，中国共产党第二十次全国代表大会在北京开幕。习近平总书记代表第十九届中央委员会向大会作报告，回顾了过去五年以及党的十八大以来十年的工作成果，并就全面建设社会主义现代化国家作出了部署。在中国侨联组织的学习贯彻党的二十大精神侨商座谈会上，中国侨商联合会会长谢国民在泰国通过视频发表感言，他说:“我在电视上收看了中国共产党第二十次全国代表大会开幕式，听到了习近平总书记的报告，作为一名海外华人，我感到十分振奋。党的十八大以来，在习近平总书记的英明和坚强领导下，中国共产党带领中国人民，改革创新，努力奋斗，取得了新时期中国改革开放和社会主义现代化建设的一系列伟大成就，农村贫困人口全部脱贫，人民生活实现全方位改善，全面建成了惠及 14 亿人口的小康社会，创造了中华民族发展的历史新高度，深刻地改变了中国、影响了世界。”他最后说，“我认为，中国的新发展，为世界、为广大侨商提供了广阔的发展空间，是我们海外华侨华人的最好的发展机遇和时期。我对中国的发展前景充满信心，我向广大侨商发出倡议，积极参与中国新时代经济建设，在中国投资发展大有可为，让我们共同努力，为建设更加繁荣富强的中国，作出我们海外华侨华人新的贡献。”

做自己喜欢做的事情不会辛苦

翁海鑫

故事 052

加入正大集团近二十年，是我个人得以不断成长和得到锤炼提升的人生历程，过往一些与谢国民集团资深董事长相处的点滴小事，恍如电影的回放，一一浮现眼前。正是这些点滴小事，使我受益匪浅，并在一路走来的职业生涯中不断指引着我砥砺前行。

有一件让我印象特别深刻的事情，发生在 2009 年 7 月 8 日至 9 日。当时，谢国民资深董事长应广东省政府邀请前来广州市访问考察，虽然两天的行程安排得满满当当，但是资深董事长为了给广州卜蜂莲花团队鼓舞士气，特意挤出了 1 小时视察广州门店。

2009 年 7 月 9 日 11 时 45 分，谢国民资深董事长来到广州卜蜂莲花天河店视察。正大集团副总裁李闻海带领着我、商品部和运营部负责人，以及天河店黄俊恒店长，在门店接待了资深董事长一行。为了表达我们感恩资深董事长不辞劳累前来视察看望我们，资深董事长一下车，我们第一句话就跟资深董事长说：“您辛苦了！”资深董事长的一句回话，让我印象深刻，感触良多，深植脑海并一直鼓励至今。他当时笑着跟我们说：“做自己喜欢做的事情不会辛苦。”

随后资深董事长与大家一边巡店，一边了解门店的情况。当时天河店是广东省卜蜂莲花排名前三的门店，隔壁是同行沃尔玛广州市日销百万的门店。资深董事长听完黄店长的工作汇报，指示天河店要将销售目标从日销80万元增加到100万元，超过隔壁的沃尔玛，并且年利润目标也要定到5000万元。资深董事长当天在百忙之中来到天河店，看到店里的顾客人山人海，各个细节都做得很到位，他鼓励大家，零售就是细节，大家要创新，要关注商品品质，才能满足顾客需求，保持持续的增长。吃穿方面更加要关注品质。

当来到服装区的时候，资深董事长还买了一件衬衫带回泰国。当时，我们都把这当作资深董事长对天河店经营状况的激励和肯定，没承想两个月后，当我再次见到资深董事长的时候，他指着身上穿的衬衫笑着对我说道，这件衬衫就是两个月前在天河店买的，他一直有穿，质量不错。小小的一件事，给我大大的震撼，一位知名跨国企业的董事长，居然真的会穿一件在超市购买的79元钱的衬衫，并且一直穿，还说质量不错。这种对事业的情怀，这种对品质的认知，是我学习的源泉和榜样，一直激励着自己在零售事业上不断创新和精进。

百年基业平地起，值此正大集团开启第二个100年的起点，为了更美好的明天，“做自己喜欢做的事情不会辛苦”“零售就是细节，大家要创新，要关注商品品质”……谢国民资深董事长这些朴素的教诲，言传身教的处事方式，如春风化雨，润物无声。小小故事，大大道理。

小故事　大情怀

故事053

薛增一

2013 年 1 月 16 日，是我始终不忘的一个平凡而特殊的日子。

这要从正大集团的创新工作说起。

从 2009 年开始，正大集团每两三年在泰国曼谷举办一次正大集团全球创新博览会，来自正大集团世界各地的企业都派出代表，带着各自企业的创新获奖项目前来参展，展示、交流、分享创新成果。在博览会开幕式上，组委会请集团领导人对获得一、二、三等奖的项目，隆重予以颁奖、表彰，以彰显集团鼓励创新、培养人才、促进可持续发展的战略和导向。

创新博览会自举办以来，参展的创新项目由 2009 年的 224 个，发展到 2019 年的 2249 个；参与创新的人数也由最初的 1029 人，发展到 2019 年的 34390 人，极大地促进了创新工作的全员参与、全面推进，为集团发展带来了新的增长点，取得了骄人的业绩。以正大集团农牧食品企业中国区为例，2019 年创新项目带来了23个专利、52个实用新型，这些成功都产生了丰厚的经济收益。

为了做好创新工作，正大集团农牧食品企业中国区各大区、各事业线、各职能线，每年都组织开展创新项目评选。

饲料生产职能线更是一马当先，常常拔得头筹。

2013年1月16日这一天，饲料生产职能线在正大集团北京总部举行活动，对2012年的创新工作进行总结表彰。这一天谢国民先生正好在北京主持中国区工作会议，饲料生产职能线的两位领导——郭文昌先生和邵来民先生，就邀请他为创新获奖者颁奖。

谢国民先生来到会议现场，微笑着跟大家打招呼，按照会议议程，他首先听取了邵来民的创新工作汇报，然后逐一为每位创新获奖者颁奖。

颁奖之后，他即兴发表了致辞。

致辞并不长。其中，他联系集团六条价值观，着重讲了创新工作中的一个真实的小故事，以小寓大、真实生动地为大家讲用正大集团六条价值观。

他说："集团在泰国每年也有创新比赛。有一个正大集团虾产品加工厂的技术员，他发明了一个装置，就是在加工虾之前，为了加工出来的虾产品好看，用这个装置夹住虾的头和尾，把虾拉直，同时也稍微拉长了一点。他的这个创新在他们厂获奖了，推荐到集团来评选。那一次正好我也参加了集团创新委员会关于获奖项目的终审评选会议。听了这个项目的介绍后，我不同意，一票否决了。为什么呢？因为你把虾拉直的同时，也把虾拉长了，虾本来没有那么长，你把它拉长，虽然没有造假，但还是有一点点骗人的嫌疑，所以你的这个创新不符合正大集团正直诚信的价值观，因此我不同意这个项目获奖。"

2013 年 1 月 16 日，谢国民在北京正大集团总部的大会议室，为饲料事业生产线 2012 年度创新大赛获奖者颁奖（照片由饲料生产线办公室提供）

2013 年 1 月 16 日，邵来民（站立发言者）向谢国民汇报创新工作进展和取得的成效（照片由饲料生产线办公室提供）

谢国民先生多么可爱，多么朴实，多么正直，多么诚信啊！

那一天，我在现场聆听了谢国民先生的即席演讲，并记录下了这个有意义的小故事。

就是这个小故事，令我至今难忘，我经常给大家分享这个感人的小故事。

这个小故事，是谢国民先生临场即席讲的，并没有事先准备，或者刻意要表达的高大上，而是十分自然、贴切、本能地表达了自己内心深处想说的话。

社会上有些许人，他们说一套、做一套，言不由衷、表里不一，但谢国民先生不是这样。

我有幸多次参加过谢国民先生出席的一些会议和活动，现场聆听谢国民先生作决定、作指示、发表谈话时，常常把正大集团的六条价值观运用和表述在其中。

我深深地体会到，正大集团六条价值观体现了谢国民先生的本色，他是一个言行一致的人，言而有信、知行合一、身体力行、以身作则、言传身教，他为我们树立了正直诚信的榜样。

谢毅先生的一次发言，很有助于我们了解谢国民先生的特质。

那是2014年12月8日下午，正大集团北京总部举办了“正大集团走进中国35周年回望”座谈会，谢毅先生在会上发言，从八个方面深情地谈了他对谢国民先生的认识。那次会议我也参加了，以下是我笔记本中记录的谢毅先生发言的要点。

1. 人品高尚。谢国民先生没有任何不良嗜好，一心为工作。

2. 非常敬业。几乎没有个人的业余时间，所有的时间和精力都用在工作上。

3. 为人低调。待人和蔼，尊重他人，尊重下属。

4. 信心坚定。只要是他看准的事情，就坚定不移地往前推进，抓落实，抓执行。

5. 胸怀大。对人很包容。用人所长，容人所短。

6. 有远见。很少见到他这样有远见的人。而他的远见不是像有的人那样空谈、忽悠，他非常务实。

7. 中国情结重。他热爱中国，热爱中国的文化、中国的传统。

8. 对人才极其重视。他非常重视对人才的寻找、选拔、培养。特别是天才、超人，他一直在为集团寻找这样的人才。对于人才，他不论学历，不论出身。

2005 年夏季的一天，我参加了谢国民先生在上海卜蜂莲花总部召开的会议，他在会议上给正大集团的各级干部推荐了一副对联：

诚信仁义天赐宝
慈爱和气地生金

我觉得，这是他心灵境界的真实写照。

我把这副对联装裱起来，挂在正大集团北京总部会客室的墙上。

诚信仁义天赐宝
慈爱和气地生金

谢国民推荐的对联（照片由正大集团北京总部宣传中心提供）

附文：饲料生产职能线总部办公室当时写的新闻稿

饲料生产线2012年度优秀创新项目表彰大会在京举行
谢国民董事长出席并颁奖

1月16日早上，中国区饲料生产职能线在北京总部M1会议室举行了“2012年度饲料厂优秀创新项目表彰大会”。集团谢国民董事长亲自为16个获奖项目代表颁发奖状，参加中国区工作会议的北京总部、各地区、职能线资深副董事长、副董事长等在京领导同时出席了本次表彰大会。

饲料生产线邵来民资深总裁主持了本次大会，并向集团谢国民董事长等参会领导报告了2010年以来饲料生产线创新工作的进展及取得的成绩。在听取报告并亲自为优秀项目颁奖后，谢国民董事长对饲料生产线创新工作取得的成绩表示肯定，并对未来整个中国区创新工作指明了方向、提出了期望，鼓励中国区的创新工作向更广度深度发展。

2012年度饲料生产职能线优秀创新项目榜单：

一等奖

获奖单位和获奖人：青岛正大农牧饲料厂，黄德龙。

二等奖

获奖单位和获奖人：内蒙古正大饲料厂，高锦文；生产线总部工程部，梯永诚、李阳；陕西正大饲料厂，宋文琳。

三等奖

获奖单位和获奖人：泰州正大饲料厂，李松、陈周群等；襄樊正大饲料厂，王珺、雷小平；葫芦岛正大饲料厂，王学伟；北京大发一厂，白永斌、李国新；北京平谷饲料厂，步智伟。

鼓励奖

获奖单位和获奖人：天津正大农牧饲料厂，王成彭；九江正大饲料厂，袁贤君；生产线总部工程部，吴吉庆；银川正大饲料厂，刘汉雷；北京大发二厂，马俊林、张义松；绵阳正大饲料厂，王煜军、洪川；黑龙江正大饲料厂，闫大勇。

（附文由饲料生产职能线北京总部办公室供稿）

学习谢国民关于正大集团六条价值观的三次讲述

薛增一

故事 054

利国利民利企业，快速优质，化繁为简，接受变革，不断创新，正直诚信，是谢国民先生传承和总结了源自父亲谢易初先生的正大集团六条价值观。

谢国民先生经常在会议中作指示的时候，或者在讨论问题的时候，或者在发言的时候，运用这六条价值观来阐述他的观点、指导大家的工作。但是就我亲身经历过的谢国民先生出席会议或参加活动的场合来看，他集中、系统地对集团六条价值观进行较长篇的讲述并不多。

然而，在 2019 年 1 月 4 日、1 月 14 日、3 月 13 日召开的集团重要会议上，他连续三次对六条价值观进行了较为集中、系统的长篇阐述。有幸的是，这三次会议我都参加了，在现场聆听了他充满激情、真切感人、朴实无华、饱含真理的讲话。

这三次会议，第一次是1月4日在正大集团北京总部召开的农牧食品企业中国区工作会议，他在会议中作指示的时候阐述了集团的六条价值观；第二次是1月14日在泰国考雅（khao Yai）正大集团领导力学院召开的实现集团愿景会议，他在会议开幕式上的致辞中阐述了集团的六条价值观；第三次是3月13日在泰国曼谷正大集团电讯大楼召开的农牧食品企业中国区工作会议，他在会议中作指示的时候阐述了集团的六条价值观。

我在正大集团北京总部协助谢毅先生分管总部宣传中心的工作，我感觉到谢国民先生这连续三次对集团价值观的阐述都十分重要，是对集团价值观最高层、最权威的阐述，因此请宣传中心的赵铭女士根据录音整理了1月4日和1月14日谢国民先生的阐述，请董办的白忞女士根据录音整理了3月13日谢国民先生的阐述，并经谢毅先生审定后，在集团《领导力学习与探索》杂志上刊发出来，供集团各级领导和主管学习，以指导各项工作。

一

在2019年1月4日的会议上，谢国民先生谈正大集团六条价值观：

集团六条价值观，大家要好好研究和学习。

三利原则，适合于任何情况。比如用在部门。部门的领导要对所在部门有贡献，部门的员工在你的领导下要得到利益，最后才应该考虑自己作为部门领导的利益。作为部门领导，不能从一开始就只考虑自己的利益，而不考虑部门的利益，也不关心陪你打天下的人。

快速优质。速度要快，但也要完整、要现代化，就是既要快，品质也要特别好。

化繁为简，即把复杂的事情简单化。真正聪明的人都是将复杂的事情简单化，然后再将其做成功。

不断创新。时代要求我们要一直坚持不断地创新，不能满足。我是一个只会满足一天的人，大家如果有我这种精神，就会天天进步。

接受变革。很多人对自己利益有威胁、职务有威胁的事都不愿意去改变。

最后要正直诚信，不能贪污。我不怕招聘年轻人，也不怕招聘刚毕业的大学毕业生。有能力的人，我们要放权，让他去发挥，权力不是乱用的，是有机会让他把自身的能力发挥出来，所以你要给他空间，给他舞台去发挥。有的人只重视钱，只要待遇高就好好工作；不给他奖励，他就不好好做，这样的人即使再优秀，我也不会重用他。我们要让真正有能力的人发挥他的能力，你可以进行追踪，如果有错误，让他及时改正。你天天追踪，就知道他是否做得正确。如果你认为他做错了并且还不改正，那就让他做下去，如果结果是错的，他也会吸取到教训。

二

在2019年1月14日的会议上，谢国民先生谈正大集团六条价值观：

正大集团的六条价值观，我越琢磨越觉得这六句话不单单只是我们集团的价值观，而是更符合4.0时代的价值观。

三利原则。不管我们到哪个国家去投资，那个国家和那个国家的人民都要首先获得利益，然后才应该考虑正大集团的利益。说到企业，要时刻将公司的利益放在第一位，员工的利益放在第二位，最后才应该考虑作为公司领导层自身的利益。如果我们始终保持这样的心态，相信正大集团的未来会更加辉煌，团结得更加紧密。如果大家只顾自己的小利益，不管企业和员工的生死，那就很糟糕。人的地位越高，越成功，就越要懂得谦虚。只有这样，在国际社会上，才会有更多的朋友。

快速优质。4.0时代是讲究速度的时代，我们既要做到快速，又要保障好的质量，这句话是非常好的。

接受变革，不断创新。我们必须接受变化，并且将新的事物运用到集团的业务中去。千万不要像倒满水的瓶子，这是最可怕的。这方面我做得很好，因为在我的观念里，对取得的成绩，我只满足一天，过了这一天就会有人超越我。因此，我会谦虚，不会自大。

我们一定要有危机意识，要思考有没有更好的做法，千万不要得意自满、高枕无忧。我一直强调：如果今天原地踏步，那么明天就会被别人超越。正因为有这样的觉悟，我才时刻保持谦虚的心态，从不趾高气扬、颐指气使。我一直相信天外有天、人外有人，没有最好，只有更好。虽然已经做得很好了，但是我们还是要接受其他人的意见，认清世界的变化趋势、社会的发展趋势，并且提前做好部署。

化繁为简。一件很难做成功的事情，如果我们没有决心把它简单化，就不可能成就大事业。我的强大在于：不管谁在哪个国家做成功了，我看到他的成功，就会去学习他成功的经验，然后应用到我们集团。比如，43年前，美国一个农民可以养一万只鸡，所有人都觉得这种模式在泰国行不通，但是我觉得可以做到。即便所有人都认为不能在泰国实现，但我还是愿意去深入琢磨哪些绝招可以用在泰国，怎样才能把不可能变成可能。事实证明，我成功了。如果我们认为可以做到，那是不是我们就把一件艰难的事情变成了容易的事情。

我并不是很厉害的人，只是时刻保持谦虚的精神、时刻向他人学习，并且把学到的经验灵活运用到发展中国家或是欠发达国家。

比如，泰国7-11便利店的成功。32年前，我去美国考察，看到了美国零售业的繁荣，我就想能不能把这种模式复制到泰国。如果我们不能化繁为简，就不可能做大，最多只能开一两家店。我们是美国大通银行的大客户。我每次去美国访问，美国大通银行负责农业的副总裁都帮我们安排行程。因此，我就顺利地见到了当时7-11便利店的两兄弟创始人。我请两兄弟创始人来泰国考察，他们在即将回美国时告知我：7-11在泰国肯定不会成功，但是假如你依然想试一试，那么我们还是会把连锁经营权卖给你。在他们上飞机前，我坚定地告诉他们：请把连锁经营权卖给我。因为我认为，当时虽然美国的人均收入比泰国高15倍，人均消费能力也比泰国高15倍，但是美国的人力成本也是泰国的15倍，这样就相互抵销了。而且我认为，7-11在泰国的销售额将大于15倍，因此这是7-11发展的大方向。当然，泰国7-11前期是亏损的，这也是两兄弟提前预料到的。但我不认输，我就在集团里寻找适合去做这件事的人，就找到了蔡绪锋先生。蔡绪锋先生和皮特亚先生搭档，蔡绪锋先生做前端，皮特亚先生做后端。我觉得还差一个人，就邀请了比亚瓦先生，当时比亚瓦先生是我们与KFC合作公司的总经理。蔡绪锋先生又邀请了一位财务人才陈伟峰，这就搭起了零售班子。因为蔡绪锋先生做得很好，所以从此我就不再关注他了。我就是这样的性格，我的原则是：如果谁做得比我更好，我就不会干涉他。一旦发生重大问题，我才进行干预。假如没有问题，我干吗干涉他？浪费我的时间，捣乱管理，这也是所谓一山难容二虎。我既然交给他去做了，就有支持他的责任，除非他做的有问题，我才会去解决。假如没有问题，就不要浪费自己的宝贵时间。

六条价值观的最后一条是正直诚信。作为领导人，我们光有能力是不够的，还必须大度、诚实，为什么呢？因为公司只是一个框架，没有灵魂，一个公司的灵魂来自CEO。如果CEO是一个自私自利的人，这个企业是没有前途的；如果CEO只考虑自己的利益，而把员工的利益放在第二，企业的利益放在第三，这个企业也是很难长久的。这样的人，即使再有能力，我也不会重用。

当然，一旦任命一个人，我就要给他权力。为什么他需要权力？因为权力就是让他展现自己潜力和能力的机会和平台。我们要想利用好人才，就一定要给他放权。我们可以去提醒他，但不要干涉他。当然如果一味提醒，他还是不信，那么就让他按照自己的方法去尝试，或许是我们失败而他成功了，又或许当局者迷、旁观者清的情况也是有的。此外，作为领导人，要虚心接受其他人的建议，要能够问别人我有哪些地方需要改进。

正大集团这六条价值观，希望大家真正去研究、琢磨，好好消化。这六条价值观完全符合4.0时代的发展，对集团及集团的每个人都有至关重要的意义。

三

在2019年3月13日的会议上，谢国民先生谈正大集团六条价值观：

第一条三利原则，大家都清楚，但是有的领导还是有本位主义，自私自利，只想自己。我们做事情胸怀要宽，要对国家有利，对人民有利，再是对自己有利，这一点要很清楚。

第二条快速优质，要快，品质要好。老的想法是慢一点没关系，只要品质好，这是老的想法，今天不行了。今天不是大鱼吃小鱼，而是快鱼吃慢鱼。

第三条化繁为简，把复杂变简单，把难做的变成容易做的，一个转变就带来了很多新的问题要解决，把难的变成容易的，就是现在4.0高科技的事情。

第四条接受变革，一创新就要改革，你要接受改革、接受改变。

第五条不断创新，把世界上最新最好的拿来用。

第六条正直诚信，要有胸怀，要做一个好人，不能自私自利，要诚信。我今天强调这些事情，就是我们有的领导还是自私，本位主义还很浓，我今天特别强调不能本位主义。我们是做利国利民利

企业的事业，在利企业里面，要先考虑对公司有利、对同事有利，第三才是对自己有利，如果你做的事情对公司没有利，我为什么还允许你坐这个位置，一定要换掉，谁没有做到对公司有利，谁还自私自利，就要离开集团，如果在集团就一定要先对集团有利，不是把自己放在第一，要把自己放在第三。

学习正大集团六条价值观的体会

故事055

薛增一

概　说

正大集团的六条价值观，每一条都十分厉害，条条都是高招。它们是：利国利民利企业，快速优质，化繁为简，接受变革，不断创新，正直诚信。

总　说

正大集团是一个伟大的企业集团，谢国民先生是一个伟大的商界领袖，一个极其重要的标志，就是正大集团拥有一个贡献社会、服务社会，以社会进步为己任，以消费者利益为准则，不断创新变革、包容共进的企业文化。这个文化体系的核心，集中体现于正大集团的六条价值观。

这六条价值观，是谢国民先生传承和总结了源自父亲谢易初先生的正大企业文化，亲自主持制定并不断修订完善而最终形成的。它总结归纳了正大集团百年发展史的成功经验，以及成功发展道路上所积累、传承的企业文化，尤其是凝聚了谢国民先生的经营哲学观念和经营战略思想。

2015 年 3 月 11 日，新西兰梅西大学玛纳瓦校园举行庆典仪式，授予谢国民先生荣誉理学博士学位。谢国民先生是第三位获此殊荣的。新西兰驻泰国大使在致辞中说："谢国民先生拥有开阔的国际视野、卓越的领导能力、优秀的家族文化和先进的企业价值观，为提高泰国人民的生活水平作出了杰出的贡献，是国际商业领袖的典范。"这个致辞对正大集团的企业文化和价值观给予了充分肯定。

分说一

先说说"利国利民利企业"。这一条是正大集团的经营哲学。

哲学是关于世界观、人生观、价值观、生存观的学问。"利国利民利企业"十分经典地表述了正大集团的世界观、价值观、人生观、生存观，即首先要为投资所在的国家着想，其次要为投资所在国的人民着想，最后才是为企业着想。三利原则体现和肩负着高度的社会责任感、使命感。这个经营哲学，规范和要求我们要用"三利"的哲学观去观察、思考、认识、解释、处理我们与外部环境、与各方利益相关者及合作者的相互关系。

我听正大集团农牧食品企业饲料生产职能线的泰籍高管郭文昌先生说，有一次他在泰国电视上看到谢国民先生接受泰国电视台采访的节目，主持人问："为什么很多人到国外去投资都失败了，而你们 CP 都很成功？”谢国民先生回答说：“因为我们有三利原则，就是首先要对投资所在的国家有利，对投资所在国的人民有利，其次才是对我们集团有利。如果对所在国家没有利，对所在国的人民没有利，你的投资很难成功。”

2018 年 11 月 6—7 日，我参加了在上海召开的正大集团农牧食品企业中国区工作会议，谢国民先生在会议上指示说：“我一直在想怎么做才能对国家有利，如果只考虑自己的利益，谁会跟你合作，你怎么做大市场。”这就是俗话说的：只有我为人人，才有人人为我。

分说二

再看看“快速优质”和“正直诚信”。这两条是正大集团的信誉原则，一条是产品信誉原则，即品质第一，这是正大产品的质量红线；另一条是人品信誉原则，即正直诚信，这是正大人的道德规范。

正大集团的“快速优质”和“正直诚信”是有历史渊源的。当年正大集团的创始人谢易初先生在泰国创办正大庄种籽行经营蔬菜种子时，就在包装上标明有效期，并写明如果过了有效期，农民可以拿回正大庄免费给予更换。正大庄就是因为拥有这样的理念而赢得了当地农民的信任，在泰国获得了生存和发展。

正大集团作为百年老店，这两条信誉原则，是正大集团的传家宝，是正大集团最传统、最坚守的原则和底线，是正大集团百年传承的压舱石，任何人都不能违背，都要像爱护自己的眼睛一样去爱护它、遵守它。

质量是正大集团的生命线。正大集团在内部采用职能线管理模式，其中特别设立了产品研发和品质管理职能线，由集团总部直线领导，所属公司的经营主管无权干预和降低原料品质标准和产品质量标准，以确保正大集团的产品绝对符合国家标准和要求，做到安全、健康、绿色，无药残、无激素、无掺杂使假，让消费者放心。

谢国民先生总是坚守这两条信誉原则，始终不渝，经常在工作会议上指示或论述到相关事项。我参加了 2014 年 9 月 15 日在泰国曼谷召开的正大集团农牧食品企业中国区工作会议，谢国民先生在会议上指示说："我们的化验室要对外购的所有原料严格化验。还有鱼粉，我们要问供应商有没有用童工，有没有破坏环境，如果他雇佣童工、破坏海洋环境，我们就不采购他的鱼粉。比如地沟油，如果我们采购了，没有把住关，别人会说我们有问题。所以食品安全要做到完整。"

分说三

最后谈谈"快速优质""化繁为简""接受变革""不断创新"。这四条是正大集团的方法论。在这四个方法论中，"变"是本质，是灵魂，"变"或许是简明准确理解正大集团四个方法论的一把钥匙。

快速优质，是快变。快速行动，有错就改，追求既快又好。

化繁为简，是简变。把难事变简单，追求技术进步，自动化、智能化。

接受变革，是应变。不故步自封，向他人学习，化被动为主动。

不断创新，是求变。不因循守旧，主动创新变革，想他人想不到的，做他人做不到的。

执行力是领导力的重要组成内容，正大集团的这四个方法论，是执行力中的法宝，简明扼要地为我们指明了四种有效的工作手法，极具使用价值，含金量很高，我们在执行中如果能把这四条方法用好、用到位，就能产生无穷的力量。

正大集团三代领导人的爱国情怀

——写在热烈庆祝中华人民共和国成立七十周年之际

故事 056

薛增一

正大集团由泰籍华人谢易初先生1921年创建于泰国曼谷，是全球知名的跨国企业集团。到2018年底，正大集团业务遍及全世界100多个国家和地区，有员工35万人，全球销售总额约620亿美元。

1979年，当中国改革开放刚刚开始的时候，正大集团第一时间就取道香港来到深圳，投资创办了深圳第一家外商投资企业，获得0001号外商投资企业批准证书。40年来，中国在经济建设和社会发展等全方位的创造取得了令世界瞩目的伟大成就，影响了世界。正大集团荣耀地成为中国改革开放伟大历程的参与者、见证者、贡献者，也是受益者。

正大集团三代领导人有着浓浓的爱国传统和爱国情怀，他们不懈努力、传承发扬，为中国的经济建设和社会发展作出了重大的贡献。

的道路可走，对于外商来投资创办企业大家都不知道怎么办。投资3000万美元的正大康地（深圳）有限公司的谈判、选址、建设等很费了一番艰难的周折，尤其是办手续，单是公章就盖了73个，700多天才办下来。因为有党和国家改革开放的大方向、大政策，在地方党政领导和政府的大力支持下，正大康地（深圳）有限公司终于在1981年1月18日领取了外商投资企业0001号批准证书。在正式手续没有办下来之前，正大康地（深圳）有限公司的饲料厂在地方政府的帮助下就先行选址、投资、开工建设，并且边建设、边生产。1983年5月21日，正大康地正式举行了开幕典礼。

2018年11月30日至2019年3月20日，中共中央宣传部、中央改革办、中央党史和文献研究院、国家发展和改革委员会、商务部、新华社、中央军委政治工作部、北京市政府在北京国家博物馆联合举办了庆祝改革开放40周年《伟大的变革》大型展览，正大康地0001号批准证书的复制件就在其中，它作为一份中国改革开放珍贵的历史文献而载入史册。

2019年9月24日至12月31日，在北京展览馆举行的“伟大历程，辉煌成就——庆祝中华人民共和国成立70周年大型成就展”开幕。展览中有一幅珍贵的图片“建设初期的正大康地深圳公司”，图片中大号的标题文字“1979年，正大集团成为第一家进入中国大陆的外资企业”豁然醒目。这是中国改革开放的一个里程碑事件。

0001号，是正大集团献给中国改革开放的一份珍贵的礼单，作为正大人，我们因为谢国民先生而倍感自豪和荣耀。

谢国民对第一批来自泰国的骨干说：“我们到中国去做事，不能只想对集团有利，要树立一个标准，就是三个有利：第一，对国家有利；第二，对老百姓有利；第三，对集团有利。”这就是谢国民提出来的正大集团的“三利原则”。他传承和发扬了源自父亲谢易初的爱国爱民的文化精髓，做了一个精准的概括和总结。“三利原则”的宗旨就是始终把国家的利益、人民的利益放在第一位，这是正大集团的经营哲学，是正大集团发展的灵魂。

正大集团进入中国的前十年，几件标志事件最为有名：在深圳投资创办了正大康地（深圳）有限公司，成为改革开放后中国大陆第一家外商投资企业；在上海与上汽集团合作，投资创办了易初摩托车厂，生产销售幸福牌摩托车；在上海与上海市合作，投资创办了上海大江肉鸡一条龙企业；与央视合作，创办了《正大综艺》节目。最令正大集团自豪的是 1990 年邓小平同志在人民大会堂会见了谢国民先生。

40 年来，谢国民积极引进国际上最先进的科学技术、设备装备，以及资金、管理、人才等，致力于中国的经济建设和社会进步，在农牧食品业、商业零售业、工业、地产业、金融业、制药业、传媒业等多个产业和领域，为中国的改革开放事业作出了历史性的贡献。

在投身中国经济建设的同时，正大集团积极开展慈善捐助和产业扶贫。据不完全统计，改革开放以来，正大集团在中国的公益慈善和捐助捐赠总额超 16 亿元，产业扶贫项目总投资超 55 亿元，多个产业扶贫项目被中国商务部外商投资企业协会评选为“履行社会责任优秀案例”。

谢国民先生积极响应高质量共建“一带一路”倡议，“构建人类命运共同体”，坚持“共商共建共享”。针对泰国的“东部经济走廊”项目，他积极向泰国政府建言献策，与中国政府合作，联合中国铁建、中国中信、中国华润、中车青岛四方等，以及国际上的知名企业，组成国际财团，采用中国技术和装备，竞标建设泰国高速铁路，为高质量共建“一带一路”在东南亚的落地做出了表率。

谢国民先生在出席金砖国家工商论坛、博鳌亚洲论坛、“一带一路”国际合作高峰论坛等重要国际会议上多次发言，表示对中国党和政府、对中国的经济和社会发展前景始终充满信心，坚定不移地支持中国，为实现中华民族伟大复兴的中国梦作出新的贡献。

2017 年，经谢国民提议，正大集团董事会决议，谢国民任正大集团资深董事长，由谢吉人出任正大集团董事长、谢镕仁出任正大集团 CEO，这标志着在正大集团的最高领导层中新一代接班人已经站在了第一线，正大集团的最高领导人将顺利地从第二代过渡到第三代，为正大集团第二个一百年的发展在组织领导层做好了准备，正大集团必将迎来一个更加美好的明天。我们衷心祝愿正大集团吉祥如意、兴旺发达！

谢吉人，1964 年出生于泰国。谢吉人毕业于美国纽约大学商业及公共管理学院，学士学位。因其对泰国经济和社会的贡献，泰国蓝康恒大学（Ramkhamhaeng University）授予其工商管理哲学博士名誉学位。

谢吉人具有丰富及多元化的国际投资和管理经验，在担任正大集团董事长的同时，还担任正大集团多家公司，以及国际著名企业的管理职务。

在中国，谢吉人作为正大集团的第三代核心领导人有着广泛的影响。

多年来谢吉人积极参与和促进中泰友好交往和经贸合作，为中泰两国的经济和社会进步事业作出了积极的努力和贡献。

2006年和2008年，谢吉人分别荣获上海市人民政府颁发的白玉兰纪念奖和白玉兰荣誉奖。

2010年至今，谢吉人担任中国泰国商会会长。

2017年起，谢吉人担任中国侨商投资企业协会副会长。

2018年，谢吉人荣选中国人民政治协商会议全国委员会海外侨胞列席代表。

2019年起，谢吉人担任中国侨商联合会常务副会长。

谢吉人是第二十九次上海市市长国际企业家咨询会议成员；政协湖南省第十届和第十一届委员会委员。

谢吉人还担任正大集团与央视合作栏目《正大综艺》的制作单位之一——正大综艺有限公司董事长，以及复旦大学管理学奖励基金会第三届理事会理事等。

谢吉人虽为第三代泰籍华裔，但从小就在海外接受中华文化的教育，深受祖父谢易初和父亲谢国民的熏陶及影响，他热爱中国、热爱中国文化，高度赞扬中国发展取得的巨大成就，始终看好中国的发展前景。

正大集团有着爱国爱乡的光荣传统，这发源于谢易初先生，发扬光大于谢国民先生，继承传承于谢吉人先生。

谢吉人多次表示，正大集团将始终坚守“利国利民利企业”的经营宗旨，继续加大在中国的投资，秉持“做世界的厨房，人类能源的供应者”的企业愿景，以为消费者提供从农场到餐桌的健康、

谢国民（右）、谢吉人参加庆祝中华人民共和国成立70周年招待会、庆祝大会和联欢活动并观礼阅兵仪式（照片由正大集团北京总部宣传中心提供）

安全食品为己任，凭借百年行业实践经验，通过优选畜禽品种，引进世界一流的生产工艺、技术和设备，采用科学的可回溯的监控和检验体系，全力打造从种子、种植、饲料、畜禽养殖、水产养殖、屠宰和食品加工、物流配送，以及卜蜂莲花、正大优鲜、电子商务等商业零售和餐饮相结合的全产业链经营体，为中国的广大消费者提供更多更好的产品与服务，为中国的经济建设和社会发展作出新的贡献。

2019 年，在庆祝中华人民共和国成立七十周年的国庆节期间，谢国民和谢吉人受邀请专程从泰国来到北京，出席和参加了一系列重要的庆典活动。

其间，谢国民分别接受了中央电视台和凤凰卫视的采访，对参加此次庆祝活动和观礼阅兵发表感想。他盛赞新中国七十年来取得的伟大成就；他表示作为海外华侨华人感到十分骄傲和自豪；他说中国的经济发展，为世界华人和世界的企业家带来机会；他对中国、对中华民族的未来充满信心。

神采奕奕登峨眉，言谆意重寄青年

——记谢国民集团资深董事长峨眉山之行

故事 057

刘洪书

谢国民集团资深董事长来过峨眉山多次，最近的一次，是在2019年的深秋。11月8日下午3点30分，集团资深董事长的专机抵达成都双流机场，正大集团农牧食品企业中国区白宇飞资深副董事长带领我们四川区的同事接机。资深董事长一行13人，除了他的家人，还包括3名泰国的青年才俊（资深董事长安排他们留在成都参观、交流正大优鲜事业）。原以为资深董事长乘坐了几个小时的飞机，一定是舟车劳顿，下飞机需要休息片刻，但是，他的精神状态非常好，神采奕奕，刚下飞机就立即招呼大家坐上了前往峨眉山的车辆。我们几位主管和四川区的3位FLP（未来领导者项目）跟资深董事长同乘一辆车。一路上，他都在向我们询问各事业的经营情况，关心我们遇到了什么困难，需要如何解决。听了资深董事长的教诲，让我们深受启发，我们深切感受到他的才高识远、直谅多闻，他的思想是那么睿智高远，大到世界经济形势变化和国家政策方向，小到公司业务发展中遇到困难的解决方法与员工的个人发展空间，他都能鞭辟入里，侃侃而谈。

我发现，资深董事长无论是在路途中，还是在饭桌上，就连在清晨临近登山前的一点点时间，他都能抓住一切间隙与年轻人交换意见。他随时、随地都保持着热忱饱满的工作状态，时刻思考企业的战略发展方向，让我们深感佩服。

作为当代世界著名的商界领袖和华商领袖，亚洲最杰出的企业家之一，资深董事长一直非常关爱年轻人，注重年轻人才的发展，关心他们事业的进步，对待年轻人也一直是那样的和蔼可亲。后来，我们了解了几位跟随资深董事长一行到峨眉山的年轻人的想法，在他们的眼中，资深董事长就像一位亲切的"长辈"，从不同的角度跟他们交流，了解他们的想法，鼓励他们、支持他们，让他们感受到了来自"长辈"的关心和爱护。

同事唐淼分享：中午吃饭的时候资深董事长坐在邻桌，他侧过身来亲切地问我们："你们是不是第一次来登峨眉山呀？"我们依次回答了他的问题。资深董事长说："我这次来四川还带了跟你们同龄的几位泰国的年轻人过来，可能你们在泰国领导力学院学习的时候都相互认识。你们做的都是新事业，要相互学习，相互交流，我希望你们能够学习各自做得好的地方，共同成长。"资深董事长作为正大集团的最高领导，对我们年轻员工这样关切，简直让我激动不已和备受鼓舞！

同事徐尽赤分享：资深董事长非常关爱并重视青年人才的培

养，多次询问我们的近况，亲自了解 FLP 学员在地区有无得到领导的支持，是否得到充分的授权，有无重点项目负责，并询问了项目的进展情况。在我向他汇报了项目进展后，资深董事长嘱咐并鼓励我们说："你们一定要有宏大的目标，年轻人要大胆，要敢做，不要怕犯错误，不骄不躁继续前行，集团还需要你们做得更好。"我们深刻地感受到了正大不仅是一个有爱的集团，更是一个温暖的大家庭，资深董事长就像一位"大家长"一样，时刻对我们年轻人充满了关爱，他对我们的殷切期望，也转化成为我们在之后工作中砥砺前行的无限动力。

同事曾真分享：这次跟随资深董事长出行，让我感受最深的是他非常关注年轻人在集团的发展，此行中的很多细节都让我深有体会。资深董事长随行带了泰国的几位年轻人，为我们搭建了中泰青年互相交流学习的平台。他还亲切地问我："你在什么事业线，做什么工作，做得怎么样？"无论是此次峨眉山行，还是曾经去泰国 CPLI 领导力学院，我都能感受到资深董事长对年轻人在集团发展情况的重视，鼓励我们要大胆作为，有所突破，并非常谦逊、和善地向我们了解一线信息，就连拍照合影的时候也主动招呼我们前去合影。资深董事长作为一位卓有成就的企业家和正大集团的当家人，时刻关注着我们年轻人的成长和一线工作情况，我们更应该努力奋进，有所作为。

资深董事长的言行，一直深深地激励着这些年轻人，他们在与资深董事长交谈后，无一不受勉励。他们都对资深董事长谦逊的态度、崇高的品德和高瞻远瞩的思想表示万分的崇敬，对集团的事业发展充满了信心，对自己今后在集团的职业发展也有了明确的方向。

资深董事长每一次到四川，都给了我们极大的鼓舞。我们感受到的不仅是资深董事长对我们事业发展的关心，更是一种对一线人员的关怀，他的崇高品质值得我们各事业的主管来学习。他非常平易近人，跟年轻人的交流没有代沟、没有隔阂，他讲的话题尤其新颖、前沿。资深董事长对我们的指点，以及对年轻人才寄予的厚望，点燃了大家的激情，我们一定要把正大的这份事业薪火相传，发扬光大。我们严格落实资深董事长的指示，充分授权给年轻人，

2019 年 11 月 9 日清晨，登峨眉山前的间隙，谢国民资深董事长在恒邦艾美酒店同四川区 FLP 唐淼、徐尽赤，LDP 项目主管曾真（4.0 时代领导者项目）亲切交谈（照片由正大集团四川区提供）

让他们负责新的事业，如今看来，这些年轻人已经在四川区的各新事业中崭露头角，逐渐挑起了大梁，正在推动着我们新的事业蓬勃发展。

我们将继续践行集团价值观，更好、更快地发展集团农牧食品企业在四川的事业，并尽全力协同其他事业的项目在川的大力发展，努力实现资深董事长的宏伟愿景！